心獣

Herztier

ヘルタ・ミュラー 著
Herta Müller

小黒康正 訳

三修社

誰にだってどの雲の塊にもひとりの友がいた
恐怖でいっぱいの世界では友とはそんなもの
母も言った　そんなことまったく当たり前
友などは問題になりはしない
もっとましなことを考えな

一

ジェルー・ナウム

僕らは黙ると腹が立つし、しゃべれば笑いものさ、とエトガルは言った。

あまりにも長く写真を前にして床の上に座っていた私たち。座っていたせいで私の足はしびれてしまっていた。

私たちは口のなかの言葉で多くを踏み荒らすわ。草むらのなかの足と同じように。だけど沈黙でもそうするのよ。

エトガルは黙った。

私には今日になってもまだどんなお墓も思い浮かべることができない。できるのはベルトと窓とナッツと縄だけ。どの死も私にとっては袋のようなもの。

そんなこと誰かに聞かれたら、君は頭がおかしいと思われるぜ、とエトガルは言った。

そう考えると、どの死者も言葉の入った袋を後に残すように思えるの。私はいつだって床屋と爪切りばさみを思い出す。だって死者には要らないんだもの。そして死者がボタンを決してなくさないことを思い出すわ。

死者はひょっとすると僕らと違い、独裁者なんてひとつの過ちだと気づいていたのかもしれない、とエトガルは言った。

死者には証拠があったわ。なぜって私たちも自分自身に対して過っていたからよ。この国で歩いたり、食べたり、眠ったり、誰かを愛したりするのは決まって不安を抱きながらで、結局、再び床屋と爪切りばさみを必要としたからよ。

歩き、食べ、眠り、誰かを愛するためだけに墓地を作るならば、その人は僕ら以上に大きな過ちだ、とエトガルは言った。すべての過ちに代わる過ち、支配的な過ちだ。

草が頭のなかで生えている。しゃべると草は刈られてしまう。だけど私たちは黙っていても刈られるわ。そして第二、第三の草が後から生え放題に生えるの。それでも私たちは運がいい。

ローラは国の南部から来た。貧しい地域の出であることが見て分かった。どこを見てかは私には分からない。頬の骨か、口の周りか、目の真ん中かを見てのことかもしれない。そんなこと、言うのは難しい。地域のことを言う難しさは顔のことを言う難しさと変わらない。国中のどの地域も貧しいままで、どの顔においてもそうだった。だがローラの地域は、頬の骨か、口の周りか、目の真ん中から見て取れたように、おそらく更に貧しかったのかもしれない。風土というよりも地域として。

日照りがすべてを食いつぶした、とローラは書いている。羊とスイカと桑の木を除いて。

しかし日照り続きの地域がローラを都会に駆り立てたのではない。私が何を学ぼうと、日照りにはどうでもよいの、とローラはノートに書く。私がどれだけ知っているか、日照りは気づかない。気づいていることは、私が何者であるか、つまり誰なのかということだけ。都会でひとかどの者になり、四年後に村に戻ることを、とローラは書いている。しかし下のほこりっぽい道ではなく、上を通り、桑の木の枝を抜けて。

都会にも桑の木は立っていた。しかし外の通りにではない。中庭に立っていた。多くの中庭に立っていたというわけではない。老いた人たちの中庭にしか立っていなかった。木々の下には室内用の椅子があった。腰かけ部はビロード張り。しかしビロードはしみだらけで破れていた。穴は下からふさがれており、一束のわらで詰められている。座ったせいで、わらは押しつぶされていた。腰かけ部の下ではわらが垂れ下がっていたのだ。まるでおさげのように。

廃棄された室内用の椅子のところまで行ってみると、おさげからいまだ一本一本の茎が見て取れた。かつては青々としていたことも。

桑の木がある中庭では影が、まるで静けさのように、椅子に座る老いた顔の上に落ちていた。まるで静けさのように。なにせ私は自分のために自ら予期せずこの中庭に入り、滅多に戻ってくることがなかったからだ。こうした滅多に起こらぬ状況のなかで、木の先端から老いた顔に一直線に落ちた一条の光が遠くの地域を示していた。この一条を頼りに私は見下ろし見上げる。背筋が寒くなった。この静けさが桑の枝からではなく、顔にある目の孤独から来ていたからだ。これらの中庭で誰かに見られるのを、私は望まなかった。ここで何をしているのか誰かに尋ねられるのを。見ること以上のことを私はしなかったのだ。桑の木を長い間じっと見つめた。それから、再び出て行く前に、椅子に座っている者の顔を。顔にはひとつの地域がある。私が見たのは、ひとりの若い男性か女性がこの地域を去り、桑の木が入った袋を持ち出すさま。都会の中庭では、持ち出された桑の木をたくさん見た。

私はローラのノートを後に読んだ。地域から持ち出すものは、顔のなかに持ち込まれる、と。ローラは四年間、ロシア語を大学で学ぼうと思った。入試は楽だったが、それは十分な席があったから。地方の学校と同じくらいの席が大学にあったからだ。しかもロシア語は希望者が少なかった。希望は難しい、目標はわりと楽、とローラは書く。何かを大学で学ぶ者は、ローラによれば、きれいな爪をしている。四年後、彼は私と一緒に来てくれる。だって彼は自分が村でお偉方になることを知っているから。床屋が彼の家に来て、玄関先で靴を脱ぐことを知っているわ。二度と再び羊を、二度と再びスイカを持たない、ただ桑の木だけは別。葉っぱなら誰にだってあるから、とローラは書く。

小さな四角形の部屋。窓ひとつ、若い娘六人、ベッド六台、各ベッドの下にトランク一個。ドアの脇には作り付けの棚一本、ドアの上の天井にはスピーカー一台。労働者合唱団が天井から壁へと、壁からベッドへと歌い、ついに夜になった。それから静かになる。窓の前にある通りや、もはや誰も中を通り抜けない草の茂った外の公園と同じように。小さな四角はどの棟にも四十ずつあった。私たちがすることを、スピーカーが何もかも見聞きしている、と誰かが言った。

六人の若い娘たちの服は棚にぎゅうぎゅう詰めで掛かっていた。ローラの服が一番少ない。みんなの服を着ていたのだ。若い娘たちのストッキングはベッドの下にあるトランクのなか。

誰かが歌った。

母が言うの
あげるわよ
結婚したらと
どれも蚊でいっぱいの
大きなクッション二十個
どれも蟻でいっぱいの
小さなクッション二十個
どれも落ち葉でいっぱいの
柔らかなクッション二十個

ローラはベッドの横の床に座り、自分のトランクを開けた。ストッキングをひっかき回し、一かたまりになってもつれる足と指とかかとを顔の前にあげる。ローラはストッキングを床に落とした。手は震えており、目の数は顔にある二つ以上の数だ。手はからで、その数は宙に浮く二つより多くなった。たくさんの手が宙に浮かぶ。床にあるストッキングの数とほぼ同じ数だった。目も手もストッキングも二台のベッド越しにうたわれた歌に耐えられなかった。心労のために額にしわを浮かべて揺れ動く小さな頭が立ったまま歌ったのだ。すぐにまたしわが消えてしまっていた歌を。

どのベッドの下にも、もつれ合う綿ストッキングが入ったトランクがあった。国中で優良ストッキングと称されたものだ。吐息のように非常に滑らかで薄いストッキングを欲しがった若い娘たちのための優良ストッキング。ヘアスプレー、マスカラ、ネールエナメルを若い娘たちは欲しがった。ベッドのクッションの下には、マスカラの入った六つの箱があった。六人の若い娘たちが箱に唾を吐き、すすを爪楊枝でかき混ぜると、黒いねり粉がそれにくっつく。それから彼女たちは目を大きく開ける。爪楊枝はまぶたをひっかき、まつ毛は黒く濃くなる。だが一時間も経つと、まつ毛に灰色のすき間ができた。唾は乾き、すすが頬に落ちたのだ。

若い娘たちは頬の上にすすを、顔にマスカラを欲しがったが、工場のすすなんて二度とごめんだった。極薄タイプのストッキングがただたくさん欲しかっただけ。なにせ伝線しやすく、くるぶしと太もものところで抑えなければならなかったから。抑えてネールエナメルで止めなければならなかった。

　お偉方のシャツを白いままにしておくことは、おそらく難しい。あのひとが四年後に私と一緒に不毛の地にやって来るなら、おそらく私の愛あってのこと。あのひとが村で白いシャツを着て道行く人たちの目をくらますことができたなら、おそらく私の愛あってのこと。それに、あの方がお偉方になり、床屋がうちに来て、玄関先で靴を脱ぐというなら。ノミが跳ねる泥があちこちにあるにもかかわらずシャツの白さを保つことは難しいわ、とローラは書く。

　ローラは言った、樹皮にさえもノミ《フレーエ》がいると。ノミでなくって、それはシラミ《ロイゼ》さ、葉シラミ《ブラットロイゼ》だよ、と誰かが言った。葉ノミ《ブラットフレーエ》ならもっと質《たち》が悪い、とローラはノートに書く。それは人間には寄りつかないよ、なにせ人間には葉っぱがないからね、と誰かが言った。ローラは書く。太陽がじりじり照りつけるなら、それは何にだって寄りつく、風にだって。それに葉っぱなら誰にだってある。幼児期が過ぎたために成長が止まると、葉っぱは落ちる。恋愛が終わったためによぼよぼになると、葉っぱは再び生える。葉っぱは生え放題に生える、まるで深々とした草のように、とローラは書く。村の二、三人の子どもには葉っぱがなく、その子らには立派な幼児期がある。教育を受けた父と母がいるから、ひとりっ子だ。葉ノミは年長の子どもから年少の子どもを、四歳児から三歳児を、三歳児から一歳児を生み出す。さらには半年児までも、新生児までも、とローラは書く。葉ノミが兄弟姉妹を多く持てば持つほど、幼児期はますます小さくなる。

あるひとりの祖父が言う、わしのブドウはさみだ。わしは年を取り、日ごと背は低くなり、やせ細っていく。じゃが、爪は速く伸び、厚くなっていく、と。祖父は自分の爪をブドウはさみで切った。

子どもは自分の爪を切らせない。痛いんだ、と子どもは言う。母親は子どもを自分の服のベルトを使って、椅子に縛りつける。子どもは目を泣きはらし、わめく。爪切りばさみが何度も母親の手から落ちる。それぞれの指を求めて爪切りは床に落ちる、と子どもは思う。

ベルトのうちの一本に、草色の一本に血が滴る。子どもは知っている、血が出ると死んじゃうんだ。子どもの目は涙で濡れ、母親がぼやけて見えてしまう。母親はその子を愛している。彼女の愛は中毒のようで、自分を抑えることができない。なぜなら、彼女の分別が愛に縛りつけられているからだ。ちょうどその子が椅子に縛りつけられているのとまったく同じように。子どもは知っている。母さんは愛に縛りつけられて必ず手を切ってしまうんだ。切った指を部屋着のポケットに突っ込み、必ず中庭へ出ていく。指を投げ捨てに行くふりをして。誰にももう見られない中庭に出ると、子どもの指を食べるにちがいない。

子どもの予感だと、指を捨てたのかと尋ねる祖父に対して、たぶん母さんは晩に嘘をつき、頷くんだ。

そして、自分自身が晩にしでかすことを予感する。母さんは指を持っていると自分が言い、何もかも洗いざらいにしてしまうことを。

母さんは指を持って舗道へと出て行った。草むらにいたんだ。庭にもいたし、道にも、花壇にもいたよ。壁沿いに歩き、壁の後ろを歩いて行ったんだ。ネジが入った工具戸棚のところにいた。衣装戸棚のところにも。戸棚に入って泣いたんだ。片方の手で頬をぬぐったのさ。そのとき、もう一方の手を部屋着のポケットから出して口に突っ込んだんだ。何度も何度もさ。

祖父は手を口にあてた。ひょっとすると、外の中庭でどのように指を食べるのかこの部屋で示すつもりなのかもしれない、と子どもは思う。しかし、祖父の手は動かない。

子どもはしゃべり続ける。しゃべっていると何かが口の先まで出かかって言えない。子どもの考えでは、出かかるのは本当のこと以外にあり得ない。喉に落ちようとしないサクランボの種のようなもの。しゃべる際に声が耳にまで届く間は、声は本当のことを待つ。だけど黙った直後には、何もかもが嘘になっているんだ、と子どもは思う。だってさ、本当のことは喉に落ちてしまったんだから。口は「食べた」という言葉を言わなかったんだから。

その言葉は子どもの唇から出てこない。出てきたのはこんな言葉だけ。

母さんはスモモの木のところに行っていたんだ。庭の通り道で毛虫を踏みつぶしたのは、母さんではない。靴がよけたんだ。

祖父は目を伏せる。

母親は話題をそらして、そのとき棚から針と糸を取り出す。椅子に座って部屋着をさっと脱ぐと、ポケットが見える。糸に結び目を作る母親。母さんはごまかしている、と子どもは思う。

母さんはボタンを縫いつける。縫いつけられたばかりの糸は古い糸を覆い隠す。母さんのごまかしには本当のこともちょっとある。部屋着のボタンが取れかかっているんだ。そのボタンには一番太い糸があてられる。電球の光も糸のような筋をもつ。

それから子どもは目を閉じてしまう。閉じた目の裏では、母と祖父とが机の上で光と糸からなる縄にぶら下がっている。

一番太い糸がつくボタンが一番長くもつだろう。母さんはボタンを決してなくさない、むしろボタンが割れてしまうんだ、と子どもは思う。

母親ははさみを下着用戸棚に投げ込む。翌日からというもの、毎週水曜日になると、祖父の床屋が部屋に入ってくる。

祖父が言う。わしの床屋だ。

床屋が言う。自分のはさみです。

わしは第一次世界大戦のときに髪の毛が抜けた、と祖父は言う。すっかり禿げになってしまうと、中隊付きの床屋がわしの頭皮に葉液をこすりつけたもんじゃ。毛がまた生えたわ。前よりもいいですよ、と中隊付きの床屋がわしに言った。床屋はチェスが好きでな、チェスのセットを彫ろうとして葉がたいそう繁った枝を持ってきたから、葉液のことを思いついたんじゃ。それは同じ木の枝につく灰色と赤の葉っぱだったわ。葉っぱと同じく木もいろいろじゃったよ。わしは濃い駒と淡い駒とを半分ずつ彫った。淡い色の葉っぱは晩秋になって初めて濃くなったわい。木々にはこの両方の色があった。なぜなら成長中である灰色の枝は毎年このようにかなり遅れてしまうからじゃ。両方の色はわしの駒にうってつけだったんじゃ、と祖父が言った。

最初に祖父の髪を切る床屋。頭を動かさぬまま椅子に座っている祖父。床屋が言う。髪を切らないと頭がもじゃもじゃになりますよ、と。この間、母親は子どもを服のベルトで椅子に縛りつける。床屋が言う。爪を切らないと指はシャベルになってしまいますね。ただ死んだ者だけがそんな爪をしてもいいんです、と。

縛りを解いて、解いて。

四角部屋にいる六人のなかでローラは、持っている極薄タイプのストッキングが一番少なかった。くるぶしと太もものところでネールエナメルによって貼り付けられていたわずかなストッキング。ふくらはぎのところもそう。しかも伝線が走ったのは、ローラが抑えることができないときだった。外の通りか歩道を、もしくは草の茂った公園をひとりで走って行かなければならなかったからだ。走って追いかけ、走って逃げるとき、ローラは必ず白いシャツへの願いを抱いていた。願いは実にうわべだけの幸せのなかにあって、彼女の顔にある地域と同様に貧しいままだったのだ。

ローラが伝線の走りを抑えないことは少なくなかった。打ち合わせ中だったからだ。講座にいたとローラは言ったが、この言葉を自分がいかに気に入っていたかを自覚していなかった。

夕方、ローラは両足付きのストッキングを窓から干した。水が滴ることなど、あり得ない。一度も洗濯されなかったからだ。ストッキングは窓の外に干された。まるでローラの足全体が、足首や堅いかかとが、膨らんだふくらはぎと膝が中にあるかのようだった。ストッキングはたとえローラがいなくても草の茂った公園を通って暗い街へと行くことができたであろう。

四角部屋の誰かが尋ねた、私の爪切りばさみはどこ？　コートのポケットのなかよ、とローラは言った。誰かが尋ねた、どのコートのポケットよ。あなたの？　どうして昨日また持ち出したのよ。爪切りばさみを路面電車に持って行って、ベッドの上に置いたわ、とローラは言った。

ローラは爪をいつも路面電車で切った。行き先のあてがないことも多い。走行する車両のなかで切っては研ぎ、生え際の甘皮を歯で押し戻すと、どの指の白い爪半月も白豆と同じほどの大きさになった。

停留所でローラは爪切りばさみをポケットに突っ込み、誰かが乗ってくると、ドアの方を見た。なぜなら日中だといつもまるで互いを知っているかのように乗ってくるから、とローラはノートに書く。だけど夜だと、同じ人がまるで私を探しているかのように乗ってくる。

夜、外の道や草の茂った公園を通る者が誰もいなくなったとき、風の音が聞こえ、空がもはや風のざわめき以外の何物でもなくなってしまうと、ローラは極薄タイプのストッキングをはいた。ローラが出て行く前には、足が倍に増えたローラの姿が四角部屋の光に映えたのだ。どちらにお出かけ、と誰かが尋ねた。しかしローラの足取りは人気のない長い廊下にすでに響いている。

もしかすると私は最初の三年間、この四角部屋で誰かさんと呼ばれていたのかもしれない。なぜならローラを除く全員が当時、誰かさんと呼ばれていたのだから。明るい四角部屋にいる誰かさんはローラを好きにならなかった。全員がそうだったのだ。

誰かが窓辺に行った。下の通りも、通り過ぎるローラの姿も何ら目に入らない。ぴょんぴょん跳ぶ小さな斑点しか目に入らなかった。

ローラは路面電車に向かう。誰かが次の停留所で乗り込んでくると、目を大きく見開いた。真夜中には男性しか乗ってこなかった。遅番を終えて粉石けん工場や屠殺場から家へと向かった男たちだ。夜から車両の光のなかに乗り込んでくる、とローラは書く。私が目にするひとりの男。一日の疲れをにじませていて、自身の服に暗い影だけしかまとっていない。そして頭のなかにはもう長いこと愛情はなく、かばんにはお金がない。ただ盗んだ粉石けん、あるいは屠殺された動物の破片、例えば、牛タンとか豚の腎臓とか子牛の肝臓とかがあるだけだ。

ローラの男たちは先頭の椅子に座った。光のなかでうとうとと眠り込み、頭を垂らしたまま、レールの軋む音にぴくっと身動きをする。いつの間にかかばんをしっかりと手元に引き寄せる、とローラは書く。私は男たちの汚れた手を見る。かばんのことがあって、男たちは私の顔をちらっとしか覗き込まない。

このようにちらっと見られて、ローラは疲れた頭のひとつに火をつけた。男たちはもう目を閉じない、とローラは書く。

次の停留所でローラの後ろにいたひとりの男が降りた。男は目に町の闇を宿していた。それとやせ犬の欲望を、とローラは書く。ローラは周りを見回さず、急いで歩いた。彼女は通りを離れることで、草の茂った公園にある近道で男たちを誘惑したのだ。無言のまま私は草むらに横になり、男は一番長くて、一番低い枝の下にかばんを置く、とローラは書く。交わす言葉などない。

夜が風を走らせ、ローラは黙ったまま頭や腹をあちらこちらへと投げ出した。顔の上では葉っぱがカサカサと鳴る。かつて何年も前、貧困以外の誰にも望まれなかった生後六か月の、六番目の子にとっての葉っぱのように。そして当時と変わらずローラの脚は枝にひっかき傷をつけられた。だが、顔にひっかき傷をつけられることは決してない。


数か月来、ローラは週に一度、学生寮のガラスケースにある壁新聞を取り替えた。入り口のドアの横に立ち、ガラスケースのなかで腰を動かす。死んだハエを吹き出し、トランクから出した二足の優良ストッキングでガラスを拭く。一枚のストッキングでガラスを濡らし、別の一枚でカラ拭きをする。それから新聞の切り抜きを替え、独裁者が行ったひとつ前の演説をくしゃくしゃに丸め、最新の演説を中に貼る。作業を終えると、ストッキングを投げ捨てた。

ローラは自分のトランクから出した優良ストッキングすべてをガラスケースのために使ってしまうと、ほかのトランクからストッキングを取り出した。誰かが言ったのだ。それはあなたのストッキングじゃないわ、と。あなたたち、もうはかないんじゃなくて、とローラは言った。

あるひとりの父親が夏に庭仕事をしている。子どもは花壇の脇に立って思う。父さんは人生の何事かを知っている。父さんはやましい心を大馬鹿植物に突っ込んで、それごと切り落としているからだ。その少し前に子どもは、大馬鹿植物が鍬から逃れ、夏を生き延びてほしいな、と願った。けど、逃れられはしない。ようやく秋になって白い羽を生やすんだから。それからようやく飛ぶことを学ぶんだ。

父親は一度たりとも逃げる必要はなかった。彼は歌いながら世界に向かって行進していたのだ。世界で墓地を作り、その場をすぐに離れた。敗戦、帰還したナチス親衛隊員。アイロン仕立ての夏シャツが戸棚にあり、父親の頭にはいまだ白髪が生えていなかった。

父親は朝早く起きて、草むらに寝そべるのが好きだった。彼は寝そべって、一日をもたらす赤みがかった雲をじっと眺める。その朝はまだ夜と同じくらい寒かったので、赤みがかった雲は空を引き裂かなければならなかった。上の空には一日が、下の草むらでは父親の頭に寂しさがやって来た。寂しさは父親を即座に女の温かい肌へと駆り立てるのだ。彼は温もる。父親は墓地を作っていたし、すぐにその女性と子どもを作った。

墓地を父親は下の首に持ち続けていたが、そこではシャツの襟とあごの間に喉頭がある。喉頭は尖っていて、門がかけられているのだ。それで墓地が唇を超えて上がって行くことは決してあり得ない。彼の口はかなり黒ずんだスモモからできたシュナップスを飲み、彼の歌は重苦しく泥酔した総統賛美だった。

鍬が花壇に影をもつ。一緒になって耕すことのない影。それは静かにたたずみ、庭園の道を覗く。そこでひとりの子どもが摘み取りをし、ポケットを青いスモモでいっぱいにする。

刈り取られた大馬鹿植物の間で父親が言う。青いスモモは食べてはいけないよ。種はまだ柔らかく、噛むと死ぬよ。誰も助けることができぬまま、死んでしまう。明々と発熱して内側からお前の心臓が燃え尽きるんだ。

父親の目はぼんやりしており、子どもの見るところでは、父は自分を中毒にかかったように愛する。愛し続けることなんてできない。墓地を作っていた父は子どもの死を望むんだ。

それで子どもは後でスモモを食べてポケットを空にしてしまう。父親が子どもを見ていない日はいつであれ、子どもは腹に半分の木々を隠す。子どもは食べて思う。これで死んじゃう、と。

しかし、父親はそのことを見ていないし、子どもが死ぬはずはない。

大馬鹿植物はミルクアザミ。父親は人生の何事かを知っていた。それはあたかも、死について何事かを言う人なら誰だって、人生が更にどうなるかを知っているかのように。

私はときおりローラがシャワー室にいるのを見たが、それは午後のことで、洗うには日中にしてはあまりに遅く、夜にしてはまだあまりに早すぎる時間だった。見たところ、ローラの背中には紐状のかさぶたがあり、お尻のふくらみには円状のかさぶたがあったのだ。紐と円は振り子のように見えた。

ローラは素早く背をそむける。私には鏡に振り子が見えた。振り子は鳴ったにちがいない。私がシャワー室に来るとローラが驚いたからだ。

ローラの肌はすりむけていたが、決して愛によるものではない、と私は思った。公園の地面で腹部が単に突かれたにすぎなかった。彼女の上にあったのは、太い管のなかで粉石けんが落ちる音や動物があえぐのを一日中きいていた男たちの犬の目。これらの目がローラの上で燃えていた。一日中ずっと消えていたからだ。

若い娘たちは寮のとある階の隣り合う小さな四角部屋に住んでいて、みな、自分の食事を食堂にある冷蔵庫に保管していた。自家製の羊乳チーズとソーセージ、それに卵とからし。

私が冷蔵庫を開けると、仕切りの奥に舌もしくは腎臓があった。凍っていたため舌は乾いており、腎臓は破裂して褐色になっている。三日後、奥の仕切りは再び空だった。

ローラの顔に貧しい地域を見て取った私。ローラが舌と腎臓を食べたのか捨てたのかどうかは分からなかった。頬の骨からも口の周りからも目の真ん中からも分からなかったのだ。

食堂でも体育館でもローラが屠殺された動物の破片を食べたのか捨てたのかは、分からなかった。私はそれを知りたかった。私の好奇心は燃え上がり、ローラの感情を害した。私は分別を失っていたのだ。しかし、私は長い間であれ短い間であれローラを眺めることができたが、いつも顔に地域だけを見た。私がローラを捕まえたのは、相手が熱いアイロンの上で目玉焼きをやき、それをナイフで削ぎ取り、食べているときだけだ。ローラは味見のためにナイフの先を私に向けていた。おいしいわよ、フライパンの場合ほど油っぽくないから、とローラは言う。食べてしまうと、ローラはアイロンをすみに置いた。

誰かが言った。食べたらアイロンをきれいにして、と。するとローラが言った。これじゃ、どっみちもうアイロンをかけられないわ。

こんな無分別が私を苦しめたんだわ。ローラとお昼に食堂で食事のために列に並び、そのあと一緒にテーブルにつくと、私は思った。私たちは食べるのにスプーンしかもらえないから、こんな無分別が生じるのよ。フォークもナイフも決してもらえない。それで私たちは皿の肉をスプーンだけでしか貫き通すことができず、それから口でひっぱり、肉の塊を引きちぎらなければならない。私はこんな無分別が生じる訳を思った。私たちにはナイフで切り、フォークで刺すことが決して許されていないから。私たちは獣のように食べるから。

あらゆる人が食堂でお腹を空かせていて、ピチャピチャと音を立てて食べる重苦しい集団だった、とローラはノートに書く。おのおのが抗う羊一匹を手に入れていた。みなが集まると、貪欲な犬の群れ。

体育館で私は思った。自分にこんな無分別があるのは、ローラには馬跳びができないから。ひじをしっかり伸ばすかわりに、腹の下で曲げるから。足をはさみのように広げる代わりに、膝をしなやかに引き上げるから。ローラはぐずぐず座っていて、跳馬台の上をお尻から滑った。彼女は決して台を飛び越えなかったのだ。彼女はマットの上に、足ではなく顔から落ちた。体育教師が叫ぶまでずっと、マットの上に倒れていたのだ。

ローラには分かっていた。体育教師がおそらく自分の肩、お尻、腰を持ち上げるわ。怒りが収まると、怒りが生じたところで私に触れるわ。相手がもっとしっかり掴まなければならないように、ローラは自分に体重をかけた。

若い娘たちはみな跳馬台の後ろに立ったままで、誰も跳ねなかったし、飛ぶことができなかった。

なぜならローラが体育教師から冷たい水をグラス一杯もらっていたから。教師は更衣室からグラスを持ってきて、ローラの口にあてていた。ローラには分かっていたのだ。私がゆっくりと水を飲んだら、先生は私の頭をもっと長く支えることになるわ。

体育の時間が終わると、若い娘たちは更衣室の狭い戸棚の前に立ち、再び服を着た。誰かが言ったのだ。あなた、私のブラウス着ているわ、と。ローラは言った。私はブラウスを取って食ったりしないわ、今日だけ必要なの、することがあるのよ。

毎日、誰かが小さな四角部屋で言った。分かってるの、服はあなたのじゃなくてよ、と。しかしローラは服を身につけ、町へ出た。当時、昼になるのと同時に、ローラは服を着る。服はしわくちゃになり、汗あるいは雨と雪で濡れていた。ローラは服を戸棚にぎゅうぎゅうに押し込んで掛ける。戸棚にノミがいた。ベッドにノミがいたからだ。優良ストッキングが入ったトランクのなかに、長い廊下にいた。食事室やシャワー室にも、食堂にも。路面電車、売店、映画館にいた。

お祈りの際、全員が掻いているにちがいない、とローラはノートに書く。彼女は毎週日曜日の朝、教会に行った。牧師もまた、掻くにちがいない。天にまします我らが父よ、町中にノミがいます、とローラは書く。

小さな四角部屋の晩、遅い時間ではなかった。スピーカーは労働者の歌をうたい、外の通りではまだ靴が歩み、草の茂った公園ではまだ声がし、木の葉はまだ灰色で黒くはない。

ローラはベッドに横になっていて、厚手のストッキング以外なにも身につけていなかった。兄は晩に羊たちを小屋へと連れて行く。スイカ畑を横切って行かなきゃならない、とローラは書く。放牧場を出るのが遅すぎた。暗くなってしまい、羊たちは細い脚でスイカ畑を越えて中に入っていく。兄は家畜小屋で眠り、羊たちは一晩中赤い足をしている。

ローラは空き瓶を脚の間に突っ込み、頭とお腹をあちこち動かした。若い娘たちはみなベッドを囲んで立っていたのだ。誰かがローラの髪を引っ張った。誰かが大声で笑った。誰かが口を手でふさいで黙って見ていた。誰かが泣き始めた。自分がそのなかのどの娘だったのか、私はもう覚えていない。

しかしこの早めの晩、長いこと窓の方を見ていると、めまいがしたことを私はまだ覚えている。窓ガラスのなかで部屋が垂れ下がっていた。ローラのベッドを囲んで立つ、とても小さくなった自分たち全員の姿を見た私。そして私たちの頭越しに、ローラがとても大きくなって空中と閉まった窓を通って草の茂った公園へと向かうのを見た。ローラの男たちが停留所に立って待っていたのだ。私のこめかみでは路面電車が轟音を立てた。電車はまるでマッチ箱のように走る。車両の光もまた燃え揺らいだ。まるで風の吹く野外で手がかざされている炎のように。互いに押し合いへし合いしたローラの男たち。彼らのかばんが粉末洗剤と屠殺された動物の破片を線路の脇にこぼした。それから誰かが電気を消すと、窓ガラスのなかの像は消え去り、ただ黄色い街灯だけが通りの反対側に並んで下がっていたのだ。それから私はまたローラのベッドを囲む若い娘たちの間に立った。ベッドにあるローラの背中の下辺りに物音が聞こえたが、それは私にとってもう二度と忘れることができず、この世界にあるほかの物音と取り違えられることもなかった物音。私はローラが決して育ちはしなかった愛を、彼女の汚れた白いシーツの上のそれぞれの長い茎を刈り取るのを聞いたのだ。ローラが息を切らしぼんやりしていたとき、かさぶただらけの振り子が私の頭のなかで鳴った。私はローラの男たちのなかのひとりだけは窓ガラスの鏡像に見なかった。

ローラはますます頻繁に講座に出向いた。その言葉は相変わらずの大変なお気に入りだったのだ。ますます口にするようになったが、この言葉がどのくらいお気に入りなのか相変わらず分からなかった。ますます頻繁に語ったのは、町と村に関する意識と同一化についてだ。ローラは一週間前から党員で、自分の赤い手帳を見せた。一頁目にはローラの写真。党員手帳は若い娘たちの手に渡って行く。写真にはローラの顔にある貧しい地域が一層よく認められた。紙がよく光っていたからだ。

誰かが言った。あなたは教会に行っているんじゃなくて？　ローラは言った。ほかの人もそうしているわ。だめなのは、ほかの人のことを知っていると示すことだけよ。誰かが言った。上では神が、下では党があなたの面倒をみているのね。

ローラのベッドの横には党のパンフレットが山積みになっていた。小さな四角部屋で誰かがささやき、誰かが黙ったのだ。ローラが四角部屋にいたときは、若い娘たちはすでに長いことささやき、黙っていた。

ローラはノートに書く。母は私を連れて教会に行く。寒いけれど、牧師がたくお香によって暖かく感じる。みなが手袋を脱ぎ、組み合わせた手の間にはさむ。私は子ども用ベンチに座る。母が見えるように一番すみに座った。

すでにローラがガラスケースを綺麗にしてからというもの、若い娘たちは、ローラの前で何かを言いたくないときには、互いに目や手で合図を送った。

母は私のことも祈っているそうだ、とローラは書く。私の手袋には親指の先に穴がひとつあいていて、その穴には先端の編み目からできた冠がある。私にとってそれはイバラの冠だ。

ローラはベッドに座って、イデオロギーによる党活動の改善に関するパンフレットを読んでいた。私が糸を引っ張ると、イバラの冠は下に向かって回る、とローラは書く。母は歌う、主よ、憐れみたまえと。私は手袋にある親指を引き上げる。

ローラは薄いパンフレットの実に多くの文章に下線を引いた。あたかも手が全体を見渡すかのように。ローラのパンフレットはベッドの横でうず高く積み上がっていった。傾いたナイトテーブルのように。下線を引く際、ローラは文と文の間で長らく思案した。

毛糸がすっかりからんでしまったとしても投げ捨てはしない、とローラは書く。

ローラはパンフレットの文章を括弧でくくり、どの括弧の脇にも縁に太い十字を描いた。

母は私のために親指を編み直し、指の先のために新しい毛糸を取り出す、とローラは書く。


ローラが大学四年生のときのある日の午後のこと、若い娘たちの服がすべてベッドの上に置かれていた。ローラのトランクが開いている窓の下で開けられたままになっており、数枚の服とパンフレットがトランクのなかにあったのだ。

この日の午後、私は知ったのだ。当時ローラの男たちのうちのひとりを窓の鏡に見ることができなかった理由を。彼は毎夜の、遅番ごとの男性たちとは違っていた。彼は党の大学で食事をし、路面電車には乗らず、草の茂った公園でローラの後を決してつけず、車とお抱え運転手を持っていたのだ。

ローラはノートに書く。これであの方が白いシャツを着ている最初の人よ。

かくして午後三時ちょっと前のこと、ローラが大学四年生で、ひとかどの者になりかけていたときのこと。若い娘たちの服がローラの服と分けられてベッドに置かれていた。陽が熱く四角部屋に射し込み、ほこりがリノリウムの上に灰色の毛皮のようにたまっていた。パンフレットがなかったローラのベッドの横には、毛のない黒っぽいしみ。ローラは私のベルトを使って戸棚のなかで首を吊っていた。

三人の男たちが来た。戸棚のなかのローラを写真に撮った。それからベルトをはずし、透明なビニール袋に突っ込んだ。袋はとても薄く、若い娘たちのストッキングのよう。男たちはそれぞれ上着のポケットから三つの小箱を取り出した。ローラのトランクのふたをぱたんと閉め、箱を開けた。どの箱にも入っていた緑青色のちり。それをトランクの上、それから戸棚の扉にまいた。ちりは乾いていていて、唾の混ざっていないマスカラのよう。私はほかの娘たちと同様に男たちを眺めた。青緑色のすすもあることに私は驚いたのだ。

男たちは私たちに何も尋ねなかった。彼らは原因を知っていたのだ。

若い娘五人が学生寮の入り口の脇に立っていた。ガラスケースのなかに掛かっていたローラの写真。それは党員手帳のものと同じだった。写真の下に掛かっていた一枚の紙。誰かが大声で読み上げた。

この女子学生は自殺をした。我々はこの行為を嫌悪し蔑視する。国家全体にとって恥だ。


私は、午後の遅い時間に、自分のトランクのなかにあるローラのノートを見つけた。ローラは私のベルトを取り出す前に、ストッキングの下にノートを隠したのだ。

私はノートをハンドバッグに突っ込み、停留所へ行った。路面電車に乗り読んだ。私は最終頁から読み始めた。ローラは書いている。体操教師は私を夜に体育館に呼んで、中から鍵をかけた。膨れた皮のボールだけが様子を見ていたの。以前だったら彼にはもううんざり。だけど彼の後をこっそりついて行って、家を見つけた。シャツを白いままにしておくことはできないようだわ。彼は私のことを講座に訴えた。私は干ばつから逃れられない。私がせざるを得ないことを神は赦さない。でも私の子どもが赤い足の羊たちを追い回すことは決してない。


夕方、私はローラのノートを人目を忍んで自分のトランクにあるストッキングの下に置き戻した。

私はトランクに鍵をかけ、鍵を枕の下に置く。朝になると鍵を持って出る。それをズボンのゴムに結びつけた。朝八時の体操の時間になったからだ。鍵のせいで私は少々遅れた。

若い娘たちは短い黒のズボンと白い体操服を着て、砂場の前方に一列に並んで立っていた。二人が後方に立って巻尺を手にしている。風が木々のぎっしりと繁った葉のなかを走った。体操教師が腕を挙げ、二本の指をパチッと鳴らす。少女たちは走って宙に舞った。

砂場の砂は乾いていた。足の指が入り込んだところだけが湿っていたのだ。砂は足の指のあたりでひやりとした。腹に結びつけていた鍵のように。私はスタートを切る前に、木々を見上げた。足を追うように飛んだが、遠くまで飛ばない。飛んでいるときにトランクの鍵のことを思い出したのだ。二人が巻尺をあてて数値を告げた。体操教師は跳躍の結果を時刻のようにノートに書く。私は教師の手にある削り立ての鉛筆を見て、それが彼に合っており、足部で測れるのは死だけしかないと思った。

私が二度目に跳んだときは、鍵はまるで自分の肌と同じように温かくなっていた。鍵の圧迫はもはやない。足の指が湿った砂に入り込んでいたとき、体操教師に触れられないように、私はすぐさま起き上がった。

首を吊ったローラは二日後の午後四時に、大講堂で党から除名され、大学から除籍された。何百人もそこにいたのだ。

誰かが演説台の後ろに立って言った。彼女は我々全員を失望させた、我が国の学生ならびに我が党の一員に値しない、と。満場が拍手をした。

夕方、誰かが四角部屋で言った。みなにとって嘆かわしいことだったから、彼らはあまりにも長く拍手をしたんだ。あえて最初に止めようとは誰もしなかった。それぞれが拍手の際にほかの人の手に目を向ける。何人かがしばらく止めては驚き、それからまた拍手をした。その次には大方の者が止めたがったようで、室内の拍手が拍子を失ったように聞こえたが、この数名の者たちが二度目の拍手を始めており、しっかりとした拍子が保たれていたので、大方の者たちも再び拍手をする。講堂全体でただ一つの拍子がまるで大きな靴のようにドタドタと駆け上がって初めて、演者は手で止めの合図をした。

ローラの写真は二週間、ガラスケースにかかっていた。しかし二日後、ローラのノートは鍵がけられた私のトランクから消えていた。

緑青のすすをもつ男たちがローラをベッドの上に置き、ベッドごと四角部屋から運び出した。なぜ男たちはベッドの足部を先にしてドアから運んだのか。服の入ったトランクと私のベルトが入っている袋をひとりが頭部の後を追って運んだ。トランクとベルトを右手で運んだのだ。なぜ後ろ手にドアを閉めなかったのか。左手は空いていた。

五人の若い娘が四角部屋に残された。五台のベッドが、五個のトランクが。ローラのベッドが外に出されると、誰かがドアを閉めた。部屋のなかでのどの動きにも、熱く明るい空気中のほこりの筋が巻き込まれる。誰かが壁際に立ち、髪をとかす。誰かが窓を閉める。誰かが靴紐を自分の靴に違う通し方で通した。

この部屋で動きがなかったことには理由があった。全員が黙っており、自分の手で何事かを行う。服を自分のベッドから棚へ掛け戻そうとあえて誰もしなかったからだ。

母親が言う。生きることに耐えられないなら、棚をお片付け。そうしたら悩みが手を通って行き、頭が楽になるわ。

しかし、母親の言葉は軽い。家に五つの棚と五つのチェストを持っている。もし母親が三日連続で棚とチェストを片付けるのなら、それは相変わらず仕事のような有様。

私は草の茂った公園へと行って、トランクの鍵を藪に落とした。若い娘たちの誰も部屋にいないとなると、見知らぬ者の手からトランクを守る鍵がなかったのだ。四角部屋で爪楊枝を使ってマスカラをかき混ぜたり、灯りを点けたり消したり、ローラの死後にアイロンを拭いたりする見知った者の手から守る鍵もひょっとするとないのかもしれない。

ローラが部屋にいたときは、ささやいたり黙ったりする必要は誰にもなかったのかもしれない。ひょっとすると誰かがローラにすべてを言うことができたのかもしれない。ひょっとすると私がよりによってローラにすべてを言うことができたのかもしれない。トランクの鍵はそのものを嘘に仕立て上げていた。労働者コーラスと変わらぬほど、同じトランクの鍵が国内にはたくさんあったのだ。どの鍵も嘘っぱち。私が公園から戻ると、誰かが四角部屋でローラの死後初めて歌っていた。

私にあたった昨夜の風
彼の腕のなかへと行くように
もっとあたっていたら
腕のなかで私は折れてしまったかも
幸い風は止んだまま

誰かがルーマニアの歌をうたった。私には晩の間その歌を聴きながら赤足の羊たちが進むのが見える。私の耳には、風がこの国で留まるように聞こえた。

ひとりの子どもがベッドで横になったままで言う。灯りを消さないで。消したら黒い木が中に入ってくるよ。祖母がふとんをかぶせる。早く寝なさい。みんなが寝たら、木のなかで風は止むわ、と祖母は言う。

風が止むことなどあり得なかった。いつであれ止んでいたのだ。こうしたおやすみ言葉のなかでは。

大講堂での拍手が学長の合図で止んだ後に、体操教師が演台に立った。白いシャツ姿。ローラを党から除名し、大学から除籍するために、決が採られた。

一番の挙手は体操教師。すべての手が教師に従った。誰もが挙手の際にほかの者たちが挙げた腕を見つめる。自分の腕がほかの者ほど高く挙がっていないとなると、かなりの者がひじをもう少し伸ばした。手を上の方に挙げていたが、ついには指が疲れて前にうなだれ、重くなったひじが下にさがる。見回すとまだ誰も腕をおろしていなかったので、指を再びまっすぐに伸ばし、ひじを更にあげた。脇の下には汗のしみが見え、シャツやブラウスの裾がはみでていたのだ。長く伸ばされた首、赤くなった耳、半ば開いた唇。頭は動かなかったが、目はきょろきょろとした。

四角部屋の誰かが言うには、手と手の間はあまりに静かだったので、息がベンチの木の上で上がり下りするのが聞こえたのだ。シーンとしたままだったが、ついに体操教師が手を机の上に置いて言った。我々は数える必要がありません。当然、全員賛成です。

翌日、町で思い浮かべたことがある。町中を行く者はみな、大講堂にいたとしたら、体操教師の指図に従って跳び箱をとんだことだろう。みなが指をまっすぐに立て、ひじを伸ばし、静けさのなかで目をきょろきょろさせるんだわ。私は突き刺すような熱い日差しのなか、かたわらを通り過ぎていく顔を全部数えた。私が数えたのは九百九十九まで。それから足の裏が熱くなると、私はベンチに腰かけ、足の指を引っ込めて、背中をもたれかけた。私は人差し指で自分の頬に触れて、自分も数に入れる。千と言って、私はその数をのみ込んだ。

ベンチのそばを一羽のハトが通り過ぎると、私は目で追った。ハトはよろめき歩き、翼を垂らす。空気が暑くて、くちばしは半ば開いていた。ハトはつつく。そうすると、くちばしがまるでブリキでできているような音がした。ハトは石をくわえる。ハトが石をのみ込んだときに私は思った。ローラもいたら手を挙げていたわ。だけどもう数には入らなかった。

私はローラの男たちを目で追った。お昼に工場の早番から出てきたのだ。村から連れて来られた農民たち。自らもそう言っていたが、二度と羊を持たず、二度とスイカを作らなかったのだ。町のすすを、そして畑を越えてどの村の端までも這うように伸びた太い管を、阿呆のように追いかけ回した。

男たちは知っていたのだ。自分たちの鉄、木材、洗剤が何の値打ちもないことを。それで男たちの手はごついままで、産業の代わりに丸太と塊を作った。大きく角ばるはずのものはどれも彼らの手でブリキの羊になり、小さくて丸くなるはずのものは彼らの手で木のスイカになったのだ。


ブリキの羊と木のスイカのプロレタリアートは、勤務時間が終わると、最初の飲み屋に行った。いつも群れをなして、とある酒場のサマーガーデンに。重い体が椅子に倒れ込むと、給仕が赤いテーブルクロスを裏返した。地面にある花桶の脇に落ちるコルク、パン皮、骨。緑は干からび、地面はそそくさと押し消された煙草によって掘り返されていた。酒場の棚に掛かるのは、剥き出しの茎を持つゼラニウムの鉢。先端には三、四枚の若葉が後から生えてきた。

机の上で湯気を立てている食べ物。そこにあったのは手とスプーンで、ナイフとフォークなどまったくなかった。口でひっぱりちぎる。皿の上に屠殺された動物の破片があると、そのようにみなは食べた。

酒場も嘘っぱち、テーブルクロスと植物、瓶とワインレッドの給仕服も。ここでは誰もが客ではなく、馬鹿げた午後の押しかけだった。

よろめき、互いに怒鳴っては、空き瓶で頭を殴り合った男たち。血が流れた。歯が一本地面に落ちると、誰かが笑った、まるでボタンを失ったかのように。ひとりが身を屈めて歯を取り上げ、グラスのなかに投げ入れた。こうすると運が良くなるので、歯は次々にグラスに入っていく。誰もが歯を欲しがった。

あるとき歯はなくなっていた。ローラが得た舌と腎臓が食堂の冷蔵庫からなくなったように。あるとき男たちのなかのひとりが歯をのみ込んだのだ。それが誰なのか男たちには分からなかった。ゼラニウムの茎から最後の若葉を引きちぎり、疑いながら噛む。男たちは順々にグラスに目を通して、口に緑の葉をくわえながら叫んだ。おい、スモモを食うんだ、歯を食うなよ。

男たちはひとりを指さし、全員が浅緑色のシャツを着た男を指さした。俺じゃないと言う男。男は指を喉に突っ込んだ。吐いて言った、さあ探せるぞ、ほらゼラニウムの葉に、肉に、パンに、ビールだ、だけど歯はないぜ。給仕は男を外に追い出し、ほかの者たちは拍手をした。

それからチェック柄のシャツを着たひとりが、俺だよと言った。男は笑いながら泣き始める。全員は静まり、机の上を見た。ここでは誰も客ではなかったのだ。

私の想像では、農民、彼らだけが笑い声から泣き声に、叫びから沈黙に陥る。農民たちはかっとなり、それと知らずに喜び、激しく猛り狂った。彼らは生に執着しながらも、いずれの瞬間においいても一撃で命を絶つことができたのだ。彼らなら誰であれ、暗闇のなか、同じ犬の目をしながら、ローラの後をついて茂みに入っていたことであろう。

男たちは翌日、酔いが醒めたまま、ひとりきりになって公園を通って、気を落ち着けた。大酒のために白くひび切れた唇。裂けた口角。用心して足を草のなかに入れ、大酒のなかで叫んだそれぞれの言葉を脳のなかで挽き臼にかけた。子どもみたいに座って空白となった昨晩の記憶に思いをめぐらしたのだ。酒場で何か政治的なことを叫んだのではないかという恐れ。男たちは知っていたのだ、給仕たちが何もかもを伝えることを。

しかし、大酒が許されていないことから頭を守り、食い物が口を守る。たとえ舌がせいぜい呂律の回る程度にしても、不安という習慣が声から離れはしない。

不安を抱きながら家にいた男たち。工場が、酒場にお店に住宅街が、コンコースと小麦やひまわりやトウモロコシ畑を伴う列車旅行が、注意を払っていた。路面電車に病院に墓地が。壁や屋根、それに大空が。とはいえ、何度もあったように、大酒によって嘘っぱちの場所でたまたま軽率になってしまったなら、それはあるひとりの人間の脳にある意図というよりも、むしろ壁や屋根、それに大空が犯す間違いになった。

母親が子どもを服のベルトで椅子に縛りつけている間、床屋が祖父の髪を切っている間、父親が子どもに青いスモモを食べてはいけないよと言っている間、こうした年月の間ずっと、ひとりの祖母が部屋のすみに立っている。家のなかでの行き来や話をぼんやりと見つめているのだ。あたかも朝から外の風が止んでいるかのように。あたかも空では日が眠り込んでしまったかのように。祖母はこうした年月の間ずっと、頭のなかでひとつの歌を口ずさむ。

子どもには祖母がふたり。ひとりの祖母が夕方に愛情をもってベッドに来ると、子どもは白い天井を見る。祖母がすぐに祈ることになるからだ。もうひとりの祖母は夕方に愛情をもってベッドに来ると、子どもは祖母の黒い瞳をじっと見る。祖母がすぐに歌うことになるからだ。

子どもが天井と黒い瞳をもう見てられないとなると、眠ったふりをする。ひとりの祖母は最後までお祈りをしない。お祈りの途中で立って出て行く。もうひとりの祖母は最後まで歌をうたい、顔が歪む。とても歌うのが好きだからだ。

歌が終わりまで行くと、この子はぐっすり寝ているわと思う。そして言うのだ。あんたの心獣をしっかり休めるのよ。今日は本当にいっぱい遊んだわ。

歌う祖母は祈る祖母よりも九年長く生きており、そして分別のある状態よりも六年長く生きている。家ではもはや誰のことも分からない。せいぜい歌が分かるだけだ。

ある晩、部屋のすみから机のところに行って、照明の光を浴びて言う。とても嬉しいわ、お前たちがみな、天上にいる私のところにいるなんて。この祖母には自分が生きていることがもはや分からず、死ぬまで歌わなければならない。死ぬ際に役に立つこともある病気も、祖母には来ない。

ローラの死後、二年間、私は服にベルトをつけることはなかった。町で最も喧しい音が私の頭では静かだ。トラックか路面電車が近づき、段々と大きくなると、がたがた鳴る音が私の脳ではよく響いた。足元で震える地面。私は車輪と何らかの関わりを望み、そのぎりぎり前に飛び出して道路を渡った。道路の向かい側に何とか渡れるか思い切ってやってみたのだ。私は自分の運を車輪に委ねた。しばらくの間、私をのみ込んだほこり、幸福と死の間を飛んだ私の髪。道の向かいに達して笑った私は、賭に勝っていた。しかし、私の笑い声が聞こえたのは、外から、遠くからのこと。

私の行きつけのお店、陳列ケースに並んでいたのは、舌、肝臓、腎臓の入ったアルミ皿。お店は道の途中にはなく、私は路面電車で向かった。そこのお店では、人々の顔にある地域が最も大きくなったのだ。男たちや女たちは両手にキュウリや玉ネギが入った袋を下げていた。だが私の目にはその地域から桑の木を運び出し顔のなかに入れる彼らの姿がある。私は自分よりも歳が上でない誰かしらを捜し出し、その後をついて行った。私が来たのは新興住宅地、背の高いアザミを横切って入ったとある村。アザミの間にあったのは、どぎつい赤のトマトと白いカブのある場所。どの場所も畑として失敗した一画。最初に茄子が目に入ったときには、靴がすでにその脇にあった。茄子は桑の実をいっぱいに持った二本の手のように光っていたのだ。

世界は誰も待っていなかった、と私は思った。不安を抱きながら、歩き、食べ、眠り、誰かを愛する必要は、私にはなかったのだ。私の存在以前には、私は床屋も爪切りばさみも要らず、どのボタンもなくさなかった。いまだ戦争の片をつけておらず、草のなかで歌い銃を撃つことを糧に生きていた父。愛を必要としなかった。草があれば、それが父の身を護るはずだったのだ。というのも父が故郷で村の空を見たとき、父のシャツを来たひとりの農民が大きく育ち、父の道具を再び使い始めたから。墓地を作っていた帰還者は、私を作らざるを得なかった。

父の子どもとなり、死に向かって育って行かなければならなかった私。シューシューという音で呼びかけられた。両手を叩かれ、電光石火で顔を覗かれたのだ。しかしこれまで誰も尋ねたりはしなかった。我が家よりもどの家で、どの場所で、どのベッドと土地で、不安を抱きながら、歩き、食べ、眠り、誰かを愛するのがよいのか、と。

いつであれ縛りつけることしかない。縛りを解くことは、それが言葉になるまでに、随分と時間を必要としたから。私はローラについて語ろうと思っていたが、四角部屋の若い娘たちは、さあお黙りと言った。ローラのことを思わなければ頭が楽になる、と彼女たちは解していたのだ。ローラのベッドの代わりに今や四角部屋にあったのは、机一台と椅子一脚。机上には草の茂った公園から持ってきた長い枝が入った大きな保存瓶、それに細かいぎざぎざが入った葉のあるミニバラ。水中に白い根を下ろしていた枝。若い娘たちは四角部屋で歩き、食べ、眠ることができた。ローラの書いたものを前にして歌う際にも不安を抱かなかったのだ。

私はローラのノートを頭にしまっておこうとした。

エトガル、クルト、ゲオルクは、ローラと部屋にいた者を探していた。私はローラのノートをひとりで頭にしまっておくことができなかったので、食堂で話しかけられてからというもの、毎日、三人に会ったのだ。彼らはローラの死が自殺だなんて思ってもいなかった。

私が語ったのは葉ノミ、赤足の羊、桑の木、ローラの顔にある地域のこと。ひとりでローラのことを思ったところで、多くはもはや思いつかなかった。三人が聞いてくれると、再び思いついたのだ。三人の凝視を前にして自分の頭のなかを読むようになっていた私。ローラのノートにあった消失した何れの文も頭が割れそうになりながら見出した。私は大声を出して言った。自分のノートにたくさん書き込んだエトガル。あなたのノートもすぐになくなるわ、と私は言った。エトガル、クルト、ゲオルクも草の茂った公園をはさんだ向かいの学生寮、つまり男子棟に住んでいたから。だが、エトガルはこう言った。僕らには町に安全な場所がある、荒れた庭園にある夏の別荘だよ、と。

僕らはノートを亜麻袋に入れて井戸ぶたの裏側に吊しているんだ、と言ったクルト。三人は笑い、僕らは、といつも言ったのだ。内側のホックにね、とゲオルクは言った。井戸は部屋のなかにあり、別荘と荒れた庭園は決して人目につかない男性のもの。そこには本もある、とクルトは言った。

別荘所蔵の本は遠くから入ってきたものだが、この町の顔にある、持ってこられたどの地域のことにも、どのブリキの羊のことにも、どの木のスイカのことにも通じていた。どの大酒飲みのことにも、酒場のどの笑いのことにも。

別荘の持ち主って誰と尋ねながら、知りたくもないわ、とすぐに私は思った。エトガル、クルト、ゲオルクは黙ったまま。三人の目は逸れ、血管が集まった白目のなかで沈黙が不安げに輝いた。早口でしゃべり始めた私。大講堂のこと、拍手の際に壁際を登って行った大きな靴の拍子のことを。そして、投票のとき手を挙げた際に足音を忍ばせてベンチの木を通り越して行った息のことを語った。

私はしゃべっているときに、サクランボの種のようなものが舌の上に残っているように感じた。数えられた人々と私自身の頬に添えられた指とを待ち構えていた真理。だが千という言葉が私の唇から出ていかなかった。石をついばんだハトが持つブリキのくちばしのことも、何も言わなかったのだ。更に私が話したのは跳び箱と幅跳びのこと、触ることと水を飲ませること、ズボンのゴムに付けられたトランクの鍵のこと。エトガルは手に鉛筆を持ったまま私に耳を傾け、一語もノートに書かなかった。私の思ったところでは、エトガルはいまだ真理を待っており、私が語りながら黙っていることを感じている。それから私は言った。今度は白いシャツを着た最初の男だ、と。するとエトガルは書く。それから私は言った。私たち全員が葉っぱを持っている、と。するとゲオルクは言った。それじゃあ訳が分からないよ。

口に出して言われたローラの文章。書き記されなかったのだ。私によって。口には出せるが、紙にはうまく書けない夢うつつのような状態だったのだ。書き記すとローラの文章は私の手のなかで消えた。

別荘にある本は、私が日頃思っていたよりもたくさんあった。私は本を持って墓地へと向かい、ベンチに腰をかける。老人たちがやって来た。まもなく自分のものになる墓にたったひとりで。花を持参しなかった。墓は花でいっぱいだったのだ。彼らは泣かず、宙を見ている。ときどきハンカチを探し、屈んでは靴のほこりを拭き取り、靴紐をしっかりと結び、ハンカチを再びしまった。彼らは泣かない。自分たちの頬に手間をかけたくなかったから。自分たちの顔がすでに墓石の上に、死者に並んで頬と頬を寄せながら、丸い写真の上にあったから。自分自身を前もって送り出し、待っていたのだ。墓石での出会いがいつから有効になるのか、誰が知っていようか。名前と誕生日が彫り込まれていた。手ほどの広さで命日を待っていた何も彫られていない箇所。老人たちは墓に長く留まらなかった。

老人たちが花に挟まれた狭い道を通って墓地を離れると、墓石と私があとを目で追った。墓地の外に出ると、多くの平らな場所が夏の日にぶら下がっていたのだ、花の山を前にして鈍重になりながら。ここでは夏の育ちが町のそれとは違った。暑い風を欲しがらなかった墓地の夏。静かに上に向かって空をたわめ、人の死を待ち受けていた。町で言われていたことだが、春と秋は年寄りには危ない。最初の暖気と最初の寒気によって連れて行かれてしまう。だがここで知られていたのは、夏こそが落とし穴を最もうまく開けられることだ。いかにして年寄りから花を作り出すかを、夏はいずれの日も分かっていた。

体が萎びると再び葉っぱが出てくる。愛がなくなってしまうから、とローラはノートに書く。ローラの文章を頭に入れながら、私は静かに息をする。本の文章が躓かないように。なぜなら本のそれがローラの葉っぱの後ろにあったから。

私は徘徊を覚え、休まずに歩いた。私が知るものは、物乞い、嘆き声、十字を切っての厄払いと罵り、裸の神とボロ服の悪魔、不具の手と半分の脚。

私は町のいたるところで気の狂った者たちを知っていた。

いつも同じ枯れた花束を手にしていて、首に黒い蝶ネクタイをつけた男。乾いた噴水のところに数年前から立ち、通りを見上げていた。通りの端には監獄があったのだ。尋ねてみると、男は言った。今は話せないよ、すぐに彼女が来るんだ。ひょっとすると私のことをもう覚えていないかもしれない、と。

すぐに彼女が来るんだ、と男は数年前から言っていた。そう言うと、ときには警察官がひとり、ときには兵士がひとり通りを下りてきた。男の妻がだいぶ前に監獄の外に出ていたことは、町中の知るところ。墓地のお墓のなかで眠っていたのだ。

朝七時になると、灰色のカーテンを閉めたバスの隊列が通りを下りてきた。そして夕方七時になると、再び上がっていく。通りは決して上り道ではなく、その端は噴水のある広場より高い位置にはなかった。だが高く見えたのだ。あるいは通りが上り道だと言われているだけだった。なぜならそこに監獄があり、警察官と兵士しかそこで動いていなかったから。

バスが噴水の脇を通り過ぎるたびに、カーテンの端に見えた囚人たちの指。走っているときには、モーターの音も、車が揺れエンジンが唸る音も、ブレーキの音も、車輪の音も聞こえなかった。聞こえたのは犬の吠える声だけ。それはかなり大きな音で、あたかも車輪の上の犬が一日に二度、噴水の脇を通り過ぎるかのようだった。

ハイヒールをはいた馬のところに車輪の上の犬が来た。

ある母親が、毎週一回、列車に乗って町に行く。子どもは一年に二度、一緒に行ってもよい。初夏に一度、初冬に一度。子どもは町では自分の姿が不格好だと感じる。たくさんの厚手の服でくるまれているからだ。母親は朝の四時に子どもを連れて駅へと向かう。寒い、初夏でも朝の四時はまだ寒い。母親は朝の八時には町にいたい、お店が開くからだ。

次から次へと向かうお店では、子どもは数着の服を脱いで手に持つ。そのため数着の服を町でなくしてしまう。そんなこともあって母親は子どもを町へ連れて行きたがらない。だがもっと厭わしい訳がある。アスファルトを走って行く馬を見る子ども。立ち止まり、馬が再びやって来るまで母さんも立ち止まって待って欲しいと思う。母親には待つ時間がないが、ひとりで更に進むことはできない。子どもを町で迷子にしたくないのだ。子どもを引っ張って行かなければならない。子どもは気落ちして言う。あのね、ひづめの音がうちたちのところと違うよ。

次から次へと向かうお店で、帰りの列車のなかで、その後の数日間、子どもは尋ねる。どうして町の馬はハイヒールをはいてるの。

私にはトラヤヌス広場に小びとの知り合いがいた。髪よりも頭皮が多く、聾唖者で、年寄りたちの桑の木の下にあった廃棄された椅子と同じように草おさげを下げていた。八百屋のゴミを食べていた。毎年の妊娠。深夜に遅番を追えたローラの男たちによってのこと。暗い広場。小びとは然るべきときに逃げ出すことができなかった。誰かが来ても聞こえなかったから。それに叫ぶこともできなかった。

駅の周りをうろつく哲学者。電柱や木の幹をひとと間違えていた。鉄や木材に語ったのはカントや草を食べている羊の宇宙のこと。酒場ではテーブルからテーブルへと向かい、残り物を飲んでは自分の長い白い髭でグラスを拭いて乾かした。

市の立つ広場の前で座っていた老女。ピンと新聞紙でできた帽子をかぶる。数年前より夏と冬になると袋をのせた橇を道ぞいに引っ張った。袋に入った丸められた新聞。老女は毎日、新しい帽子を作った。別の袋に入っていたのは、かぶり古した帽子。

狂った者たちだけが大講堂で手を挙げたりはしなかっただろう。不安を狂気と取り違えていたのだ。

しかし私は外で人を数え続け、自分を数に入れることができた。まるで偶然、自分に出会ったかのように。私は自分に言うことができた。おい、そこの誰かさんよと。あるいは、おい、そこの千人さんよと。ただ気が変になることだけがなかった私。まだ大丈夫だった。


お腹が空いたので、歩きながら手で食べられるものを買った。食堂で座って食べるよりも、外で肉を口で引きちぎって食べる方がよかったのだ。私が食堂に行くことはもはやなかった。食券を売って買ったのは三組の極薄ストッキング。

若い娘たちの四角部屋に私はただ寝るためだけに行ったが、眠ることはなかった。暗い部屋のなかで枕にのせると、透けて見えた私の頭。窓は街灯によって明るかった。自分の頭がガラスに見え、毛根が小さな玉ネギのように頭皮に植えられていたのだ。横になると髪が抜けると思った私。もう窓を見ることがないように横にならなければならなかった。

それから私が見たのはドア。透けて見えるビニール袋のなかにローラのトランクと私のベルトを持つ男が当時、後ろでドアをたとえ閉めたとしても、死はここに残っていたことであろう。閉じられたドアは夜になると、街灯のほのかな光に照らされてローラのベッドとなっていた。

全員が深く眠っていた。私の頭と枕の間で私が耳にしたのは、狂人たちの干からびた物、つまり、待つ男の乾いた花束、小びとの草おさげ、老いたソリ女の新聞帽、哲学者の白髭、これらがガサガサ立てる音。

昼食の際、祖父は最後の一口となるとナイフを置く。食事を終えて立ち上がって言う。百歩前進と。祖父は進んで歩数を数える。机から戸口へと進み、敷居をまたいで中庭に入り、敷石、そして草地へと進む。今じいちゃんは出発し、今じいちゃんは森へと入って行く、と子どもは思う。

それから百歩が数えられた。祖父は数えることなく草地から敷石へ、戸口の敷居へ、机へと向かう。腰をかけてはチェスの駒を並べる。最後は両方のクイーン。チェスをする祖父。腕を広げて机に置き、髪をつかみ、机の下でコツコツと早めの拍子を足でとり、一方から他方の頬へ舌を押しつけ、腕を引き寄せる。強情となり孤独となる祖父。部屋が消える。祖父が白と黒の両陣を使って自分自身を相手に指すからだ。昼食が口から下の腸へと落ちて行くにつれて、祖父の顔にはますますしわが寄る。祖父は孤独のあまり第一次世界大戦のありとあらゆる記憶を白と黒のクイーンで鎮めなければならない。

祖父は自分の百歩から戻るように最初の戦争より戻っていた。イタリアだと蛇はわしの腕ぐらい太い、と言った祖父。蛇は車輪のようにとぐろを巻く。蛇は村々の間にある石の上にいて眠る。わしは車輪の上に座り、隊の床屋はわしの頭の禿げたところに葉の液をすり込んだ。

祖父がもつチェスの駒は祖父の親指ほど大きかった。クイーンだけは中指ほどの大きさ。左側の肩下に黒い小石を抱えていた。どうしてクイーンは胸がひとつしかないの、と私は尋ねる。祖父は言った。小石は心臓だ。わしがクイーンを最後まで残しておき、最後の最後で彫ったんじゃ、と祖父は言った。随分と時間がかかったわ。床屋はわしに言ったんじゃ。あんたの頭にまだ残っている髪のせいで世界に葉は生えてこない。髪は抜けており、頭から離れなければならない。自分に何かできるのは禿げたところだけで、そこでしか葉の液は育毛を頭に強《し》いない、と。

クイーンができあがると、わしの髪はすべて抜け落ちていた、と祖父は言った。

ブリキの羊と木のスイカの労働者が当番に従って出入りするさまを見ているとき、エトガルとクルトとゲオルクと私はそれぞれが故郷を離れたときのことを語った。村を出たエトガルと私、小さな町を出たクルトとゲオルク。

持ってこられた桑の木が入った袋、老人たちの中庭、ローラのノート、これらのことを私は語った。つまり地域を出て顔のなかに入ってきたのだ、と。エトガルは頷き、ゲオルクは言った。ここにいる者はみな、村の者だ。僕らは頭とともに故郷から出てきたが、足で別の村に立っている。独裁であれば町なんかありゃしない。監視を受けていると、何もかもが小さいからだ、と。

人はある町から別の町へと向かい、ある村から別の村の者になる、とゲオルクは言った。クルトが言うには、完全な立ち去りは可能だ。人は列車に乗り込むが、ひとつの村が別の村へと向かうだけさ。

僕が出たとき、村から町までの耕地は大地にそっぽを向いた、とエトガルは言った。トウモロコシはまだ青く、風になびいていたんだ。僕は思ったよ。家の庭がのび、列車のあとを追って走る、と。列車はゆっくりと走ったんだ。

道中は長く、距離は遠いように思えたわ。そう私は言った。ヒマワリはもう葉をつけていなかったの。黒い茎が確かな別離を告げたわ。種があまりに黒かったので、車内の人たちはずっと見ることに飽き飽きしていたの。私と一緒に車内に座っていた人たちは誰もが睡魔に襲われたわ。ひとりの女性がガチョウを膝の上にのせていたのよ。女性は眠り込み、灰色のガチョウは膝の上でなおしばらくの間、があがあ鳴いたわ。それから首を羽の上において、ガチョウも寝たのよ。

森は常にガラスに覆いかぶさった、とクルトは言った。帯状にのびた空を不意に見たとき、上空に川があると思ったんだ。森は一帯すべてを消し去っていたよ。そんなことは親父の頭にぴったりだった。別れの際にかなり酔っていて、息子が戦争に行くと親父は思ったんだ。笑って、おふくろの肩をポンと叩いて言ったよ。さあクルトの出兵だ、と。親父がそう言うと、おふくろは叫んだ。叫びながら泣き始めたよ。こんな酔い方があって、と叫んだんだ。だけど、おふくろが泣いたのは、親父が言ったことを信じたからだよ。

父さんは僕らの間で誰も乗っていない自転車を押した、とゲオルクは言った。僕は自分のトランクを手に持って運んだ。列車が駅から出ると、自転車の横にいる父が町に戻る姿が見えた。長い道のりひとつ、短い道のりひとつ。

親父は迷信深く、おふくろはいつも親父に緑の上着を縫う。緑を避ける者、そいつを森が葬る、と親父は言う。親父のカムフラージュは動物ではなく、戦争から来ている、とクルト言った。

ゲオルクは言った。父さんは自転車を駅にひっぱって行った、と。行きはあまり僕のそばを行く必要がないように、帰りはひとりで家に帰ることを自分の手から感じないようにするためさ。

エトガルとクルトとゲオルクの母親は仕立屋。バックラム、裏地、はさみ、より糸、針、ボタン、アイロンとともに生きていた。エトガルとクルトとゲオルクが母親の持病について語るとき、仕立屋にはアイロンの蒸気によって柔らかくなったものがあるかのように思えた。内側から患った母親たち。エトガルの母親は胆のう、クルトの母親は胃、エトガルの母親は脾臓が悪い。私の母だけが農民で、畑によって硬くなったものがあった。外側から患い、腰を痛めていたのだ。

私たちが帰還したナチス親衛隊あがりの父親のことではなく、母親たちのことを話すたびに、母親同士は人生のうちで一度も会ったことがなかったにもかかわらず、自分の病にふれた同じ手紙を私たちに送ってきたことに私たちは驚いた。

私たちがもう乗らない列車を利用して、母たちは胆のう、胃、脾臓、腰の痛みを私たちに後から送ってきた。体から取り出された母親たちのこれらの病が、手紙のなかにあったのだ。屠殺された動物の破片が冷蔵庫の棚にあったかのように。

病は子どもたちにとってわなだ、と母親たちは思った。病は遠くで結びつけられたままだわ。ふるさとへ向かう列車を探し、ヒマワリや森を通り抜け、自分の顔を見せる子どもを、病は望んだのよ。

縛られた愛が頬もしくは額になっている顔が見える、と母親たちは思った。ここかしこに最初のしわが見え、しわが語りかけるには私たちの人生が子どものときより悪くなっている、と。

だが、その際、母親たちは忘れていた。この顔を撫でるのも撲つのも許されていないかったことを。触れるのがもはやできなかったことを。

母親たちの病は、解放が私たちにとって美しい言葉であることに気づいていた。

私たちは桑の木を持ってきた者の内に自分たちをすっかり数え入れ、半ばただそれだけの理由で自分たちを話題にした。違いを探したのだ。私たちは本を読んだから。ほんのわずかな違いを見つける一方で、私たちは持ち込んだ袋をほかの袋と同様に私たちのドアの背後に立てかけた。

しかし、これらのドアは隠し場所ではないと、そう本には書いてあったのだ。私たちがもたれかかったり、破り開けたり、あるいは閉じたりできたものは、額だけ。額の背後で私たちは、手紙で病気を私たちに送った母親と、大馬鹿植物に心のやましさを押し込めた父親と、自らとともにいたのだ。


別荘の本は国内にひそかに持ち込まれていた。本で使われていた言葉は、風なぐ母語。この地にあるような国家語ではなかった。しかし、村の子ども用ベッド語でもない。本は母語で書かれていたが、思考を禁じる村の静けさは載っていなかった。私たちの想像では、本の出所ではすべての者が考える。私たちは紙の匂いを嗅ぎ、自分たちの手の匂いを嗅ぐという習慣にはまった。私たちは驚いたのだ。読書の際、国内の新聞や本の印刷用インクで黒くなるように、手が黒くならなかったことに。

自ら持ち込んだ地域とともに町中を行く者はみな、自身の手を嗅いだ。別荘の本のことを知らなかった。だが、行くことを望んだのだ。これらの本の出所に行くことを。そこにあったのは、ジーパン、オレンジ、子ども向けの柔らかい玩具、父親用のポータブルテレビ、母親用の極薄のストッキングと本物のマスカラ。

誰もが逃走を思い浮かべて生きていた。ドナウ川を泳いで渡りたかったのだ。水が国外になるまで。トウモロコシの後を追って行きたかった。土が国外になるまで。人々の目から見て取れたことだが、自分たちが持つ有り金をすべてはたいて、土地測量師の地形図をじきに買うだろう。監視人の弾丸と犬から逃れるため、走り泳いで逃げるため、畑と川に霧が立ち込める日々を望む。手から見て取れたことだが、気球を、シーツと若木でできたもろい鳥を、じきに組み立てるだろう。飛んで逃げるために、風が止まないことを望む。唇から見て取れたことだが、自分たちの持つ有り金をすべてはたいて、じきに踏切番とひそひそと話す。乗って逃げるために、貨物列車に乗り込むだろう。

逃亡を望まなかったのは独裁者と監視人だけ。目、手、唇から見て取れたことは、今日もなお、明日またしても、犬と弾丸を用いて、墓地を作るだろう。だがベルトも用い、ナッツも用い、窓も用い、ロープも用いて作るのだ。

独裁者と監視人とが逃走計画のいかなる隠しごとよりも勝っており、見張って恐怖をもたらすと感じられた。

夕方になると、すべての通りの端で、もう一度自らの周りを回った最後の光。けばけばしい光だった。夜が訪れる前に、周りに警告したのだ。横を通り過ぎていく人々よりも小さくなった家々。上を通る路面電車よりも小さくなった橋々。そしてぽつぽつと下を行き交う顔よりも小さくなった木々。

いたるところにあった家路、それと無思慮な慌ただしさ。通りで隈がなかった顔はわずかだけ。私に近づいてくると、顔に一片の雲がかかっているのが見えた。ほとんどもう私の目の前に立つと、顔は次の一歩のところで縮んだ。ただ敷石だけが大きいまま。次の、また次の一歩となると、雲の代わりに額にかかったのは二つの白い眼球。次の、また次の、そのまた次の一歩の際、顔が私の後ろに行くちょっと前に、二つの眼球はひとつに合わさった。

自分を通りの端にしっかりと引き留めておいた私。そこは明るかったのだ。雲、それはくしゃくしゃに丸められた洋服の塊以外の何物でもなかった。できることならぐずぐずしているのがよかった私。若い娘たちの四角部屋にしかベッドがあてがわれていなかったから。私は四角部屋の若い娘たちが眠るまでなら待ったことであろう。だけど、このようなこわばった光のなかでは立ち去ることが大事。それで足を一層速めて立ち去った私。裏通りは夜の到来を待たなかった。荷をまとめたのだ。

詩を書いては、別荘に隠したエトガルとゲオルク。街角と藪の後ろに立ち、灰色のカーテンを閉めたバスの隊列を写真に撮ったクルト。朝と晩、バスは囚人たちを刑務所から畑の後ろの工事現場まで運んだ。クルトは言った。写真でも犬の吠え声が聞こえるという思い込みは、とても気味が悪い。犬が写真で吠えるとしたら、僕らは写真を別荘に隠しておけない、とエトガルは言った。

私は思った。墓地を作る者にとって損になるものは、決まって役に立つわ。エトガルとゲオルクとクルトは、詩を書き、写真を撮り、あちこちで歌を口ずさむので、墓地を作る者に憎しみをたきつけるのよ。この憎しみは監視人の損。次第に監視人は全員、最終的には独裁者も、この憎しみがもとでうろたえるわ。

血なまぐさい仕事をきちんとこなすために、監視人がこうした憎しみを必要としていることを、当時の私はまだ知らなかった。給料をもらって判決を下すために、憎しみを必要としていることを。彼らが判決を下せる相手は、敵に限られていた。監視人は自分たちの信頼性を敵の数によって示していたのだ。

エトガルは言った。秘密情報部は独裁者が病気だというわさを自ら広めているんだ。人々を逃亡へと追い立て、とっつかまえるためにさ。人々をひそひそ話へと追い立て、とっつかまえるためにだよ。肉かマッチ、トウモロコシか粉末洗剤、ろうそくかネジ、ヘアピンか釘か板の盗みでとっつかまえるだけじゃ、連中には十分じゃない。

歩き回る際に、私は狂人たちや彼らの干からびた物だけを見ていたわけではなかった。通りを行ったり来たりする監視人も見ていたのだ。大きい建物の前で、広場で、店の前で、停留所で、草の茂った公園で、学生寮の前で、酒場で、駅前で見張りをしていた黄色っぽい歯をした若い男たち。背広はサイズが合っておらず、連中はよたよた歩くか、様子をうかがっていた。それぞれ自分たちの監視区域のなかで知っていたのは、スモモの木が立つ場所。スモモの木の横を通り過ぎるために回り道もした。深く垂れ下がっていた枝。ポケットいっぱいに青いスモモの実を摘み取った監視人。すばやく摘み取り、袋いっぱいに詰めてジャケットに入れた。一度だけで摘み取り、その後長いことそこから取って食べようとしたのだ。ジャケットのポケットがいっぱいになると、すばやく木から遠ざかった。スモモ食いとは罵りの言葉だったからだ。成り上がり者、自らに背く者、無からはって出た良心なき者、屍を乗り越えて行く者はそう呼ばれた。独裁者もスモモ食いと呼ばれたのだ。

行ったり来たりしてポケットに手を突っ込んだ若い男たち。手を伸ばすことが目につかないように、一度に手にいっぱいのスモモを掴んだ。口をいっぱいにして初めて、指を閉じることができた。

一度にかなりたくさんのスモモを手に取ったので、食べるときに二、三個が床の上に転がり、数個がジャケットの袖に落ちた。床のスモモを、まるで小さいボールのように、靴の先っぽで草のなかへと小突いた監視人。袖のスモモをひじの内側からすくい上げ、すでにいっぱいの頬に詰め込んだ。

私は監視人の歯に唾の泡を見て思ったのよ。青いスモモは食べるべきではないわ、種がまだ柔らかく、死を噛んでしまうわ。

スモモ食いは農夫。青いスモモに夢中になった。仕事そっちのけで貪り食ったのだ。そっと忍んで村の木々の下で子どもの横取りをした。腹が空いていたから食べるのではなく、貧しさがもたらす酸っぱい味を貪ったにすぎない。それは、一年も前から、まるで父親の手を前にしているかのように、視線を下げ、首をひっ込めている貧しさだった。

連中は空になるまでポケットの中身を貪り、ポケットを元どおりに伸ばして、スモモを胃のなかに入れて運んだ。発熱はなかった。連中は図体が大きくなった子ども。故郷を遠く離れ、内部の熱が否応なしに荒れ狂った。

ひとりを男たちは怒鳴りつけた。なぜなら日が照っていたから、あるいは風が吹いていたから、あるいは雨が降っていたから。二人目を彼らは無理矢理引っ張り出して行かせた。打ち倒したのは三人目。ときとしてスモモの熱がまったく静かに頭に残り、四人目に便通を催させた。それも、決然と何ら荒れ狂うことなく。十五分後、男たちはまた監視区域に立っていた。

若い女性が来ると、連中は思い煩いながら足をじっと見つめたのだ。行かせるか手を出すかは、ぎりぎりのところで決まった。そのような足が来ると、理由ではなく、ただ気分だけが必要とされたのだ。

通行人はそそくさと静かに通り過ぎた。またしても前々から互いに相手が誰だか分かっていたのだ。このことによってかなり静かになった男や女たちの足取り。時が教会の塔から鳴り、午前と午後に晴れの日もしくは雨の日を分かち合った。空が光を、アスファルトが色を、風が向きを、木々がざわめきを変えたのだ。

エトガル、クルト、ゲオルクも子どもの頃、青いスモモを食べた。頭のなかにスモモのイメージが残っていなかったのは、食べるのを妨げる父親がいなかったからだ。三人は笑った。死ぬのよ、誰も助けられないの、明るい熱によって内側からあなたの心臓が燃え尽きるわ、と私が言うたびに。三人は頭を振った。私が死に噛みつくはずはなかったわ、私が食べる姿を父は見なかったからよ、と私が言うたびに。監視人たちは公然と食べたのよ、と私は言う。連中は死に噛みつかない。なぜなら通行人が摘み取るときの枝のぽきんという音や、貧乏がもたらす後味の悪さを知っているから。

エトガル、クルト、ゲオルクは同じ寮の別々の部屋に住んでいた。エトガルは五階、クルトは三階、ゲオルクは四階。どの部屋にも五人の若者がおり、ベッドが五台、スーツケースが五個、中にあった。窓がひとつ、ドアの上にスピーカーひとつ、壁に作りつけられたタンスがひとつ。どのスーツケースのなかにも靴下があり、靴下のなかにはシェービングクリームとカミソリがあった。

エトガルが部屋に来ると、誰かがエトガルの靴を窓の外に投げて叫んだ。後を追って飛んで、空中ではきな！　三階では誰かがクルトをタンスの扉に押し付けて叫んだ。馬鹿なことはどこかほかでしな！　四階ではゲオルクの顔にパンフレットが飛んできて、誰かが叫んだ。クソをするなら、自分でくらえ！

エトガル、クルト、ゲオルクをぶって脅した若者たち。三人の男たちがちょうど出て行ったところだった。男たちは部屋をくまなく調べ、若者たちに言ったのだ。お前たちがこの訪問を気に入らないなら、ここにいない奴に話すんだな。話すんだなと言って、男たちは握りこぶしを見せた。エトガル、クルト、ゲオルクが四角部屋に来たとき、呼び出された憤りが崩れ落ちた。笑ってスーツケースを窓の外に投げ出したエトガル。気をつけろ、虫けらめ、と言ったクルト。くだらないことを話したら歯が腐る、と言ったゲオルク。

どの部屋でも若者四人の内ひとりだけが猛り狂ったんだ、とエトガル、クルト、ゲオルクは言った。怒りは空振りに終わったが、それというのもほかの三人は同じことをもくろみ、エトガルとクルトとゲオルクが来たとき、猛り狂った者を見捨てたからだ。ほかの三人は生気を失ったように立っていた。

怒ってエトガルの部屋から出て行った若者が、外から思い切りドアを閉めた。下へと走り、自分のスーツケースと共に再び戻って来て、エトガルの靴も持って来たのだ。

小さな四角部屋にはくまなく調べる所はあまりなかった。連中は何も見つけなかった、と言ったエトガル。そしてゲオルクは言った、連中はノミを脅かして追い立てたから、シーツは黒い斑点でいっぱいさ。若者たちは不安のなか眠り、夜に部屋のなかを歩き回る。

くまなく調べる所は、エトガル、クルト、ゲオルクの実家には多かった。ゲオルクの母は脾臓の痛みを訴える一通の手紙を送ったが、不安のあまり痛みがひどくなっていたのだ。クルトの母は胃の痛みを訴える一通の手紙を送った。痛みがうずいたのだ。父親たちはこれらの手紙に初めて欄外に一行を書いた。こんなこと母さんに二度としてはならぬ、と。

列車で町に来て、路面電車に乗ったエトガルの父親。路面電車からは回り道をして学生寮に来た。草の茂った公園を避けたのだ。父親はある若者に頼んだ。エトガルを部屋から玄関まで呼んでくれぬか、と。

僕が階段を下りて親父を上から見たとき、小柄な若者がひとり、ショーケースの前に立っていて掲示物を読んでいた、とエトガルは言った。そこに何と書いてあるかいと僕が言うと、父は家から持ってきた摘み立てのへーゼルナッツ入り紙袋をくれたんだ。内側のポケットから母の手紙を取り出して言ったよ、公園は荒れていて、足を踏み入れたくないところだな、と。エトガルは頷いて、胆のうの痛みが我慢できないと書いてある手紙を読んだ。

エトガルは父と共に公園を通って停留所の裏にある酒場へ行った。

三人の男が車で来た、と言ったエトガルの父。そのうちのひとりは外の通りに残った。溝の橋わたしの上に座って待ったが、ただの運転手にすぎなかったんだ。二人は家に入っていった。若い方は禿げで、老いた男はすでに白髪頭。エトガルの母は部屋のブラインドを引き上げたかったが、禿げ頭の男は言った。閉めたままでいい、灯りをつけろ、と。老いた男はベッドを片付け、枕と毛布、敷布団を調べた。男はねじ回しを求める。禿げ頭の男はベッドのフレームを解体した。

エトガルはゆっくり歩き、父親は公園の道を息子の横でぎこちなく歩いた。話す際に茂みのなかを見た父親。まるで葉を数えなければならないかのようだった。何を探しているんだい、と尋ねたエトガル。父親が言った。二人はじゅうたんを引きのけ、戸棚のなかをさらっていったんだ。俺は何も探しちゃいないよ、失ったものは何もなかったからな。

エトガルは父親のジャケットを指した。ポケットから手紙を取り出したときすでに、ジャケットにボタンがひとつ欠けていた。笑ったエトガル。ひょっとしてボタンを探しているのかい。ボタンはきっと列車のなかさ、と父親は言った。

オーストリアとブラジルから届いたエトガルの両方のおじの手紙を連中は読めなかったよ。ドイツ語で書かれていたからな、とエトガルの父は言った。二人は手紙を持って行ったよ。手紙のなかにあった写真も。写っていたのは、両方のおじの家、親族、親族の家。それらの家は同じだった。老いた男は訊いた。どのくらいの部屋数がオーストリアの家にあるのか。禿げた男は訊いた。これはどういう種類の木か。ブラジルからの写真を指していた。肩をすくめたエトガルの父。お前の息子に宛てられた手紙はどこだ、いとこからの手紙だ、と尋ねた老いた男。いとこは書いたことなど一度もなかったです、とエトガルの母は言った。相手は訊いた。間違いないな。エトガルの母は言った。いえ、もしかしますと書いているのかもしれませんが、息子は受け取っていないんです。

老いた男はボタンとファスナーが入った箱を机の上にぶちまけ、禿げ頭の男は布地、バックラム、裏地を投げ散らかしたんだ。エトガルの父は言った。母さんはもう、どれがどの客のものか分からない。お前たちは誰からモード雑誌を手に入れているんだ、と連中は尋ねた。手紙と写真が入っている自分の書類かばんを指したエトガルの母。オーストリアにいる私の弟からです。お前たちはストライプの延び具合を知っているか、間もなくお前たちはストライプの服を着ることになるぞ、と老いた男は言った。

エトガルの父は酒場で非常に用心深く腰をかけた。そこにもう誰かが座っているかのように。エトガルの部屋で、禿げ頭の男がカーテンの裾を破り、棚から古い本を投げ出し、本の頁を下にして振った。手が震えないように手のひらを机に押し付けたエトガルの父。いったい古本に何が入っているというんだ、ほこりが落ちただけじゃないか、と言う。ひと飲みする際にグラスからシュナップスをこぼした。

連中は窓の敷居の花を鉢から引っぱり、手で土をぼろぼろにしたんだ、と言ったエトガルの父。土は調理台の上に落ち、男たちの指の間に細い根がひっかかっていた。禿げ頭の男は料理本をたどたどしく読んだ。ブラジル風レバー、鶏のレバーを小麦にまぶす、と。訳さなければならなかったエトガルの母。男は言った。お前たちは雄牛の目が二つ浮かんでいるスープをすするんだ、と。老いた男は中庭へ入って行って探した。庭のなかもだ。

エトガルは父のシュナップスを注ぎ足し、ゆっくり時間をかけて飲みなと言った。運転手は立ち上がって溝に小便をしたんだ、と言ったエトガルの父。テーブルに空のグラスを立て、どうして時間のことを言うんだ、俺は少しも急いでなんかいないぞ、と言った。運転手は小便をしたよ。すると鴨たちは走って行って男を見たのさ。いつもの午後と同じように新しい水をもらえると思ったんだ。そうエトガルの父は言った。運転手は笑って、ズボンのボタンをとめ、橋のすみの腐った木材の一部を折ったよ。男は木を手ですりつぶして草のなかに投げたんだ。いつもの午後と同じように小麦を投げてもらったと思い、すりつぶされた木を鴨たちは食べたよ。

ベッドの隣のナイトテーブルの上には、ブラジルにいたエトガルのおじが子どものときに彫った小さな木の人形が、捜査のときからなくなった。

戦闘に参加しなかったナチス親衛隊員だったエトガルのおじたち。敗戦でよそへと追いやられたのだ。おじたちはどくろ部隊で墓地を作っていて、戦争が終わると別れた。頭がいに同じ重荷を持っていたおじたち。決して互いに再び探し合わなかった。その地域の女性に手を伸ばし、一緒にオーストリアとブラジルで作った尖った屋根、草色をした十字の桟がある四つ窓、緑色の木ずりからなる垣根。よその地域を得て、シュヴァーベン風の家を二軒建てた。おじたちの頭がいと同じようにかくもシュヴァーベンだったのだ。何もかもが違う二つのよその土地で。家が出来上がったとき、おじたちはそれぞれの妻とシュヴァーベンの子どもを二人作った。

彼らは戦前故郷で行ったように家の前の木を毎年切ったが、それらの木だけはよその空や地面や天気にならい、シュヴァーベンを手本としない伸び方をしたのだ。

私たちは草の茂った公園に座って、エトガルのヘーゼルナッツを食べた。胆のうの味がするよ、と言ったエトガル。片方の靴を脱いでいて、かかとで殻を割った。ナッツを新聞の上に置く。エトガル自身は一つも食べなかった。ゲオルクは私に鍵を渡し、初めて私を別荘に行かせたのだ。

靴から鍵をとった私。鍵を開け、灯りはつけずに、マッチを擦った。ポンプがそこにあったが、片腕の人のように大きく細い。管の上には古い上着が掛かっており、下には錆びた水差しがあった。

壁に立てかけてあった鍬、スコップ、レーキ、ブドウの剪定鋏、ほうき。それらにかぶっていたほこり。井戸のふたを持ち上げると、麻袋が深い穴の上にぶら下がっていた。袋をフックから外し、なかに本を入れ、再びぶら下げた私。扉を後ろ手に閉めた。

私は草地を横切る道を行く、来るときに踏みつぶしてできた道だ。リラ色ばかりのジキタリスのなかから出たゼニアオイ、モウズイカが空中に向かって手を伸ばしていた。畑からの風は夕方に甘く香ったが、あるいはそれは私の不安。草の茎一本一本がふくらはぎをちくちく刺した。道でぴいぴい鳴き、私の靴が来ると道を離れた迷子の若鶏。草は鶏の背より三倍も高く、鶏の上で閉じた。こうした花盛りの荒れ地で嘆き、出口が分からず、生きようとして駆けた鶏。コオロギがりんりん鳴いたが、鶏の方がずっとやかましかった。その鶏は不安に駆られて私のことをばらすだろうな、と思った私。どの植物も私を目で追った。額から腹まで脈打った私の肌。

別荘には誰もいなかったわ、と次の日に言った私。私たちは酒場の庭に座っていた。ビールは緑色。瓶が緑だったから。むき出しの腕でほこりをテーブルから拭ったエトガル、クルト、ゲオルク。三人の腕が置かれてあったテーブルの甲板に目が向けられた。三人の頭の後ろに下がっていた栗の木の緑の葉。まだ隠れていた黄色の葉。私たちは乾杯をして、黙った。

エトガル、クルト、ゲオルクの額、こめかみ、頬の脇では、髪が透けてきた。太陽が髪の上で燃えていたから。あるいは、だれかれとなく瓶をテーブルに置くたびに、ビールがごぼごぼ音を立てたから。ときには一枚の黄色の葉が木から落ちた。私たちのなかのだれかれとなく目を上に向けた。あたかも葉っぱがもう一度落ちるのを見ようとするかのように。まもなく落ちる次の葉っぱを待たなかった。私たちの目には忍耐がなかったのだ。葉に関わり合わなかった私たち。私たちの顔をお互いに逸らせる空中の黄色い斑点にしか関わり合わなかったのだ。

アイロンのように熱かったテーブルの甲板。顔のなかで張りつめていた肌。真昼どきがすっかり差し込み、酒場には人気がなかった。労働者はいまだブリキの羊と木のスイカを工場で作っていたのだ。もう一度ビールを頼んだ私たち。瓶が私たちの腕と腕の間にあるように頼んだのだ。

頭を下げ、あごの下に二つ目のあごを作ったゲオルク。歌いながら口ずさんだ。

黄色いカナリア
卵黄のような黄色
あるのは白い羽
虚ろな目

この歌は国内ではかなり知られていた。しかし二か月前から歌手が国境を越えて逃亡中で、歌はもはやうたってはならなかったのだ。ゲオルクは歌を自分の喉にビールと流し込む。

木の幹にもたれて、聞き耳を立てて欠伸をしたウェイター。ここでは客ではなかった私たちがウェイターの汚らしい上着を見る。するとエトガルは言った。子どものことになると、親父たちは何もかも分かっているよ。うちの親父は分かっているんだ、連中が小さな木の人形を持って行ったことを。親父は言っているよ。連中にも遊び好きな子どもたちがいるんだ、と。


私たちはこの国を去ろうとは思わなかった。ドナウ川に入り、空中に舞い上がり、貨物車に乗り込もうとは。私たちは草の茂った公園に行った。エトガルが言っていたが、もし正しい者が去らねばならないとしたら、それ以外の者たちがみな国内に留まることもある。エトガルは自らそう信じてなかった。正しい者が去らねばならないなんて、誰も信じなかったのだ。毎日聞かされたのは、独裁者が罹った新旧の病をめぐるうわさ。信じる者などいなかった。とはいえ誰もが隣りに耳打ちをしたのだ。私たちもまたうわさを更に広めたが、あたかも中に死という潜行性ウィルスがあるかのように。やはり最後には独裁者にウィルスは届く。肺がん、咽頭がんだと私たちは耳打ちをしたのだ。腸がんだ、脳萎縮だ、麻痺だ、白血病だ、と。

独裁者はまたもや出なければならなかった、と人々は耳打ちをした。フランスか中国、ベルギーかイギリスか韓国、リビアかシリア、ドイツかキューバ。そうしたささやきのなかでは、独裁者が行う旅行のいずれもが、自分で逃げたいという願望と対になっていた。

どの逃亡も死の供給。それでこのような吸引力がささやきかけにはあった。逃亡は、二回に一回、監視人の犬と弾丸のせいでうまくいかなかったのだ。

流れる水、走る貨物車、静止した田畑は死の道程だった。トウモロコシ畑で農民たちが収穫時に見つけたのは、干し上がって縮んだか、ぱっくりと開いた上でカラスによってすっかりついばまれてしまった屍。農民たちはトウモロコシを折り、屍を放置しておいたのだ、見ない方が良かったから。晩秋、トラクターが畑を耕した。

逃亡をこのように恐れるあまり、独裁者が行う旅行はどれもこれも医者訪問の緊急旅行になってしまった。肺がんに効く極東の空気、咽頭がんに効くワイルドルート、腸がんに効くフィラメント電池、脳萎縮に効く鍼療法、不随に効く湯治。病気一つだけでは独裁者は出て行かない、という話。白血病に効く子どもの血は国内で得る。産科の病院では日本製の吸引針で新生児の額から血が吸い上げられるのだ。

独裁者の病気をめぐるうわさは、エトガルとクルトとゲオルクと私が母親からもらう手紙に似ていた。ささやきは逃亡を持つように警告したのだ。誰もが他人の不幸を喜ぶ気持ちで興奮したが、不幸の訪れはいまだないまま。誰にとっても独裁者の屍は損なわれた自分自身の人生と同じようにこっそりと額を通り抜けて行った。すべての者が独裁者より長く生きたいと思ったのだ。

私は食堂へ行き、冷蔵庫を勢いよく開けた。冷蔵庫の灯りがつく。まるで私が灯りを外から投げ入れたかのように。

ローラが死んで以来、冷蔵庫に舌と腎臓は入っていなかった。だが、私にはそれが目に入ったし、匂いがしたのだ。扉が開いたままの冷蔵庫の前で透明人間のことを思い浮かべる。男は病気で、生き長らえるために健康な動物の内臓をくすねていたのだ。

私は男の心獣を見た。電球のなかに閉じ込められ、ぶら下がっていた心獣。身を縮め、疲れていた。心獣が奪われないでいたから、冷蔵庫を閉めた私。男の心獣は男自身の心獣でしかあり得ず、この世の動物すべての内臓よりも醜かった。

若い娘たちは四角部屋のなかを歩き、笑い、もう暗くなっているにもかかわらず、灯りをつけずにブドウとパンを食べた。そして、寝るために誰かがつけた灯り。みなは横になった。灯りを消した私。彼女たちの呼吸は即座に眠りに落ちた。まるで呼吸を見ているかのように思えた私。まるでこの呼吸が暗くて、静かで、温かであるように思えたが、夜のことではなかった。

何もかけずに横になり、ベッドの上にある白いシーツを眺めた私。今考えていることにぴったりと合わすのに、どのようにして生きなければならないか、と考えた。誰かが落としたにもかかわらず、道端に転がっていて人目につかないものは、通り過ぎる人がいるとき、どうするのかしら。

その後、父は死んだ。肝臓は、飲みすぎのせいで、肥育されたガチョウの肝臓と同じくらい大きい、と言っていた医者。父の顔の隣には、ガラス棚に入ったピンセットとはさみが置かれていた。父の肝臓は総統を称える歌と同じくらい大きい、と言った私。医者は口に人差し指を置く。独裁者を称える歌を思い出したのだ。しかし私が思ったのは総統のこと。口に指を添えて、見込みのない状況だ、と言った医者。医者は父のことを言ったのだが、私は独裁者のことを思った。

死ぬために病院から出された父。それまでで一番ほっそりした顔でほほ笑む。彼はとても愚かだったので、喜んだのだ。医者が良くないんだ、と父は言った。部屋はひどく、ベッドは硬く、枕のなかには羽毛の代わりにぼろ切れが入っているんだ。だから俺は下り坂なんだ、と言った父。手元で激しく震えていた腕時計。しわが寄った歯ぐき。父は入れ歯を上着のポケットに入れた。もはや口に合わなくなっていたからだ。

豆のつるを這わせる棒のように痩せこけていた父。肝臓だけが大きくなったが、目や鼻もそうだった。鼻はガチョウのようなクチバシになっていたのだ。

俺たちは別の病院へ行くんだ、と言った父。私は彼の小さなトランクを運んだ。父は言った。そこは医者がいい、と。

街角では風が私たちの頭の周りで髪をなびかせると、互いを見た私たち。父は機会をとらえこう言った。俺はそのうち床屋のところに行かなければならないな、と。

父は実に愚かだったから床屋が重要だった。死の三日前のことだ。私たちは二人とも実に愚かだったから、父は震える時計を見たし、私は頷いた。数分後には床屋のところでじっと座っていられた父、じっと立っていられた私。父が亡くなる三日前、私たちは互いから解放されていたから、白い上着を着た床屋がどのようにして髪にはさみを入れたかを眺めることができた。

私は父の小さなトランクを町へ運んだ。中に入っていたのは腕時計と入れ歯と薄茶色をしたチェック柄の室内履き。遺体管理人は、死んだ父に外靴を履かせた。父のものはすべて、棺に入れなければ、と私は思った。

薄茶色をしたチェック柄の室内履きには、くるぶしの周りに茶色のストラップがついている。ストラップのそれぞれ半分が接するところには、薄茶色をしたまだらの毛房が二つある。父は、子どもができてから、その室内履きをはく。彼がそれをはくと、くるぶしが裸足よりも細くなる。父が床につく前に、子どもはその束を手で撫でてもよい。子どもがたとえ裸足であっても、その上を踏みつけてはならない。

ベッドのふちに座る父、床に座る子ども。子どもは掛け時計の振子の音を聞き、拍子に合わせて房を撫でる。もう眠っている母。子どもは撫でながら、チックタック、チックタック、と言う。父は右の室内履きで左の室内履きを踏みつけてしまう。その間に、子どもの手がある。痛い。子どもは息を止めて、黙っている。

父が手から靴を取り上げたとき、手は挟まれて怪我をしている。父は言う。邪魔しないでくれ、さもないと……。それから父は怪我をした手を自分の両手に挟んで言う。何事もなし、と。

良い人間が死ぬときだけしか雪は降らない、と言われる。それは本当の話ではない。

私が父の死後小さなトランクを持って街に向かったとき、雪が降り始めた。端切れのように空中でゆらめく雪片。雪は、石の上にも、垣根の鉄装飾にも、庭門の取っ手にも、郵便ポストのふたにも積もらなかった。雪は男と女の髪にしか白く積もらなかった。

父は死を気にする代わりに床屋と何事かを始めたわ。そう私は思った。身近の床屋とつるんで最初の街角で何か正しくないことを始めたのだ。死とつるんで何か正しくないことを始めたかのように。父は床屋に死について何も言わなかった。死を察していたにもかかわらず、生を当てにしていたのだ。

私はとても愚かだった。男と女の髪にしか白く積もらない端切れ雪が落ちてきたので、正しいことを自分に企てなければならなかったほど愚かだったのだ。私は父の埋葬前日、小さなトランクを持って行きつけの美容師のところに行き、何か死について相手に言わなければならなかった。

私は出来るだけ長く美容師のところにいて、父の人生について知っていたことをすべて話した。死について語っていると、父の人生がある時期に始まった。たいていはエトガル、クルト、ゲオルクの本から、少なくとも父自身から知った時期のこと。帰還したナチス親衛隊員、墓地を作り、その場をさっさと離れた兵士のことだ、と私は美容師に言った。子どもをひとり作り、いつも室内履きに注意を払わなければならなかった男。大馬鹿植物のこと、黒ずんだスモモのこと、酔っぱらったときの総統賛歌のこと、あまりにも大きすぎる肝臓のことを話している間、葬儀向けに頼んだ私のパーマができあがった。

私が行く前に、美容師は言った。うちの父はスターリングラードにいたよ、と。

私は列車に乗り、父の埋葬に、母の腰痛に向かった。薄茶色をしたまだら模様の野原。

私は棺のところに立った。キルティングの掛け布団を持って部屋に入ってきた歌う祖母。棺の周りを歩き、ベールの上に掛け布団をかぶせた。父のくちばしに似ていた祖母の鼻。祖母の気配りに父はつけ込んだ、と私には思えた。祖母の唇は、思慮なくただ漠然と鳴らされた、しわがれている孤独な笛。歌う祖母は、何年間も前から家の者が誰も分からなくなっていた。今、祖母は父だと分かったのだ。なぜなら祖母は狂い、父は死んだからだ。今や祖母のなかに父の心獣が巣くっていた。

祖母は母にこう言った。掛け布団を棺にかけておいてちょうだい。白雁が来るわ、と。母は腰の痛みに片手をあて、別の手で掛け布団をベールからひったくった。


エトガル、クルト、ゲオルクは、捜索以来、上着のポケットに歯ブラシと小さなタオルを入れて歩き回っていた。逮捕を覚悟していたのだ。

誰かが四角部屋で自分たちのトランクのところに行くかどうか確かめるため、三人は朝、トランクのふたに髪を二本置いた。夜、髪はなくなっていたのだ。

クルトが言った。毎晩、眠ろうと横になると、背中の下に冷たい手があると思える。横向きに寝て、脚を腹に引き寄せるんだよ。眠らなければならないことが、嫌でたまらない。水に落ちていく石のような速さで眠り込むんだ。

　夢を見たよ、とエトガルが言った。映画館へ行くつもりだったのさ。さっぱりと髭を剃ったよ。入り口にある掲示ケースに、さっぱりと髭を剃ったときに限り寮からの外出は許可という決まりが掛かっていたからさ。路面電車のところに行った。電車の車両には、どの席にも平日用という紙が置いてある。読んだよ、月曜日、火曜日、水曜日、すべての曜日を日曜日まで。車掌に言ったさ、今日はこれらのうちのどの日でもないってね。車掌は言った、だから全員、立たなければならないって。人々は後方ドアのところでひしめいて立っていた。誰もが腕に子どもを抱えている。子どもたちが合唱で歌った。乱れることなく歌ったんだ。大人たちの間で自分たちの姿が互いに見えなかったのにね。


　エトガル、クルト、ゲオルクの四角部屋と三人の実家は更に三度捜索された。捜索の後には決まって、病にふれた手紙を送った母親たち。エトガルの父親は町に行かず、母親の手紙が郵便で届いた。お前は母さんを死ぬほど傷つけているんだぞ、と余白に書いたエトガルの父親。

　私の部屋も捜索された。私が四角部屋に戻ったとき、片付けをしていた若い娘たち。私の寝具、マットレス、マスカラは床に転がっていた。私のトランクは窓の下で開けられたまま、優良ストッキングはトランクのふたに置かれたまま。ストッキングの上には、母からの手紙が一通あった。

誰かが叫んだ。あんたがローラを死に追いやったのよ。私は手紙をびりびりに破き、足でトランクのふたをバタンと閉めて、こう言ったわ。あんたたちは私を体操教師と取り違えているわ、と。誰かがすごく小さな声で言った。まさにその逆よ。ローラはあんたのベルトで首を吊ったわ。私はマスカラを拾い上げ、部屋ごしに投げた。マスカラが当たったのは机の上にあった保存瓶。そこに差してあったモミの枝先は、壁にもたれかかっていた。

私は手紙を読んだ。母の腰痛の後、書いてあった内容はこう。

車と共にいたのは三人の男たちです。そのうち二人は家の中を滅茶苦茶にしました。三人目はただの運転手。おばあちゃんと話をして、おばあちゃんが二人の邪魔をしないようにしていました。運転手はドイツ語を話しましたが、標準ドイツ語ばかりではなく、それどころかシュヴァーベン方言を話したのです。隣村の出ですけど、どの村なのかは言おうとはしませんでした。おばあちゃんは運転手をお前の父さんと間違えて、髪をとかそうとしたのです。運転手がくしを取り上げると、おばあちゃんは歌いました。何と美しく歌うのかと運転手は驚いていましたよ。一曲一緒に歌いました。

お前たち子どもたち　急ぐ家路

さっそく母さん　吹き消す灯り

運転手は言いました。もう少し違うメロディーを知っているよ、と。おばあちゃんの歌に似せて歌いましたけど、単なる間違いでした。

男たちがいなくなってから、おじいちゃんは落ち着きません。白のクイーンがなくなってしまったのです。おじいちゃんは早速いたるところを探しましたけど、何も見つかりませんでした。おじいちゃん、クイーンがなくて困っています。クイーンを見つけないと、チェスができないのです。おじいちゃんは駒によく注意を払いました。駒は戦いを生き抜き、捕虜生活を生き抜いたのです。今になって家でなくなるのは、よりによってクイーンなのですね。

おじいちゃんはあなたに手紙を書けって言います。ほかの者は拍手をして金を稼いでいる、お前はそんなことでわしを煩わさんでくれってとのことです。

雪だった。私たちの顔に雪として落ちてきたもの、それはアスファルトの上ではすでに水。凍えていた私たちの足。夜が通りの輝きを木々へと持ち上げる。むき出しになっている枝と枝の間で、街灯が今にもごっちゃになって浮遊しそうだった。

首に黒い蝶ネクタイをつけた男が、噴水の前にある足元の鏡像のなかにもう一度立っていた。監獄までの道を見上げる。枯れた花束には雪が消えずに残っていた、髪に残っていたように。遅い時間になっていて、囚人のバスはとうに監獄へ戻っていた。

エトガル、クルト、ゲオルク、そして私が別の方角に行くときも、風が顔に雪を吹きつけた。暖を求めた私たち。しかし、酒場は叫び声にあふれていた。私たちが行ったのは映画館。その日の最後の上演になっており、映画はもう始まっていた。

スクリーン上でブーンという音を立てていた工場のホール。私たちが暗闇に慣れると、エトガルは座っている人の影を数えた。私たち以外は館内に九人。私たちは最後列に座る。クルトが言った。ここではしゃべれるよ。

スクリーン上の工場は暗く、私たちには互いの姿が見えなかった。エトガルが笑って言った。僕たちは自分たちが地獄でどんな姿か分かっているじゃないか。ゲオルクは言った。たいていの人はそんなこと知らないさ。彼は上着のポケットから歯ブラシを取り出し、口にくわえる。スクリーンでは、鉄の棒を持ったプロレタリアートがホールを歩き回った。突かれた溶解炉。ホールに光を投げ入れた液状の鉄。互いに顔を見て笑った私たち。クルトが言った。口から歯ブラシを出せよ。ポケットに歯ブラシを突っ込んだゲオルク。シュヴァーベンのクソ野郎、と言った。

クルトの話。僕らの床屋に行く夢を見たよ。そこでは女性しか座ってなくて、編み物をしていたんだ。ここで何をしているんですかと尋ねた。床屋が言うには、旦那を待っているとのこと。床屋は僕と握手をして言った。面識がありません、と。僕は相手が女性たちのことを言っていると思ったが、相手は僕を見つめた。僕はこう言った。あなたは私を知っているじゃないですか。女性たちがくすくす笑う。私は学生です、と僕は言った。知るもんですか、よく考えてみたところなんですよ、と言った床屋。私はあなたと同じような人を知ってますが、私はあなたのことを知りません。

観客が口笛を吹き叫んだ。ループ、ファックだ、ループ、そいつをファックするんだ。労働者の男と女が、風の吹くなか、工場の門近くで夜遅くにキスをした。次の瞬間、工場の門の前は再び朝。キスされた女工には子どもがいた。

僕が鏡の前の椅子に座ろうとすると、床屋が首を振った、とクルト言う。いけませんな。どうしてですか、と僕は尋ねた。指で鏡をトントンと叩いた床屋。僕はじっと自分を見たところ、顔に陰毛があったんだ。

私の腕をつかんでひっぱり、別荘の鍵を私の手に委ねたゲオルク。どこにしまったらいいのかと尋ねた私。

スクリーンでは子どもたちが学校の門から通りに走り出た。キスされた女工の子どもを、学校の前で待っていた父ループ。子どもの額にキスをし、子どもからランドセルを取った。

ゲオルクの話。僕は学校で成績が悪かった。親父が言ったよ。校長に何かを仕立ててやる時期だ。一番はズボンだ、と。おふくろは次の日、灰色の生地と縁取りリボンとポケットの布、それにスリット用にもボタンを買った。というのは、店には赤いファスナーしかなかったからだ。学校へ行き、寸法を測るために校長を呼んだ親父。もう長いことこの申し出を待っていた校長。すぐに一緒にやって来た。

ミシンの隣に立った校長。靴の寸法を測ったおふくろ。脚はかなり緩めにさせてください、校長先生、と言ったおふくろ。おふくろは尋ねた。どれくらいの長さがいいですか、もっと長い方がいいですか。幅はどれくらいがいいですか、もっと細い方がいいですか。裾はダブルにしますか、校長先生。おふくろは校長がはいていたズボンに触れながら見上げて尋ねた。それからポケットはどうしますか、校長先生。おふくろはズボンの前立てに奥行をとり尋ねた。校長先生、どちら側に地下室の鍵を下げられますか、と。いつも右側だよ、と言った校長。それから家庭常備薬入れですが、ボタンにしますか、ファスナーにしますか、と尋ねたおふくろ。どういう意味だ、と校長は尋ねた。ファスナーは実用的ですが、ボタンですともっと風格をもたらします、と言った父。ボタンにしてくれ、と校長は言った。

映画の後、私が向かったのは行きつけの仕立屋の店。彼女の子どもたちはすでに寝ていた。台所にいた私たち。仕立屋のところにかなり遅くに行ったのは初めてのこと。驚かなかった相手。私たちは焼きりんごを食べた。相手は煙草を吸い、頬を引っ込め、祖父が持つチェスのクイーンがするような顔をしたのだ。仕立屋は言った。ろくでなしは今カナダ、今日、ろくでなしの妹に会ったわ、と。仕立屋の旦那は、一言も言わずに、ドナウ川を渡って逃げてしまっていた。私が語っていたことは、黒と白のクイーンのこと、祖父の中隊付き床屋のこと。それにまた祈り、歌う祖母のこと。更に父の大馬鹿植物のこと、母の腰痛のこと。

二人のおばあさんは、おじいさんが持つチェスの女王のように思えるの、と仕立屋は言っていた。祈るおばあさんは黒のクイーン、歌うおばあさんは白のクイーンに似ているわ。祈りはいつも暗いのよ。

私は異議を唱えはしなかったが、私にとっては逆だった。

歌う祖母は暗い女。誰もが心獣を持つことを知っている。祖母はほかの女から男を奪う。この男はほかの女を愛し、歌う祖母を愛さない。だが、祖母は男を自分のものにする。相手を得る気があるからだ。相手ではなく、相手の畑をだ。祖母は男を手放さない。男は祖母を愛さないが、祖母には男を手玉にする術がある。あんたの心獣はねずみよ、と相手に言って。

その後、何もかもが無駄になってしまった。戦後、畑は国によって没収されるからだ。

このことに驚くあまり祖母は歌い始めた。


私のことをほとんど何も知らない自分自身に気づかなかった仕立屋。私が学生でベルトをつけていないことに、満足しているようだった。

別荘の鍵を仕立屋の窓台に置き忘れてしまった私。誰も鍵を投げ捨てたりはしない、と思った。

仕立屋のことを信用できないと思ったエトガル、クルト、ゲオルク。あんたたちは不信感が強いのよ、あんたたちの母さんが仕立屋だから、と言った私。仕立屋を私たちの事柄に巻き込まないと私は約束しなければならなかった。エトガル、クルト、ゲオルクなら、そこの窓台に鍵がそのまま放置されていることを許さなかっただろう。彼らが不信を抱くたびに何度も口に出した詩があった。

誰にだってどの雲の塊にもひとりの友がいた
恐怖でいっぱいの世界では友とはそんなもの
母も言った　そんなことまったく当たり前
友などは問題になりはしない

もっとましなことを考えな

私は夜遅くに歩いて学生寮へ向かった。道で出会った三人の監視人。私と何ら関わりを持とうとしなかった。自分自身に関わっていて、日中と同じように青いスモモを食べていたのだ。

町はとても静かだったので、私には監視人たちの噛む音が聞こえた。食事の邪魔をしないように、そっと歩いた私。つま先歩きで歩くのが一番だったが、そうしたら彼らの注意を引いただろう。私は影法師のように実に軽やかに歩いた。私は決して捕まえられなかっただろう。私は歩いた。ゆっくりすぎず、速すぎず。監視人らの手にある青いスモモは、空のように黒かった。

二週間後、私は午後の早い時間に仕立屋のところへ行った。仕立屋はすぐに言う。鍵を忘れてったわよ。翌日、見つけたわ。私は一日中思っていたのよ、夜になったところで、あなたは寮に帰れない、と。

巻き尺が仕立屋の首にかかっていた。鍵はね、寮のじゃなくて、自宅のよ、と言った私。そこで思ったこと、それは仕立屋がベルトのように巻き尺を首にかけていること。

それからポットのお茶が沸いた。私はね、自分の子どもたちが育つ姿を目にするの。大きくなってあなたよりももっと多く自宅の鍵を必要としてくれたらいいわね、と言った仕立屋。私のカップの脇に砂糖をこぼした。それって分かるかしら、と聞いた仕立屋。私は頷いた。

不安だったので、エトガルとクルトとゲオルクと私は毎日一緒にいた。一緒に食卓についた私たち。しかし不安は、みなが会ったときに持ってきたまま、それぞれ頭のなかにばらばらに残っていた。私たちは大いに笑ったが、互いに不安を隠そうとしてのことだ。だが不安は離れ出る。顔が支配を受けると、不安は声のなかに入り込む。顔と声に対して麻痺した部位のようにうまく抑えが効くようになると、不安は指さえも離れていく。皮膚の外に横たわる不安。それは当て所もなくあちこちに散らばり、身近な物にあると気づかれるのだ。

誰の不安がどこにあるのか、それは私たちには分かっていた。お互いに長い付き合いだったから。互いに我慢がならないことも多かった。互いを頼りにしていたからだ。互いを傷つけ合わざるを得なかった。

シュヴァーベンの忘れん坊。シュヴァーベンの慌てん坊か呑気野郎。シュヴァーベンのけちん坊。シュヴァーベンの無骨者。シュヴァーベンのしゃっくりか、くしゃみ野郎、シュヴァーベンの靴下ばきか、肌着野郎、と私たちは言った。

シュヴァーベンのへっぽこ帽子め、シュヴァーベンのお馬鹿牛め、シュヴァーベンのとんま男め。

私たちは互いを引き離す長い言葉から成る怒りを必要とした。隔たりとなる罵倒のように、怒りを互いに向けて作り上げたのだ。笑いはこわばり、私たちは痛みに穴を開けた。ことは速く進む、互いを内側から知っていたから。何が相手を傷つけるのか、私たちはよく分かっていた。相手の苦しみが私たちの心をそそったのだ。相手は露骨な愛の下で崩れ落ち、自分がいかに耐えられないかに気づくはずだった。どんな侮辱も、受けた者が沈黙するまで、次の侮辱をお膳立てしたのだ。そしてその後もなおしばらく続く。なおしばらくの間、言葉は黙った顔に入った。食い尽くした畑に入ったバッタのように。

私たちは不安を抱きながら互いを次々に覗き込んでいた。許されないほど深く。私たちは、このように長きにわたり信頼を寄せながら、予期せず起こる反転を必要とした。憎しみが生じてことを台無しにすることが、許されたのだ。ごく近くで互いに向き合うなかで愛情を刈り取ることが。なぜなら愛情は深い草のように後から生えてきたからだ。弁解が侮辱を取り消した。口のなかで息が止められるのと同じくらいの速さで。

不自然な諍いはいつも意図したもの、諍いがもたらしたものだけが、しくじりのまま残った。怒りの最後には、いつであれ、言葉が見つけ出されぬまま、愛が表現された。常に愛があったのだ。しかし、諍いのときには、愛情にはかぎ爪があった。

エトガルは私に別荘の鍵を渡すときにこう言った。シュヴァーベンの微笑み持ちめ、と。私はかぎ爪を感じたが、なぜそのとき、口が顔から落ちなかったのか分からない。すべての日々を振り返ると、私は自分を見殺しにしてしまったように感じた。異論を唱える言葉がひとつも思いつかなかったほどに。ひょっとすると、私の口は熟れたエンドウのサヤになってしまったかもしれない。私が持とうとしなかった唇が、かなり干からび細くなったように思えたのだ。シュヴァーベンの微笑みとは、私が選ぶことのできなかった父のよう。私が持とうとしなかった母のようだった。

当時も私たちは映画館に座っていた。最後尾に。当時もスクリーンには工場のホールが映し出されていた。編み機に毛糸を張り渡していたひとりの女工。別の女工が赤いりんごを持ってやって来て、相手を眺めた。女工は編み機にある糸のしわを伸ばして言う。私、恋をしたわ、と。女工は相手の手からりんごを取って、かぶりついた。

この映画の間、私の腕に手を置いたクルト。彼も当時、ある夢について語った。この夢のなかで、床屋のところにいた男たち。壁の上に掛かっていた石盤、それはクロスワードパズルだった。男たちはみなまだ埋まっていない枠をハンガーで指し、文字を言った。梯子に立って、文字を書き込んだ床屋。鏡の前に座ったクルト。男たちは言った。パズルが解けるまでは調髪はないぜ。俺たちは前からいる。クルトが立ち上がって行くと、床屋が後ろからこう叫んだ。明日、ナイフを家から持ってきてくださいよ、と。
どうして僕がこのナイフを夢に見るのかと、クルトが私の耳もとで尋ねた。どうしてだか知っているのに。エトガル、ゲオルク、そしてクルトにはカミソリがもうなかったのだ。カミソリは鍵のかかった彼らのトランクからなくなってしまっていた。

私はエトガル、クルト、ゲオルクと一緒にかなり前から川辺に来ていた。もう一度ぶらぶらしようと言った三人。それが川沿いだとまるで呑気な散策であるかのように。私たちは速度を変えて歩いたり、忍び足にしたり、突っ走ったりすることがまだできた。ぶらつくこと、これを忘れていたのだ。

母は庭から最後のスモモを摘むつもりだ。だが梯子の横木がひとつぐらぐらしている。祖父が釘を買いに行く。母親は木の下で待つ。かなり大きなポケットの付いたエプロンを着ている。辺りは暗くなっていく。
祖父がズボンのポケットからチェスの駒を取り出して机の上に置くと、歌う祖母が言う。スモモは待っているんじゃが、お前さんはチェスをしに床屋のところへ行ってしまう。祖父は言う。床屋は家にいなかったんじゃ。それでわしはチェス盤に向かうことになった。明日の朝早く、わしは釘を買いに行く。今日はぶらぶら歩き回ってきたんじゃ。

クルトは内股で歩き、一本の棒を水のなかに投げて、言った。

誰にだってどの雲の塊にもひとりの友がいた
恐怖でいっぱいの世界では友とはそんなもの
母も言った　そんなことまったく当たり前
友などは問題になりはしない
もっとましなことを考えな

エトガル、クルト、ゲオルクは繰り返しこの詩を唱えた。酒場で、草の茂った公園で、路面電車で、あるいは映画館で。床屋に行く途中でも。

一緒に床屋に行くことが多かったエトガル、クルト、ゲオルク。ドアから入ると、床屋は言った。いつだってちゃんと順番どおり、赤二丁に、黒一丁。クルトとゲオルクはいつもエトガルより先に髪を切られた。

別荘にあった本のうちの一冊に載っていた詩。私もそらで言うことができた。ただし、四角部屋で若い娘たちといなければならなかったとき、この詩にすがるためには、ただ頭のなかでしか言わなかったのだ。エトガル、クルト、ゲオルクの前だと、その詩を唱えることが私には憚られた。

私は草の茂った公園で一度試みてみたところ、二行読んでもうそれ以上は分からなかった。それを最後まで呂律の回らない口で唱えたエトガル。私は湿った地面からミミズを取り、首元でエトガルの襟を引っ張って、冷たく赤いミミズを下着のなかに落とした。

いつであれ町か空っぽの空にあった一片の小さな雲。そして私の母か、君の母か、彼の母の、言うべきものが何もない手紙があった。あの詩は自らの楽しげな冷ややかさを隠したのだ。この冷ややかさはエトガル、クルト、そしてゲオルクの声にぴったり合った。たやすく唱えられたのだ。しかしこの楽しげな冷ややかさを毎日維持することは難しかった。ひょっとすると、それでこの詩は実に頻繁に唱えられなければならなかったのかもしれない。

偽りの友情を信用するな、と私に警告したエトガル、クルト、ゲオルク。三人は言った。同室の女たちは何だってやる、同室の男たちとまったく同じように。いつ戻ってくるんだいという問いで三人が意図したのは、どれくらいの間、顔を出さないんだいという問い。

自分の犬と同じ名前だった大尉のピジェレが、エトガル、クルト、ゲオルクに初めて尋問したのは、かの詩のこと。

大尉のピジェレは一枚の紙に書いてある詩を持っていた。紙をしわくちゃにしたのは大尉のピジェレ、吠えたのは犬のピジェレ。クルトは口を開けねばならず、大尉はクルトの口のなかにその紙を詰め込んだ。詩を食べねばならなかったクルト。食べるときに、喉を詰まらせてしまった。クルトに二度飛びついた犬のピジェレ。クルトのズボンを引き裂き、脚にひっかき傷をつけた。三度飛びついていたら、犬のピジェレはきっと噛みついていたぜ、と言ったクルト。だが、大尉のピジェレはうんざりしながら静かに言った。ピジェレ、もう十分だ。大尉のピジェレは腎臓の痛みを訴えて言った。お前は俺が相手で運がいいぞ。

一時間動かずに角に立っていなければならなかったエトガル。その前に座り、エトガルをじっと見ていた犬のピジェレ。舌は口から下がっていた。鼻づらを踏みつけても犬は横になったままだと思い浮かべたんだよ、と言ったエトガル。犬は僕が頭に思い浮かべたことに気づいたんだ。エトガルの手の指が一本でも動けば、また、足がじっと動かないようにエトガルが口で深く息を吸い込めば、唸った犬のピジェレ。ちょっとでも動いたものならあいつは飛びかかっただろう、とエトガルは言った。私だったらそれに耐えられなかっただろうし、耐えるなんて絶対できなかった。殺戮になっていたわ。

エトガルに行くことを許す前に、大尉のピジェレは腎臓が痛いと訴え、犬のピジェレはエトガルの靴を舐めてきれいにした。大尉のピジェレが言ったのだ。お前は俺が相手で運がいいぞ、と。うつ伏せに寝て、背中で腕を組まねばならなかったゲオルク。そのこめかみと首筋を嗅いだ犬のピジェレ。それからゲオルクの手を舐めた。ゲオルクには分からなかった、これがどれくらい続いたのか。大尉のピジェレの机にはシクラメンの植木鉢があった、と言ったゲオルク。ドアから入ると、シクラメンには一輪の花しか咲いていなかった。ゲオルクが行ってよいと言われたとき、花が二輪咲いていたのだ。腎臓が痛いと訴えた大尉のピジェレ。お前は俺が相手で運がいいぞ、と言った。

大尉のピジェレは、エトガル、クルト、ゲオルクに言った。詩は逃亡を促している。三人は言った。それは古い民謡です。大尉のピジェレは言った。お前たちのひとりがそれを自分で書いていたらもっと良かったんだがな。それだけでも良くない話だが、実際にはもっと良くないんだ。この歌はひょっとするとかつて民謡だったのかもしれないが、それは別の時代の話だ。ブルジョア地主の政権はとうに過去のものになっている。今日、我らが民族は別の歌を歌うんだ。

河岸の木々に沿い、話に沿って歩いたエトガルとクルトと私。エトガルは決して人目につくことのない男に別荘の鍵を返していた。私たちは本と写真とノートを互いに分けていたのだ。

どの口からも冷たい空気に息がゆっくりと吐き出された。逃げる動物の群れが私たちの顔の前を進んだ。私はゲオルクに言った。ほら、あんたの心獣が出て行くわ。

私のあごを親指で持ち上げたゲオルク。シュヴァーベンの心獣もちめ、と笑った。唾が私の顔に飛んだ。私は視線を下げ、ゲオルクの指が私のあごの下で立っているのを見た。寒さで関節は白く、指は青くなっていた。頬から唾をぬぐった私。ローラはマスカラに入った唾のことをマーガリンと言っていたぜ。私はうまく切り抜けるべく言った。あなたは唐変木よ。

ねずみのように逃げた私たちの心獣。自分の背後に毛皮を投げ捨て、すっかりと姿をくらました。もし私たちがちょっとの間に多くのことを次々に語れば、心獣はもっと長く空中に留まっていたであろう。

書くときには日付を忘れないこと、いつも手紙に髪を一本入れること、とゲオルクは言った。もし手紙のなかに髪が何もなければ、開封されたと分かる。

列車に乗って国中を行く数本の髪の毛を私は思い浮かべた。エトガルの茶髪、私の金髪。クルトとゲオルクの赤毛。二人とも学生たちに人気者と呼ばれた。尋問を表す爪切りばさみの一文、と言ったゲオルク、捜索を表すのは靴の一文、盗聴を表すのは風邪を引いたという一文。呼びかけの後にはいつも感嘆符が置かれるけど、脅迫の際にはコンマだけ。

水のなかにまで垂れ下がっていた岸辺の木々。あったのは頭柳と折れ柳。私が子どもだった頃、植物の名前が私の振る舞いの理由を知っていたのだ。これらの木々は、なぜエトガルとクルトとゲオルクと私が小川に沿って歩くのかを知らなかった。私たちの周りにあるものからことごとく漂った離別の匂い。私たちのうちの誰もその言葉を口にしなかった。

ある子どもは死の不安を抱き、もっと多くの青いスモモを食べるが、なぜかは知らない。子どもは庭に立ち、植物のなかに理由を探す。植物も茎も葉も分からない、どうして子どもが命に逆らって食べながら手と口を必要とするのかを。植物の名前だけしか訳を知らない。水クローバー《ミツガシワ》、綿毛草《ワタスゲ》、ミルクアザミ《ノゲシ》、鶏足《キンポウゲ》、指草《キジムシロ》、黒ズザンネ《クロズザンネ》、王ロウソク《モウズイカ》、怠け木《フラングラ》、刺しリンゴ《ヨウシュチョウセンアサガオ》、鉄帽子《トリカブト》という名前だけが。

私は一番最後に学生寮の四角部屋を引き払った。私が川から戻ってくると、すでにむき出しになっていた娘たちのベッド。彼女たちのトランクはなく、戸棚には私の服しか掛かっていなかった。沈黙していたスピーカー。寝具を引っ張り出した私。枕がないと枕カバーは頭用の袋だった。それをたたんだ私。マスカラの入った箱をコートのポケットに突っ込んだ。掛け布団がないとカバーは経帷子。それをたたんだ私。

リネンのシーツを引っ張り出すために掛け布団を片付けると、シーツの真ん中に豚の耳があった。それは彼女たちの別れのしるし。私はシーツを揺すったが、耳は下がったままで、ボタンのように真ん中に縫いつけられていたのだ。青みがかった軟骨に通った針の刺し傷と黒いより糸が目に入った。吐き気を催せなかった私。豚の耳よりも戸棚の方がもっと怖かったのだ。私はすべての服を一度に取り出して、トランクに放り込んだ。アイシャドー、アイライナー、おしろい、口紅がトランクのなかにあった。

四年の歳月が何なのか、分からなかった私。四年間が私のなかかそれとも服のなかに掛かっていたのかどうかも。最後の年は戸棚のなかに掛かっていた。私は最後の年に毎朝お化粧をしていた。生きる気力がなくなればなくなるほど、お化粧がますます好きになった。

私はリネンのシーツをたたんだ。耳はそこに残ったまま。

廊下のすみに寝具の山があった。その前に立っていたのは、水色のスモックを着ている女性。枕カバーを数えていたのだ。私が寝具を出すと、数えるのを止めた。鉛筆で体をかいていた女性、自分の名前を告げた私。女性はスモックのポケットからリストを取り出し、探して、バツを付けた。あなたは最後から二番目よ。そう女性は言った。最後よ。そう私は言った。最後から二番目の者は死んでるわ。

この日、ローラがいたら、極薄のストッキングをはいて列車に乗ることができたわ。雪のなかで羊を家まで追い立てる者なら、翌日、こう思ったわ。自分の姉ならこんな寒さのなか、素足で列車から降りてくるんだ、と。

トランクを四角部屋から運び出す前に、私はもう一度、空の戸棚の前に立ったに違いない。その少し前に私はもう一度、窓を開けた。耕された畑の上の雪のかけらのような空の雲。歯があった冬の太陽。窓ガラスに映る自分の顔を見た私。向こうにはすでに雪と土が十分にあったので、太陽が光の外に町を放り出すのを待った。

トランクを持って外に出ると、戸棚の扉を閉めに戻らなければならないように思えた私。窓は開いたままだった。戸棚はおそらく閉まっていただろう。


私は駅へと向かい、母の手紙を運んできた列車に乗った。四時間後、家にいた私。振り子時計が、目覚まし時計が止まっていた。母はよそ行きの服を着ていた、あるいは私にはそう思えたのだ。母に会うのは久しぶりだったから。母は私の極薄ストッキングを撫でようとして人差し指を伸ばした。実際には撫でなかった母。あたしの手はひどく荒れている、あなたは今では翻訳家、と言った母。

母の手には父の腕時計。時計は止まっていた。

父が死んでからというもの、母は家にあるすべての時計を無感情に巻いた。ぜんまいは切れてしまっている。母は言った。時計を巻くとき、もう止めなければならないという感情を持つけど、止めはしないわ、と。

チェスの駒を盤上に置いた祖父。わしはクイーンに思いを寄せざるを得ないんじゃ、と言った。言ったでしょ、新しいのを彫ったらどう、と言った母。材木なら十分にあるわ。祖父が言った。その気にならんわ。

私のトランクの周りを回った歌う祖母。私の顔を覗いて尋ねた。どなたがお出でかい。彼女なら目の前じゃない、と言った母。歌う祖母は尋ねた。あんたの旦那はどこかい。旦那なんていなくてよ、と言った私。歌う祖母は尋ねた。旦那は帽子を持っているのかい。


遠くにある汚れた工業都市へと転居していたエトガル。この町では誰もがブリキの羊を作り、それを治金学と呼んでいた。

晩夏にエトガルを訪ねた私。そして太い煙突と赤い煙とスローガンを目にした。濁った桑の実シユナップスのある酒場と殺風景な住宅地へと帰る千鳥足を。そこでは老人たちが足を引きずって草のなかを通っていた。道端でゼニアオイの種を食べていたぼろぼろの服のかなり小さな子どもたち。腕がまだ桑の木の枝にまで届かなかった。ゼニアオイの種を主なる神のパンと名付けていた老人たち。それを食べると賢く育つとのこと。痩せた犬と猫は待ち伏せして虫やねずみに飛びかかるときには辺り構わずだった。

真夏の太陽が照りつけているとき、すべての犬や猫は桑の木の下に横になり眠るんだ、とエトガルは言った。太陽によって毛を温められると、犬や猫はあまりに弱すぎて、空腹をいやすことができない。枯れ草のなかにいる豚は発酵する桑の実を食べてバランスを失うんだよ。人間のように酔っぱらっているのさ。

冬になると豚は住宅地の間で屠殺された。雪が少ないと、草は冬中ずっと血の色のまま、と言ったエトガル。

エトガルと私は建物が崩れていた学校へと行った。太陽は明滅し、日が差しているところにとまっていたハエ。小さかったが、ふ化があまりに遅かったハエの姿とは違い、さえない灰色のぼんやりした状態ではなかった。私の髪にとまると、緑に輝きブンブン唸ったのだ。数歩前に運ばれ、再びブンブン唸って飛んでいった。

夏になるとハエは眠っている動物にとまるんだ、とエトガルは言った。毛に埋もれて呼吸のたびに均等に上げ下げされるんだ。

エトガルはこの町の教師だった。生徒は四百人、最年少は六歳、最年長は十歳、と言ったエトガル。生徒たちは、党の歌を美しい声で歌うために桑の実を食べ、九九をちゃんと覚えるために赤クローバーの花を食べるんだよ。足に筋力をつけるためにサッカーをし、指先が器用になるように習字を練習するんだ。内からは腹が下り、外からは疥癬とシラミにやられるんだよ。

馬車はバスよりも速く通りを駆けた。ガタガタ音を立てる車輪、鈍い音を響かせるひづめ。ここでは馬はハイヒールをはいておらず、目に緑と赤の房飾りが下がっていた。同じ房飾りが鞭に垂れている。馬はひどく打たれたので、鞭の房飾りのことを覚える、と言ったエトガル。それから同じ房飾りが下げられる。馬は怯えて走るんだ。

バスのなかでは人々は頭を垂れて座っている、とエトガルは言った。居眠りしていると思えるよ。どうして目的のバス停で目覚めて降りることができるんだろうと、最初の頃は不思議に思ったよ。彼らと一緒にバスに乗っていくと、同じように頭が下がってしまう。床は壊れている。隙間から道が見えるんだ。

私にはこの町がエトガルの顔に映し出されているのが見えた。目の真ん中に、頬のふちに、口の脇に。髪は長く、髪のなかの顔は光を嫌う殺風景な場所のように私には思えた。こめかみには血管が透けて見え、目は訳もなくきょろきょろとし、まぶたは下がっていたのだ、まるで魚が一匹いなくなったかのように。この目は視線を逸らした。ちょっとだけ見つめられたというただそれだけの理由で。

エトガルは住まいが体操教師と一緒で、二部屋に台所と浴室があった。窓の前に立っていたのは桑の木と大きなゴボウの灌木。浴槽の排水溝を通って、毎日、一匹のねずみが出てきた。エトガルは言った。体操教師は数年前からこいつを家で飼っていて、ベーコンを浴槽に置いておくんだ。名前はエーミール。桑の実と若いゴボウも食べるのさ。

ローラの地域をエトガルの顔に見た私。エトガルへの懸念を取り払おうとした。懸念による思い込みによれば、エトガルが生活をするこの地では三年間居続けられる者はいない。だがエトガルは三年間居続けなければならなかった。国に教師としてここに送り込まれていたのだ。それで私はこの場所について何も言わなかった。しかし、私たちが晩遅く窓から半月を見ていたときにエトガルは言ったのだ。ここでは君はいたるところでローラのノートを見るよ。ノートは空と同じくらいの大きさなのさ、と。

エトガルの部屋にある戸棚は空だった。服はトランクに入っていたのだ。荷造りをせずにいつでもこの地を離れることができるように。僕はここに腰を据えないよ、と言ったエトガル。トランクのふたに十字に交差して置かれた二本の髪の毛を見た私。エトガルは言った。体操教師が僕の部屋を嗅ぎ回っているんだ。

崩れた学校に行く途中、私はゴボウの茎を摘み取ろうとした。エトガルの花瓶が空になっていたし、遅咲きの芽がまだ咲いていたから。茎を折り曲げ、力ずくで引っ張った。もぎ取ることはできなかった私。折り曲げたまま道端に垂らしておいた。ゴボウの茎には針金のような筋がある。私は咲き終わったとげのあるゴボウを摘もうと思わなかったが、それが私のコートにくっついていた。

少年たちはゴボウから肩章を作るんだ、と言ったエトガル。そいつらは警官と将校になりたがっている。これらの煙突が少年たちを工場へと押し流してしまう。そのうちの二、三人だけが、最も粘り強い者だけが、今からもう歯で人生に食らいついているのさ。君のコートにあるゴボウのように彼らは列車に飛び乗り、監視人として、何でもやりかねないようになり、国のどこかの道端で立つことになるんだよ、とエトガルは言った。

すべての者が木のスイカを作っている工業都市に、教師として三年間配属されていたゲオルク。木のスイカとは木材加工業のことだった。

エトガルはゲオルクを訪ねたことがあった。町は森のなかさ。列車もバスも通っていなかった。走っているのはトラックだけだったよ。運転しているのは指が数本ない素っ気ない奴らでね、と言っていたエトガル。トラックは空荷で来て、樹幹を積んで戻って行くんだ。労働者は木の切れ端を盗み、それで寄木張りの床を敷くんだ、とゲオルクはエトガルに言ってい た。盗みを働かない奴は工場でまともに相手にされないんだ。だからさ、たとえ家中が寄せ木張りの床になったところで、盗んで床を敷くことは止められないんだよ。彼らは天上まで届く壁をこしらえてしまうんだ。

町の中心でシューシュー唸っていた二つの製材所。街角に立っていれば森のなかで斧が木々を叩き割る音が聞こえてきた。ときどき聞こえてきたのは、どこか町の背後でずっしりとした木が地面に倒れる音さ。通りに出ている男たちにはみな、指がなく、子どもたちもそうさ、と言っていたエトガル。

私がゲオルクから最初の手紙を受け取ったとき、日付は二週間前だった。それは三日前に届いたエトガルの手紙も日付は同じく前のものだった。

私は三日前にエトガルの手紙を開封したときと同様にゆっくりとゲオルクの手紙を開封した。便箋の折り目にあった赤い髪の毛。三日前、エトガルの手紙には黒い髪の毛が置いてあった。呼びかけの後には感嘆符。読んでいるときに息をのんだ私。風邪ひきか爪切りばさみか靴という言葉がある文が紙の上に出てこないようにと、唇で自衛策を講じた。息をのんだところで意味がない。そうした文が出てきたのだ。エトガルの手紙を読んだときにも出てきていた。

ここの人々はおがくずを髪の毛と眉毛のなかに持つ、と書いたゲオルク。

口のなかの言葉で多くを踏み荒らす、草むらのなかの足と同じように、と思った私。エトガル、クルト、ゲオルクと一緒に川沿いを最後に散歩したことを思い出した。私の頬に飛んだゲオルクの唾、私のあごの下にあった指のことを。私は自分がゲオルクに言う声を聞いた。あなたは唐変木よ。

この文は私から出たものではなかった。文は木と何の関係もなかったのだ。そのときには。私はその文を他人から何度も聞いていた。彼らが誰かから不躾にされるたびに。その文はほかの者から出たものでなかった。誰かに不躾にされると彼らは思いついたのだ。誰かに不躾にされた者から、彼らもこの文を何度も聞いていたから。もしこの文がかつて木と関係していたとしたら、文が誰から出たかが重要だった。だが文は不躾とだけしか関係がなかった。不躾が過ぎ去ると、その文も過ぎ去ったのだ。

幾月かが過ぎ去り、その文は過ぎ去らなかった。あなたは唐変木よ。そうゲオルクに言ったかのように思えた私。

僕の髪は目立たない、おがくずがなくても赤みがかっているから、と書いてあった手紙。僕はあてもなく町を行く。自分の前を誰かがあてもなく行く。一緒の歩みが長くなると、僕らの足取りは互いに合ってくる。互いの邪魔にならないように大股四歩の距離を保つ。連中は僕の足取りがあまり近づきすぎないように前方に注意を払う。僕は彼らの背中が自分に近づきすぎないように後方に注意を払う。

だがすでに二度、別の事態が起きた。僕の前にいる男が突然、両手をズボンのポケットに突っ込んだのだ。立ち止まり、ポケットを裏返し、揺すっておがくずを取り出した。男は叩いてほこりをポケットから出し、僕は男を追い越す。そのすぐ後に、男が後ろで四歩以上下がったのが聞こえ、それから四歩の距離となった。だがそれから僕の背後にぴたりとつく。男は僕を追い越して走り始めた。ポケットにおがくずがなくなり、男には行き先があったのだ。

若枝を切り落とし、細かく分けて、枝に一本の溝と穴を開けた老人たち。手前の端を平らに切ったので、そこは吸い口になった。老人たちは手に触れるどの枝からも笛を作る、と書いたゲオルク。エトガルが言っていたことだが、子どもの指よりも短い笛と一人前の大人と同じ長さの笛がある。老人たちは森に向かって笛を吹き、鳥たちの気を変にさせた。木や巣のなかで気が変になってしまった鳥たち。森の外を飛ぶと、水たまりの水を雲と間違えたのだ。鳥たちは突っ込んで死んでしまった。

ここではただ一羽の鳥だけが自分の生き方を持つ、モズ《ノインテーター》だよ、とゲオルクは書いた。鳴き声はどんな笛とも違う。鳥は老人たちの気を変にしてしまう。老人たちはグミの木の枝を折り、指にトゲが刺さり血を流す。木から大きさが指ほどの笛と子どもほどの笛を作るが、モズは変にならない。

エトガルが言っていた。モズは満腹のときにさらに餌を探し続ける、と。老人たちはグミの木の周りをそっと歩いて笛を吹く。鳥は老人たちの頭の上を飛んで茂みのなかに入ってとまる。鳥は気を乱されることなどない。翌日の空腹に備えて落ち着いてトゲに獲物を突き刺すのだ。

そうでなくてはならないよ、とゲオルクは書いた。僕がそうさ。一週間前に二足の靴を買ったんだ。

私はエトガルの手紙を三日前に読んでいた。僕は今週すでに二度も自分の靴をなくしてしまった、と。

私は靴屋の前を通り過ぎるたびに家宅捜索のことを思い出した。歩を速めた私。仕立屋は言った。子どもの靴は高すぎるわ。相手が靴のこと、靴のことだけを言ったので、私は笑わずにはいられなかった。仕立屋は言った。あなたには子どもがいないわ。別のことを思い出したのよ、と私は言った。

毎週、町に来たクルト。屠殺場の技師だった。屠殺場は村のはずれにあり、町から遠くない。町はあまりに近いので村に住むことはできない、とクルトは言った。バスは反対方向に進む。朝、僕が仕事で村へ行かなければならないときに、一台のバスが村から町へと向かう。午後、仕事の後には、一台のバスが町から村へと向かう。これには理由があって、毎日、町に行ける者たちが屠殺場で働くことを、連中は望んでいない。村を滅多に離れることのない村人だけを、連中は望む。新入りが来ると、すぐに共犯者になってしまう。ほかの者たちと同様に黙り、温かい血をすするようになるまでに、数日とかからない。

クルトの監督下にあった十二人の労働者たち。屠殺場の敷地にボイラー管を置いた。三週間前から風邪を引いていたクルト。ベッドに寝てなくちゃ、と毎週言った私。労働者たちは僕とまったく同じように風邪にかかったけど、ベッドに寝てないよ、とクルトは言った。僕がいないと、彼らは何もしないし、何もかも盗むんだ。

私たちは風邪を引いたという言葉を用いなかった、手紙に書いてあったからだ。ゲオルクは三十分の間に三杯もお茶を飲む。私は一杯だけ。私はカップのなかを覗いて、ゲオルクが三倍もすすり飲むのを想像した。そのとき相手はこう言ったのだ。ゲオルクの学校の子どもたちは両親の工場や寄せ木張りの床について、そして祖父母のパイプについて、何も知ろうとはしない。子どもたちは板からピストルと武器を作る。警官か将校になりたがっている、と。

僕が朝、屠殺場に行くとき、村の子どもたちは学校へ行く、とクルトは言った。ノートも本もなく、一本のチョークしか持っていない。子どもたちはそれを使って壁や垣根に心をすっかり打ち込んで絵を描く。あるのはのみ込まれた心臓だけ。どれもこれも心臓だ。牛の心臓に、豚の心臓、ほかに何があるというのか。子どもたちはすでに共犯者。夕方、口づけされると、自分たちの父親が屠殺場で血をすすっているのを嗅ぎ取り、そこへ行きたがる。

一週間前から風邪を引き、自分の爪切りばさみが見つからない、と私はエトガルに書いていた。一週間前から風邪を引き、自分の爪切りばさみが切れない、とゲオルクに私は書いていた。ひょっとすると私は「風邪を引いた」と「爪切りばさみ」を一つの文に書いてはならず、ひょっとすると「風邪を引いた」と「爪切りばさみ」を手紙のなかで分けなければならなかったのかもしれない。ひょっとすると最初に「爪切りばさみ」、それから「風邪を引いた」と書かねばならなかったのかもしれない。しかし、「風邪を引いた」と「爪切りばさみ」とはせいぜいひとつのノックにすぎなかったが、正しい文を見つけようとして午後の間中ずっと、「風邪を引いた」と「爪切りばさみ」と書かれた文をいくつか何気なく口にした後では、私の頭よりも大きくなっていた。「風邪を引いた」と「爪切りばさみ」は言葉本来の意味と私たちが取り決めた意味から私を投げ出していた。私はそこに何も見出せず、ひょっとすると良いのかもしれず、きっと悪いにちがいない一文のうちにそれらをそのまま残しておいたのだ。このような一文中の「風邪を引いた」か「爪切りばさみ」を線で消し、後になって二、三の文をまた書き加えていたら、もっと悪くなっていたであろう。私は両方の手紙で別の文ならいずれも線で消すことができた。「風邪を引いた」と「爪切りばさみ」だけを線で消すとしたら、それはひとつの指示であって、悪文以上に愚かなことだ。

私が手紙に入れなければならなかった二本の髪の毛。私の髪は鏡の前だと、猟師が望遠鏡で見ている獣の毛のように、私からかなり離れ、手が届くほど近かった。

私は二本の髪を抜き取らなければならなかった。なくなりはしなかった二本の手紙髪。どこで生えた髪か。額か、左もしくは右のこめかみか、頭の真ん中か。

私は髪をくしですく。髪がくしにくっついた。一本をエトガルの手紙に、一本をゲオルクの手紙に入れた私。くしのすき具合が間違っていたら、手紙髪はなかった。

私は郵便局で切手をきれいに舐めた。入り口の脇で電話をしている者、毎日、私をつけ回した男だ。白い亜麻布かばんを抱え、一匹の犬を綱につないで連れていた。中は半分ほど入っていたが、軽かったかばん。それを男は抱えていた。私の行き先が分からなかったので。

私はお店に入った。少し後に列に加わった男は、犬をつながなければならない。私と男の間には四人の女性が立っている。私がお店の外に出ると、男は犬と一緒に私の後を再びついて来た。手に持つ亜麻布かばんは前ほど入っていない。

電話の際、男は犬の綱と受話器を片方の手に持っていた。もう片方の手には亜麻布かばんを持っている。私の舌が切手を舐める様子を、話しながら見ている。私は切手を貼ったが、端っこはまだ湿っていない。私は男の目の前で手紙をポストに投函した。これで手紙が男の手に渡る恐れがないかのように。

男は大尉のピジェレではなかった。犬はひょっとするとピジェレだったかもしれない。しかし大尉のピジェレばかりがシェパードを飼っているのではなかった。

犬のピジェレを連れていない大尉のピジェレから私は尋問を受けていた。ひょっとすると犬のピジェレは食べるためか寝るための時間を取っていたのかもしれない。ひょっとすると犬のピジェレは入り組んだ建物にあるどこかの部屋で調教を受け、更に何か新しいことを習っているか、あるいは古いことを訓練しているかで、その間に大尉のピジェレが私を尋問していたのかもしれない。ひょっとすると犬のピジェレはその男や亜麻布かばんを伴いながら通りでほかの誰かの後をつけていたのかもしれない。ひょっとすると亜麻布かばんを持たない別の男と一緒だったのかもしれない。ひょっとすると大尉のピジェレが私を尋問しているとき、犬のピジェレはクルトの後をつけていたのかもしれない。なんと多くの男がおり、なんと多くの犬がいたことか。一匹の犬にある毛の数ほど多く。

机の上にあった一枚の紙。大尉のピジェレが言った。読め、と。紙には詩が書かれてあった。大きな声で読め、わしら二人がともに楽しめるように、と言った大尉のピジェレ。私は大きな声で読んだ。

誰にだってどの雲の塊にもひとりの友がいた
恐怖でいっぱいの世界では友とはそんなもの
母も言った　そんなことまったく当たり前
友などは問題になりはしない

もっとましなことを考えな

大尉のピジェレが尋ねた、誰がそれを書いたんだ。私は言った。誰かが書いたのではありません。民謡なんです。だったらそれは人民の財産だ、だから人民は詩を書き続けてもよいのだ、と言った大尉のピジェレ。ええ、と私は言った。それじゃ、ちょっと詩を作ってみろ、と言った大尉のピジェレ。私には詩を作れません、と私は言った。だがわしが、と言った大尉のピジェレ。わしが詩を作る。お前はわしが作った詩を書くんだ。わしら二人がともに楽しめるように。

私にはどの雲の塊にも三人の友がいた
雲でいっぱいの世界では娼婦とはそんなもの
母も言った　そんなことまったく当たり前
三人の友などは問題になりはしない
もっとましなことを考えな

大尉のピジェレが作ってきた詩を私は歌わなければならなかった。自分の声を聞かずに歌った私。不安からより確かな不安に陥った。水が歌うように、不安は歌うことができた。ひょっとするとメロディーは私の歌う祖母の妄想から来ていたのかもしれない。祖母の理性が忘れてしまっていた歌を、ひょっとすると私は知っていたのかもしれない。ひょっとすると祖母の頭のなかで利用されずにいたものが口をついて出て行かざるを得なかったのかもしれない。

祖父の床屋は祖父と同じくらいの歳。何年も何年も前からすでに男やもめだった。もっとも彼のアンナは私の母と同じくらいの若さなのに。床屋はアンナの死を長いこと受け入れられずにいた。アンナがまだ生きているとき、私の母は言った。あれは口が軽い、と。祖父の畑が没収されたとき、アンナは歌う祖母に言っていた。今からあなたの稼ぎがあなたのものよ、と。

鉤十字の旗が村の運動場でたなびいたとき、歌う祖母はアンナの婚約者を地方支部長に訴えていたのだ。祖母はこう言っていた。アンナの婚約者は鉤十字旗掲揚に来ないわ。総統の反対者ですもの、と。

二日後、町から一台の車が来て、アンナの婚約者を連れて行った。それからというもの婚約者は行方不明だ。

私の母は言った。戦争が終わってからかなり経ったとき、床屋はこの若いアンナを得たのよ。床屋は見事な美女を得たことを今でも祖母に感謝している。祖父の髪を切るたびに、あるいは祖父とチェスをするたびに、床屋は言う。美女は年をとらず、醜くなる前に死んでしまうのさ。

だが、感謝される理由はない、と母は言った。祖母はアンナに何か悪いことをしようとしたわけでもないし、床屋に何か良いことをしようとしたわけでもなかったわ。報告したのは、自分の息子が前から出兵しているのに、アンナの婚約者が入隊しようとしなかったからよ。

大尉のピジェレは紙を取って言った。うまく詩を作ったものだ。お前さんの友達は喜ぶだろう。それはそちらの作よ、と言った私。大尉のピジェレは言った。いやいや、それはお前の字じゃないか。

私が行くことを許されたとき、大尉のピジェレが腎臓の痛みを訴えて言った。お前は俺が相手で運がいいぞ。

次の尋問の際、大尉のピジェレは言った。今日は紙を見ないで歌うぞ。私は歌い、確かな不安にメロディーが再び浮かんだ。私はメロディーを二度と再び忘れはしなかった。

ひとりの女が三人の男とベッドのなかで何をするんだ、と大尉のピジェレ。だがお前たちは結婚を望んでいない。犬の結婚のようにきっと乱れるはずだ、と言った大尉のピジェレ。黙った私。ないな。結婚できるのはカップルだけで、群れではできん。お前はどいつを自分の子どもの父親に選ぶんだ。

私は言った。しゃべったところで子どもはできません。いやいや、かわいい男の子はすぐにできる、と大尉のピジェレは言った。

私が行くのを許される前に、大尉のピジェレは言った。お前たちは禍の種だ。お前を我々は水のなかに突っ込む。

私は思い出したが、禍の種、それを父は見たのだ。ミルクアザミを鍬で掘り起こすたびに。私は呼びかけの後にコンマが一つある二通の手紙を書いた。

親愛なるエトガル、

親愛なるゲオルク、

大尉のピジェレが手紙を読むときには、大尉が再び封をして送り出すように、コンマは黙っていなければならなかった。だが、エトガルとゲオルクが手紙を開くたびに、叫ばなければならなかったのだ。

黙りそして叫ぶコンマなどありはしなかった。呼びかけの後に置かれたコンマはあまりに濃密になりすぎていたのだ。

私は本や手紙が入っている紐でくくられた箱を事務所にあるファイルの後ろに置いておくことが

もはやできなかった。私は箱を持って仕立屋のところに行ったが、それは工場のなかで箱をもっと安全における場所を見つけ出すまでは、仕立屋のところに置き忘れてしまうためだ。

仕立屋はアイロンをかけていた。机の上に巻かれて置いてあった巻き尺。部屋で音を立てていた時計。ベッドの上には大きな花柄がついたワンピースがあった。椅子に座っていたひとりの若い女性。仕立屋は言った。テレーザよ。工場で見て知っているわ、長いこと腕にギプスをはめていたわね、と私は言った。テレーザが笑って初めて、相手をじっと見た私。今では右手は日に焼け、左手は真っ白になっているの、と言ったテレーザ。長袖で出かける頃は、気づかれないの。時計が部屋で音を立てていた。服を脱ぎ、日に焼けた腕で花柄のワンピースをするりと着たテレーザ。口汚く罵る。すぐに手を出せなかったからだ。仕立屋は言った。罵ったところで、頭を通す穴は袖にはならないわ。

テレーザはワンピースを着ると言った。一年前に私は自分が罵りを聞くたびにそれを思い浮かべてみたわ。事務所の同僚たちがそれを見ていたの。誰かが罵るたびに私は目を閉じたのよ。同僚たちが言ったわ。罵りがはっきりと見えるようにするためでしょ、と。私が目を閉じたのは、罵りをもう見ないようにするため。私が朝、職場に行くたびに、私の机の上には紙が置いてあった。そこには罵りが描かれていたのよ。男と女の陰部の昇天だったわ。誰かが罵ると、私は紙に描かれた昇天を思い出して、笑わずにはいられなかった。同僚たちが言っていたわ。笑うときも私は目を閉じるって。それから私も罵り始めたの。最初は工場のなかだけだったけど。

時計が部屋で音を立てていた。私はこのワンピースをもう脱がないわ、とテレーザは言った。暖かいんですもの。仕立屋は言った。罵るからよと。分厚いからよ、とテレーザは言った。花柄の生地は常に夏物よ、私なら冬にそれを来て出かけやしないわ、と仕立屋は言った。今じゃ私、どこでも罵るの。そう言ってテレーザはワンピースを脱いだ。

鏡のなかでも音を立てていた時計。テレーザの首はあまりに長く、目はあまりに小さく、肩甲骨は尖りすぎ、指は太すぎ、お尻はぺちゃんこで、脚はひん曲がっていた。私がテレーザから何を見て取ったところで、時計が音を立てるなかでぶざまに後ろを振り返って見ていたのだ。私が父のスリッパについた羊毛の房を撫でるのを許されなくなってからというもの、そんなふうに大きな音を立てる時計はなくなっていた。

あなたならこの服を着て冬に出かけるのかしら、と尋ねたテレーザ。ワンピースにはベルトが付いていなかった。私はええと言って、相手の醜い姿を見た。醜いのは、時計の立てる音がテレーザを分割していたからだ。その直後、鏡を見なければ、テレーザに見られる普通の醜さが普通ではなくなった。すぐに美しくなる女性の場合よりも美しくなったのだ。

仕立屋が尋ねた、おばあちゃん、元気かしら、と。歌っているわ、と私は言った。

母は鏡の前に立ち髪をとかす。歌う祖母は母の脇に立っている。歌う祖母は片方の手で母の黒いおさげを、もう片方の手で自分の白髪のおさげを掴む。祖母は言う。今、あたしゃ二人の子どもを得たわ。いずれも私の子じゃないが。お前たちは二人とも私を騙したのよ。あたしゃ思ったね、お前たちは金髪だ、と。祖母は母からくしを取り、ドアを勢いよく閉めて、くしを持って庭に出ていく。

テレーザが鏡台からカードを取ったとき、なぜ時計が部屋でかくも大きく音を立てているのか分かった。この部屋にあるものすべてが待っていたのだ。だが、同じものを待っていたのではなかった。仕立屋とテレーザは望んだのだ、二人がカード占いをする前に私が出ていくのを。自分が行く前に二人がカード占いをすることを望んだ私。仕立屋がテレーザのカードから幸運を占って初めて、私は注意を引くことなく別荘の箱を置き忘れることができた。

仕立屋はワンピースの仕立てよりもカード占いで有名だった。たいていの客はなぜ来たのかを仕立屋に明かしはしない。しかし仕立屋は見て取ったのだ、客が逃亡の成功を必要としていることを。

仕立屋は言った。かなりの人が気の毒なんですよ。大枚をはたくんですが、運命を変えることはできません。コップ一杯の水を取って、一口飲んだ仕立屋。誰がカードを信じるのか分かるわ、と言ってコップを机の上に置いた。あなたは自分のカードを信じるけど、私の占いが当たるのを恐れているわ。私の耳をじっと見た仕立屋。私は体が火照った。あなたは自分のカードを知らないけど、それとともに生きなければならないわ、と言う。私は不幸を読み取るけど、それを鵜呑みにしなくてもいいときもあるわ。

コップを持ち上げた仕立屋。水の輪はコップが置いてあった場所ではなく、私の手の前にあった。寒気がした私。私は黙り、仕立屋は水を一口飲んだ。


川と川辺の石。散策路が終わる下流。町に戻ろうと思ったら、ここで引き返さなければならなかった。普通ならここで誰もが引き返す。尖った石が靴底からもたらす痛みを感じたくなかったからだ。

ときには引き返さない者がいた。水のなかに入ろうとしたからだ。人々は言った。理由は川ではない。川は誰にとっても同じさ。人々は言った。理由は引き返そうと思わなかった男自身だ。男は例外さ、と。

私は引き返そうと思わなかったので、尖った石があるなかに入り込んだ。そこは目的地のひとつだった。ゲオルクが書いていたように、空のかばんと共に思い浮かんだ目的地ではない。私は自分のかばんを二個の分厚い石でいっぱいにした。私の目的は逆だったのだ。

その前日、見知らぬ住宅地に出かけていた私。六階にある廊下の窓から地面を見るために。そこには誰もおらず、十分な深さがあり、私なら飛び込むことができただろう。だが頭上では空があまりにも近かった。その後行った川沿いで水があまりにも近くにあったのと同じように。老人たちの鳥と同じように笛で気が変になっていた私。死が笛を吹いて私を呼んでいたのだ。私は飛び降りることができなかったので、翌日、川に戻った。そして翌々日に。

私が川辺にいた日々と同じように連続して三対の石が川岸に並んでいた。毎回、ほかの石二つを取っていた私。長くは探さなかった。重さからすると、私と一緒にまさに沈もうとしている石がたくさん目の前にあったのだ。だが見当はずれの石だった。コートのポケットから再び地面に戻された石。私は再び町に戻った。

別荘のある本につけられた表題、それは『自殺』。そのなかに書かれていたことだが、ひとりにはただ一つの死に方しか合わない。しかし私は窓と川との間を冷たい弧を描いて行ったり来たりした。笛を吹いて遠くから私を呼んでいた死。私はそこに向かって走り出さざるを得なかった。私はほとんど自殺しかけていたのだ。ごく一部だけが一緒にことをなさなかった。ひょっとするとそれは心獣だったのかもしれない。

ローラの死後、エトガルは言っていた。それは確かな行動だった、と。ローラと比べると、笑いものだった。もう一度、川に行った私は。川辺にある対になった石をほかの石のなかに置こうとして。袋をベルトでどのように縛るのか、ローラにはすぐに分かった。もしローラが川とともに袋を望んだとしたら、どのようにして石を対にするのかを知ったであろう。そのようなことが書いてある本などなかった。当時、読んでいるときに私は思ったのだ。いつか死が必要になったら、私にはちゃんと分かる、と。

本のなかでは文と文とが非常に近かった。まるでそれらが必要なことを後でするかのように。それから私がそれらの文を自分の肌の上まで引き上げると、それらは引きちぎれ、私を走らせた。大声で笑った私。一対に並べられた川辺の石をそれぞれ離したときのことだった。私は死とつるんで何か正しくないことを始めていたのだ。

あまりにも愚かだった私は笑いとともに涙を追い払った。あまりに頑固だった私は思ったのだ。

川は私の袋ではない、と。お前を我々は水のなかに突っ込むなんて、大尉のピジェレにできはしない。

エトガルとゲオルクは夏の長期休暇になってようやくやって来た。二人もクルトも死が私に笛を吹いていたことを知らなかった。

毎週、屠殺場のことを語ったクルト。労働者たちは畜殺の際に温かい血を飲んだ。内臓と脳みそを盗み出し、夕方になると、牛と豚のもも肉をフェンス越しに投げた。実の兄弟か義理の兄弟が車のなかで待っていて、積み込んだのさ。彼らは牛の尾をホックに串刺しにして乾かした。たいていは乾く際に固くなったが、なかには柔らかいままのものもあるんだ。

女、子どもは共犯者さ、と言ったクルト。固くなった牛の尾は女たちにビンブラシとして、柔らかいものは子どもたちにおもちゃとして使われるんだ。

私が大尉のピジェレを前にして歌わなければならなかったことに、驚かなかったクルト。その美しい詩をもうほとんど忘れていたよ、と言った。僕は自分がローラ所有の舌と腎臓が入った冷蔵庫のように思える。だけど僕がいるところでは、誰もがローラの冷蔵庫なんだ。そうなると食堂は村と同じ大きささ。

悪い種と犬の結婚式を大尉ピジェレの声で口に出してみた私。私より上手に大尉ピジェレの口調をとらえたクルト。笑い出した。それも大声で笑い出したので、痰の詰まったクルトの喉がゼイゼイ言ったのだ。突然、クルトはしゃっくりをして尋ねた。犬はどこにいたんだい。どうして犬のピジェレはその場にいなかったんだい、と。


川を伴う袋は私のものではなかった。私たちのうちの誰のものでもなかったのだ。

窓を伴う袋は私のものではなかった。後にゲオルクのものとなったのだ。

綱を伴う袋は更に後にクルトのものとなった。

エトガルとクルトとゲオルクと私は、当時、こうしたことをまだ知らなかった。当時は誰も知らなかったと言えるだろう。だが大尉のピジェレは知らない者なんかではなかった。ひょっとすると大尉のピジェレは当時すでに二つの袋のことを思いついていたのかもしれない。最初はゲオルク用の袋を。それからクルト用の袋を。

ひょっとすると大尉のピジェレはまだ最初の袋を思いついていなかったのかもしれないし、二番目の袋については更に長いこと思いついていなかったのかもしれない。あるいは大尉のピジェレは両方とも思いつき、向こう数年にわたって袋を割り当てたのだ。

私たちは大尉のピジェレが抱いた考えを思い浮かべることができなかった。考えてみればみるほど、ますます分からなくなったのだ。

風邪と爪切りばさみを一通の手紙に割り当てることを私が学ばなければならなかったように、大尉のピジェレはゲオルクとクルトの死を向こう数年にわたって割り当てることを学ばなければならなかった。ひょっとするとだ。

大尉のピジェレについて何が言い得たのか私には分からず、言い得たことは正しかった。自分について言い得たことは順々にしか知らなかったが、三倍になって分かったものも少なくない。しかしそれは依然として間違いだった。

町の裏手にある沼沢地の薮にからまっていた五体のどざえもん。そのことを私は冬と春の間に耳にした。誰もがそのことについて話をしていたのだ。まるでそれが独裁者の病気であるかのように。みなは頭を揺すり身震いした。クルトもそう。

薮のなかにある屠殺場の隣でひとりの男を見たクルト。休憩になり、暖を取るために大ホールに入っていった労働者たち。クルトは一緒に行かなかった。労働者たちが血を飲むさまを見たくなかったからだ。中庭を行ったり来たりして空を眺めたクルト。振り返ると、声が聞こえた。服を求める声だった。声が止むと、クルトが見たのは薮のなかにいる丸坊主の男。冬の下着しか身につけていなかった。

休憩の後、労働者たちが首まで達する深さの穴に立ってからようやく再び薮のところに行ったクルト。小便をして、ズボンと上着を置いた。丸坊主の男はいなくなっていた。

夕方、クルトはもう一度薮に立ち寄ったところ、服は消えていた。辺りをくまなく捜索した警察と軍隊。翌朝は、村も。屠殺場の労働者たちは言った。屠殺場の裏にあるカブ畑で囚人帽が見つかった、と。

おそらくあの男は同日の晩はまだ川に沈んでいただろうな、とクルトは言った。見つかった男があの男でさえなければいいんだが。男は自分の服を着ているんだ。

私は口のなかが苦くなった。三体のどざえもんのために私は石探しをしていたのだ。ひょっとするとその男のためにも。あの男であるわけないわ、と私は言った。

私は工場で水圧機の説明書を訳していた。私にとって機械は分厚い辞書。デスクに座った私。ホールに行くことは滅多になかった。互いに関係がまったくなかった機械の鉄と辞書。工学的な図面は私にとってブリキの羊と交代制労働者、つまり、日勤労働者、夜勤労働者、主任労働者、優良労働者、補助労働者との間で行われた取り決めのよう。労働者たちによって手で加工されたものは頭のなかで名前を必要としなかった。労働者たちはこのように老いていったのだ。もしその前に逃亡したり、あるいは倒れて死んだりしなければ。

辞書の表紙と裏表紙の間にはこの工場にあるすべての機械が閉じ込められていたが、私は歯車やネジによって締め出されていた。


目覚まし時計は真夜中過ぎに止まった。母親はお昼頃に目を覚ます。時計のねじを巻いてみるが、時計は音を立てない。目覚まし時計がないと朝にならないよ、と母親は言う。母親は目覚まし時計を新聞にくるむ。子どもに目覚まし時計を持たせ時計職人トーニのところに使いに出す。時計職人トーニは尋ねる。目覚ましがまた要るのはいつだい、と。子どもは言う。目覚まし時計がないと朝にならないよ、と。

それからまた朝になる。お昼頃に母親は目覚めて、目覚ましを取りに子どもを使いに出す。時計職人トーニは両手いっぱいの目覚まし時計を深皿に投げ入れて言う。この機械はもうだめだよ。

帰り道、子どもは深皿に手を入れて、一番小さな歯車、一番短いピン、一番細いネジをのみ込んだ。二番目に小さな歯車も……。

花柄のワンピースを得てからというもの、毎日、事務所の私のところに来たテレーザ。党に入る気にならなかったのだ。テレーザは会合で言っていた。私の意識はそれほど啓発されていないし、加えてあまりに罵りが多いの、と。みなが笑ったわ、とテレーザは言った。私は拒むことができるの。父がここの工場では上層部だったから。町のどの記念碑も父が鋳造したわ。今ではいい歳よ。

私はテレーザの顔に殺風景な地域を見た。頬骨に、あるいは目の真ん中に、あるいは口の周りに。しゃべる際には更に言葉と手を一緒にした町っ子。

私の内にある空虚の部分に、テレーザの場合、向かうことはなかった。ひょっとすると一度だけ向かったかもしれない。テレーザが訳もなく私のことを気に入ったときに。ひょっとすると向かったかもしれない。私が自分の手振りの外にいたから。そして多くの言葉の外にいたから。エトガルとクルトとゲオルクと私が手紙のために取り決めていた言葉があるばかりではなかった。辞書では労働者とブリキの羊とが互いに取り決め合っていたほかの言葉が待っていたのだ。私はそうした言葉をエトガルとゲオルクに書いた。雌ネジ、白鳥の首、ツバメのしっぽ、と。

無邪気に話したテレーザ。しゃべることは多く、考えることは少なかったのだ。靴よ、とテレーザは言った。それは靴にすぎなかったわ。風でドアが勢いよく閉まるたびに、テレーザは長々と罵った。誰かが逃亡中に死んだときと同じくらい長々と。

私たちは一緒に食べ、テレーザは紙に書かれた罵りの昇天を私に示した。小さな目をうるませて笑ったテレーザ。笑って私の心を奪おうとして私を見つめた。屠殺された動物の内臓を紙の上に見た私。もう食べ続けることができなかった。ローラのことを話さざるを得なかったのだ。

テレーザは昇天を引き裂いた。私も大講堂にいたのよ、と言ったテレーザ。私たちはみな、行かざるを得なかったわ。

毎日、一緒に食べた私たち。毎日、違うワンピースを着たテレーザ。花柄のワンピースを一日しか着て行かなかった。テレーザの持っていたワンピースはギリシアそしてフランスのもの。イギリスのセーターにアメリカのジーンズ。フランスのおしろい、口紅、マスカラ、トルコのアクセサリー。それにドイツの極薄ストッキング。テレーザのことが好きでなかった事務所の女性たち。テレーザに会うたびに何を思ったかが見て取れた。テレーザが身につけているものは何もかも逃亡に値する、と思ったのだ。女性たちは妬み深く、悲しくなった。無理に首をねじ曲げて歌うのだ。
愛し去る者
その者を罰したまえ

神よ　罰したまえ
甲虫の歩みで
風のうなりで
大地のほこりで

この旋律を女性たちは我が身や逃亡を思って歌った。だが歌にある罵りはテレーザに向けられたのだ。

工場の者たちは黄ばんだベーコンと固いパンを食べた。

極薄くスライスされたハム、チーズ、野菜、パンを太い指で私のデスクの上に重ねて置いたテレーザ。あなたも何か食べるように小さな兵隊さんを作ってみたわ、と言った。親指と人差し指の間でその小さな塔をデスクから持ち上げ、ぐるりと回して、口のなかに押し込んだのだ。

私は尋ねた。どうして小さな兵隊さんなのかしら。テレーザは言った。そう呼ばれているからよ。

テレーザの食事は彼女にふさわしかった。その味には彼女の父親くささが感じられたのだ。食事を党員食堂で注文する父親。食べ物は毎週、車で玄関前まで父に届けられるの、とテレーザは言った。父は買い物をする必要がなく、自作の記念碑を見に行き、町中で無意味に買い物袋を下げていたわ。

私は尋ねた。お父さんは犬を飼っていて？

仕立屋の子どもたちは言った。ママはお客さんのとこ。子どもたちを初めて見た私。その子らには興味がなかった。子どもたちは尋ねた。あなたは誰。私は答えた、お友達よ。その瞬間、心がうずいた。自分が友達ではないと感じたから。

紺色の唇と指をしていた子どもたち。鉛筆が乾いているときに書くと灰色だよ、と言った。唾をつけると夜のような青になるよ。

私は思った。今、初めて子どもたちはそこにいる。なぜなら自分が初めて底意なくそこにいるから。ここで何も忘れようとしないから。

なにせ何かを忘れようとしていたのだ。噴水の脇にある狂人の死を。

黒の蝶ネクタイをしていた男がアスファルトの上で死んでいた。そこは数年にわたり男が立っていた場所だ。周りに人々が押し寄せる。枯れた花束は踏みつけられていた。

町の狂人たちは決して死なない、とクルトは言っていた。狂人が倒れると、立っていた場所ではアスファルトから同じ男が出てくる。倒れていたのは黒の蝶ネクタイをした男。アスファルトから出てきたのは二人の別な男、警官と監視人だった。

警官は立っている者を追い払った。きらきらと輝く目、叫び声で濡れていた口。警官は監視人を連れてきていた。人々を力ずくで引っ張り、殴ることに慣れていた者だからだ。

監視人は死者の靴底の前に立ち、コートのポケットに手を突っ込んだ。コートには、お店にある防水加工済みの布地と同じように、塩気と油気のある真新しい匂いがする。監視人用のすべての統一サイズと同じように、コートの袖はあまりに短かい。監視人のコートがあった。監視人の新しい帽子も。帽子の下にある目だけがなかった。

ひょっとするとこの死者の横にいる監視人の力を幼児期の名残が失わせたのかもしれない。ひょっとすると頭のなかに村があったのかもしれない。ひょっとすると長いこと会っていなかった父親のことを思い出したのかもしれない。あるいはすでに死んでいた祖父のことかもしれない。ひょっとすると母親の病気に関する手紙のことかもしれない。あるいは、監視人が家を出てからというもの赤足の羊を追い立てなければならなかった弟のことかもしれない。

監視人の口はこの季節に合わせてあまりに大きくなっていた。口は開いていたが、それは口に詰めるための青いスモモが冬にはなかったからだ。

かなり長い月日を経てから大地の下で妻にまもなく再会した死者の横では、監視人が殴ることはできなかった。

仕立屋の子どもたちは夜のような青で紙に何度となく自分たちの名前を書いた。紙の上の場所をめぐって喧嘩をする。大きな声を出さなかった喧嘩。お前、玉ネギくさいぞ。扁平足め。この曲がりっ歯。回虫持ちめ。

机の下で床まで届かなかった子どもたちの足。机の上で鉛筆で互いを刺していた子どもたちの手。顔に現れた怒りは、凝り固まり成長した。私の想像では、母親が遅れて来る間に、子どもたちは育つ。子どもたちが十五分後に成長し、椅子を机からお尻で押しのけて出ていくたびに、何が起きているのか。子どもたちが帰宅して鍵を置くとき、私は仕立屋にどう言ったらよいのか、子どもたちがこの鍵をもう必要としていないことを。

私は子どもたちを見ないと、声を区別できなかった。鏡のなかに私の顔と誰とも知れぬ女の大きな眼があった。目には私を見つめるいわれがなかった。

仕立屋が来て鍵を鏡台の上に置き、カードと巻かれた巻き尺を机の上に置いた。私のお得意さんには男がいて、男は天井にまで射精するのよ。仕立屋はそう言った。お得意さんの夫はベッドの上のしみが精液のしみであることを知らない。それは水のしみのように見える。昨日、夫は夜勤を終えたいとこを家に連れてきた。二人はじめじめした天気のときに家の屋根に上がって、壊れた瓦を探した。瓦が二つ壊れていたが、ベッドの上ではなかったのだ。いとこは言った。風が斜めに吹くと雨も斜めに降るんだ、と。お得意さんの夫は明日に屋根を塗り込むつもりよ。春まで待ったらどうとその人に言ってやったわ、と仕立屋は言った。分かっているわよね、と私は言ったの。次に雨が降ったらまた同じことよ。

仕立屋はひとりの子の髪を撫でた。もうひとりの子は頭を仕立屋の腕にもたせかけ、自分も撫でてもらいたがっている。だが母親は台所に行ってコップ一杯の水を持ってきた。モグラちゃんたち、鉛筆は口に入れると毒、鉛筆は水に浸すのよ、と仕立屋は言う。仕立屋が白紙を取り上げると、撫でられた子は手を伸ばす。しかし仕立屋は紙を机の上に置いた。

あの男は半分水が入ったバケツをペニスで運べるのよ、と仕立屋は言った。一度私に見せたわ。私はお得意さんに用心するように言っておいたの。あなたの友人って南部のスコルニチェシュティ〔チャウシェスクの出身地〕出身よ。十一人兄弟の末っ子。そのうち六人はまだ生きている。そんな人といると運が良くないわ。私はテレーザにも腕にギプスをすることを予言したのよ。仕立屋は言った。あなたたち二人はまるっきり違っているけど、ときとして合うこともあるわ。私のことを知っている人なら誰でも私を信じるのよ。

ひとりの男がでこぼこの家から通りへとバケツを引きずるようにして運んだ。男はドアを開けたままにしておく。中庭には白っぽい太陽が出ていた。凍っていたバケツのなかの水。くぼ地で男がバケツをひっくり返して、その上に靴で上がった。バケツを高く持ち上げると、地面には凍りついたねずみが氷柱のなかで立っている。テレーザは言った。氷が溶けるとねずみが走り去るわ、と。

無言のままでこぼこの家に姿を消していた男。門の軋む音がしていて、中庭の白っぽい太陽は再び閉じ込められていた。テレーザが罵るのをやめたときに私は尋ねたの。川もまだしっかりと凍りついているかしら、と。

テレーザは多くの問いに答えなかった。私にすれば、一度ならず何度も立てた問いもあれば、自ら忘れてしまったために二度と立てることがなかった問いもある。忘れはしなかったが二度と尋ねはしなかった事柄もあった。私にとってそうした事柄が重要だということをテレーザが知ってはならなかったからだ。このようにして好機を待ち望んでいた私。好機が訪れると、はたしてそれが好機なのか自信を失ってしまった。時の経つのに任せていると、ついにテレーザはほかのことに取りかかったのだ。そうなるといずれの機会も逸してしまった。好機ばかりではない。私は再び好機を待たねばならなかった。

いくつかの問いにテレーザは答えなかった。あまりにもしゃべりすぎたからだ。しゃべり続けることでじっくり考える時間をなくしてしまったのである。

テレーザは分からないわと言うことができなかった。そう言わざるを得ないとなると、唇を開き、何かまったく別のことを言ったのだ。それで私には、春、大尉のピジェレが事務所に電話をかけて私を尋問に呼び出したとき、テレーザの父親が一匹の犬を連れて記念碑を訪れたかどうかについて、相変わらず分からないままだった。

大尉のピジェレが工場に来ることに不安を覚えた私。電話の後すぐに別荘の本をテレーザの事務所に運んだ。同僚とおしゃべりをして笑い、箱を脇の棚に置いたテレーザ。中身が何かを聞くことはなかった。

テレーザは信頼して箱を受け取ったが、私にはテレーザに対する信頼がなかった。

不揃いな家が並ぶ通りでは最初のハエが壁にとまっていた。若草の緑は映え、色が目につく。若草の伸びが見て取れる。毎日のことだが、テレーザと私が工場から出てくるたびに、指一本分だけ伸びていた。思うに、通りの草はゲオルクの尋問が行われた際に大尉のピジェレの事務所に咲いていた二番目のシクラメンよりも成長が早い。家と家の間では葉をつけていなかった木々が待ち受けていたので、地面に落ちた枝の影を前にして人の足取りは一歩ごとにためらわれた。影はそこでまるで角のように横たわっていたのだ。

就業時間は終わっていた。太陽のまぶしさにまだ慣れていない私たちの目。一枚の葉っぱもついていなかった枝。テレーザと私の頭上一面に広がっていた空。テレーザの頭は思慮を失い、荒れ狂っていた。

テレーザは一本の木の下でかなり長い間、頭を上げ下げしていたので、地面にあった頭の影は角に触れるほどだった。地面には一匹の獣がいたのだ。

背中で細い幹を揺すったテレーザ。角は揺れ、獣から離れ、再び見出すのであった。

頭を揺するテレーザ。自分の角から離れ、再び戻る獣。

冬が過ぎると、多くの人たちが最初の陽を浴びて町へと散歩に行ったわ、とテレーザは言った。そのように散歩をしたとき、見慣れぬ獣がゆっくりと町に入ってくるのを見たのよ。歩いてきたわ、飛ぶことができたのに。テレーザはボタンをかけていないコートをポケットに突っ込んだ両手で翼のように上げた。見慣れぬ獣が町の中心部の大広場にいたとき、羽ばたいたのよ、と言ったテレーザ。人々は叫び声を上げ始め、不安のあまりよその家に逃げ込んだ。通りに残ったのはたったの二人。二人は互いに知り合いではなかった。見慣れぬ獣の頭から飛び去り、バルコニーの手すりの上にとまった角。太陽に照らされてまるで手のひらの線のように上方で輝いた。線を自分たちの全生涯だと思った二人。見知らぬ獣が再び羽ばたくと、角はバルコニーを離れて獣の頭上に戻った。見慣れぬ獣はゆっくりと人気のない明るい通りを抜けて町から出て行く。獣が町から出て行くと、人々はひとの家から再び通りに出てくる。人々は再び自分たちの生活に専念した。人々の顔に残り続けた不安。それが顔を歪めた。人々はもう幸せを持つことなどなかったのだ。

だが二人は自分たちの生活に専念して不幸から逃れた。

二人は誰だったのかしらと尋ねた私。なんら答えを望まなかった。怖かったのだ、あなたと私よとテレーザが言うことが。私は彼女の靴の脇にあったしぼんだタンポポをそそくさと指さした。だがテレーザは私と同じように気がついていたのだ、秘密がないところに限り私たちが仲間だということに。あなたと私というとても短い言葉のうちでは私たちが仲間ではないということに。テレーザは小さな白目をむいて言った、

二人が誰かなんて

分かりっこない

屈んで、しぼんだタンポポを茎から吹いたテレーザ。白い玉の羽が空に飛んでいったときにテレ

ーザが何を思ったのか分からなかった私。テレーザはコートのボタンをかけて、自分の見慣れぬ獣から離れようとした。一言も言わずに歩き始めたのだ。私がまだここに居残り、あなたを信じていないのとテレーザに言わざるを得ないかのように、私には思えた。

道の前方で頭をすでに私の方に向け、笑い、手を振ったテレーザ。

私たちは通りをひとつ進んだところで四つ葉のクローバーを探した。押し花にするにはまだ柔らかすぎたものの、葉にはすでに白い輪があった。押し花にするつもりはないわ。私、幸せがほしいだけなの、とテレーザは言った。

テレーザは幸せのクローバー一本を、私は水クローバー《ミツガシワ》という植物名を欲しがった。私たちは両手でクローバーがある場所を探す。しかし、三つ葉の代わりに四つ葉のある茎を見つけたのは私。私には幸せが必要ないから、とテレーザに言った。私が思い浮かべたのは、六本の指がある手。

母親は自分の服のベルトで子どもを椅子に縛ると、悪魔の子が窓の前に立つ。それぞれの手には二本の親指が並んでいる。どちらも外側の親指は内側のそれよりも小さい。

悪魔の子は学校で字を上手に書くことができない。教師はその子の外側の親指を切り落とし、保存瓶に入れてアルコール漬けにする。あるクラスには子どもがおらず、カイコしかいない。教師はカイコ用の保存瓶を置く。子どもたちはカイコに餌を与えるために、毎日、村の木から葉っぱを摘まなければならない。カイコは桑の葉っぱしか食べないのだ。

カイコは桑の葉を食べて育つが、子どもたちはアルコール漬けの親指を見て更に育つことはない。村の子どもたちはみな、隣村の子どもたちよりも小さい。それで教師は、親指を墓地に持って行くように言う。悪魔の子は放課後、先生と一緒に墓地へ行き、自分の親指を埋めなければならない。

悪魔の子の手は日を浴びながら葉を摘むので焼けてしまう。ただ親指のつけ根だけには白い傷跡が二つ残る。二本の魚の骨のように。

手ぶらで日なたに立っていたテレーザ。幸福のクローバーを渡した私。テレーザは言った。それは私の役に立たないわ。だってあなたが見つけたんですもの。それはあなたの幸福よ、と。そんなこと信じられないわ。だからあなたの役にしか立たないわ、と言った私。茎をつまんだテレーザ。私はテレーザの一歩後を歩き、パタパタと足音を立てるたびに水クローバー《ミツガシワ》という言葉を口にしたので、ついにその言葉は私と同じようにあまりにくたびれて、ついに意味を失ってしまった。

舗装された大通りをすでに歩いていたテレーザと私。ここかしこで割れ目からか細い茎一本が伸びていた。ゆっくりと軋む路面電車。スピードを出すトラック。虚ろな粉塵のごとく回る車輪。

ひとりの監視人が帽子を頭から持ち上げ、頬を膨らまして、口から息を吹き出した。まるで唇がはち切れんばかりに。男の額には帽子によってできた、湿った赤いみみず腫れがある。男は私たちの脚を目で追い、舌を鳴らした。

テレーザは男をからかい、監視人の立つ姿のように歩いた。まるで地面ではなく、世界の上を歩くかのように。私は少しばかり寒気を感じて、ただこの国で歩くようにしか進むことができなかった。国と世界の違いを感じた私。この違いは私とテレーザの違いよりも大きかった。私は国だが、テレーザは世界ではなかったのだ。逃亡が望まれるたびにこれが世界だとこの国で思い込まれているものにすぎなかった。

私は当時まだこうも思っていた。監視人のいない世界ではこの国とは違った歩き方ができるんじゃないかしら、と。違う考え方と書き方ができるところでは違う歩き方ができる、と思った。

あの向こう角に行きつけの美容室があるの、とテレーザは言った。もうすぐ温かくなるわ。さぁ、髪を染めに行きましょうよ。

どんなふうに、と訊いた私。

赤よ、と言った相手。

今日なの、と訊いた私。

今よ、と言った相手。

だめ、今日はだめよ、と言った私。

私の顔は火照っていた。赤い髪を望んだ私。手紙用に仕立屋の髪を抜くわ、と思った私。仕立屋の髪って、私の髪と同じようなブロンドだけど、ただ長いだけだったわ。一本あれば、手紙二通分に十分。二本に切ればいいんだから。だけど仕立屋の頭から気づかれないように髪を抜くのは、この家で何かを置き忘れるよりも難しいわ。

仕立屋の家ではお風呂に髪があることが少なくなかった。髪を手紙に入れるようになってからというもの、私の目につくのはそうしたもの。仕立屋の家の風呂には髪の毛よりも陰毛の方が多かった。


私はある老女のところで住居を又借りした。老女の名はマルギット。ペスト出身のハンガリー人。戦争でこの町に住みつくことになった夫人と妹。妹は死んで墓地に葬られていたが、私は墓地にある遺影で生前の者たちの顔を見ていた。

戦後、ペストに戻るためのお金を欠いたマルギット夫人。後に国境は封鎖された。当時、帰国を願い出たならば私は人目を引いただけよ、と言ったマルギット夫人。ルーカス神父は当時、私に言ったわ。イエス様も故郷にはおりませぬ、と。マルギット夫人は微笑もうとしたものの、ここは住み心地がいいわ、ペストでは私を待っている人なんかいないものと言うたびに、目はそう言っていなかった。

マルギット夫人は間延びしたドイツ語を話した。次の言葉から夫人は歌い始めるわ、と少なからず思った私。だがそれにしては夫人の目はあまりに冷ややかだった。

マルギット夫人は妹と一緒にこの町に来ていた訳を、決して話はしなかった。無骨者と呼ばれたロシア兵がこの町にやって来て、家から家へと向かってはどこであれ腕時計を取って行ったことだけしか話さなかった。腕を耳にあて、時計に耳を澄ませて笑った無骨者たち。時刻を読み取れなかった。彼らは時計が音を立てなくなったときにネジを巻くことを知らなかったのだ。時計が止まると、御愁傷様と言って投げ捨ててしまったロシア人たち。無骨者たちは時計にご執心で、それぞれの腕に十個も重ねてはめていたわ、とマルギット夫人は言った。

ここでは二、三日おきに浴室で頭を便器に突っ込んだ者もいるし、水を汲み出した者もいたわ、と言った夫人。彼らは髪を洗ったのよ。ドイツ兵は申し分なかったわ。マルギット夫人の顔はとても穏やかになり、わずかながら取り戻した生娘の美しさが頬を染めた。

毎日、教会に行ったマルギット夫人。食事の前に壁際に行って、顔を上げては唇を尖らせた。ハンガリー語でつぶやき、十字架に架けられた鉄のイエスに口づけをする。口はイエスの顔に届かない。布が巻かれていたイエスの腹部にハンガリー式に口づけをする。そこで布は結び合わされており、結び目はその上で十字架とはかけ離れてしまっているので、口づけの際、マルギット夫人の鼻は壁に当たらなかった。

後で皮をむくジャガイモを箱から取り出してかっとなって壁に投げつけるときに限り、自身のイエスを忘れ、ハンガリー語で罵ったマルギット夫人。ゆで上がったジャガイモが卓上にのせられると、イエスが布を巻いたところに夫人は口づけをした。罵りはすっかりなくなってしまう。

月曜日となると、夫人宅のドアを三度短くノックをしたミサの従者。小麦の小袋ひとつと、金銀の糸で真ん中に聖杯が縫われた白い布と、大きなお盆ひとつを、ドアのすき間から夫人に渡す。ミサの従者は手が空になるとお辞儀をし、マルギット夫人はドアを閉めた。

小麦と水からホスチアをこね、ストッキングのように極薄になるように卓上全体にたたき広げたマルギット夫人。それからブリキのリングでホスチアを打ち抜いた。切れ端の生地を新聞紙の上に広げた夫人。卓上のホスチアと新聞紙の上にある残り生地が乾いてしまってから、マルギット夫人はホスチアを幾層にも重ねてお盆の上に置いた。聖杯が真ん中になるようにその上に白い布をかぶせる。お盆は子ども用棺桶のように卓上に立っていた。乾いた残り生地をマルギット夫人は片手で拭いてクッキー缶に入れる。

マルギット夫人はお盆を白い布で包んでルーカス神父のいる教会へと運んだ。ホスチアを持って外出できる前に、自分の黒頭巾を見つけなければならなかった夫人。あのぼろ切れのありかを探索中よ、とマルギット夫人は言った。

毎週、ホスチアの代金と、時折だが、着なくなった黒のセーターを夫人に渡したルーカス神父。ときには、神父の料理女が身につけなくなった服あるいは頭巾だったこともある。このようにして、それに私が支払う部屋代によって、マルギット夫人は生活をしていた。

グラウベルク夫人の新聞か祈祷書の一節を読むとき、クッキーの箱を左手の横に置いたマルギット夫人。目を離さないまま箱のなかに手を伸ばして食べた。

マルギット夫人があまりにも長く読みすぎ、ホスチアの屑をあまりにも多く食べすぎてしまうと、夫人の胃はかなり神聖になってしまうので、ジャガイモ剥きの際にげっぷをし、もっと罵らずにはいられなかった。マルギット夫人を知ってからというもの、私にとって神聖は何かと言うと、それは、必ずげっぷと罵りをもたらす、口のなかで立てられる白く乾いた音。

マルギット夫人のイエス像は、八月巡礼の際、バスと巡礼教会にある階段との間でキリスト十字架像が詰まった袋から急いで買ったもの。夫人が口づけをするイエス像は工場から出るブリキ製羊の屑、それは昼と夜の交代制勤務をするある労働者が行う村の闇商売だった。壁に掛かったこのイエス像が唯一もつ正当な点、それは、イエス像が盗まれ、国を欺いたこと。

このイエス像も、袋から出されたどのイエス像とも同じく、巡礼後の白昼に酒場のテーブルに置かれた飲み代となっていた。

中庭に面していたマルギット夫人の部屋の窓。中庭には三本の大きな菩提樹が立ち、その下に一部屋ほどの大きさの荒れた庭があり、折れたツゲの木と深い草があった。家の一階に住んでいたのは、グラウベルク夫人と夫人の孫と、黒髭の老人であるファイヤーアーベント氏。氏はしばしば玄関ドアの前で椅子に座り聖書を読んだ。グラウベルク夫人の孫はツゲの木のなかで遊び、グラウベルク夫人は数時間ごとに同じ言葉を中庭に向かって叫んだ、ご飯よ、と。孫はいつも同じ言葉を中庭に向かって叫び返した。何を作ったの、と。それからグラウベルク夫人は手を挙げて棒を示して、叫ぶのであった。いまに見ているがいいさ、よく覚えておき、と。グラウベルク夫人は孫と一緒にお月横町からここに引っ越してきていた。工場町の家にはもう住めない。孫の母親がお月横町で帝王切開によって死んでしまったからだ。父親もいなかった。グラウベルク夫人が工場町の者だとはもう分からないわ、とマルギット夫人は言った。グラウベルク夫人は町へ行くときはいつでも知的な装いをしていたわ。

マルギット夫人はこうも言った。ユダヤ人はかなり利口かかなり馬鹿のどちらかよ。利口か馬鹿かは知識の多い少ないに関係ないわ、と言った。多くを知っているけど決して利口ではない人もいれば、多くを知らないけど決して馬鹿ではない人もいるわ。知識の有る無しは神様にしか関係ないの。ファイヤーアーベント氏がとても利口なことは間違いないけど、汗くさい。それは何も神様に関係ないわ。

私の部屋にある窓は通りに面していた。自分の部屋に入るのにマルギット夫人の部屋を通って行かなければならなかった私。誰も私を訪れてはならなかった。

クルトが毎週、私を訪れたので、四日間、怒っていたマルギット夫人。私に挨拶をせず、ひとことも話さなかった。夫人が再び挨拶をし、話し始めたとき、クルトが再び来るまでの時間はわずか二日間。

マルギット夫人が腹を立てた後に言った最初の言葉は毎回こうだった。家に売女がいて欲しくないわ。マルギット夫人は大尉のピジェレと同じことを言った。女と男が互いに何かを与えざるを得ないとすれば、二人が行くのはベッドよ。あなたがクルトという男とベッドに入らないときは、それはときどきにすぎない。あなたたちがもう互いに会わないのなら、お互いに与えるものがなく、お互いから何も取る必要はないのよ。別の男をお探し。下劣な男だけが赤毛よ、とマルギット夫人は言った。クルトという男はそこつ者に見えるし、紳士ではないわ。

クルトはテレーザのことを評価しておらず、信用できないと言っては、傷ついた手でテーブルの縁を叩いた。傷口がぱっくりと開いていた親指。鉄の棒がクルトの手に落ちてきたのだ。労働者のひとりが僕の手に鉄の棒を落としたのさ、と言ったクルト。わざとさ。血が流れたよ。僕は袖に血が流れないように舌で血をきれいに舐めたんだ。

すでにカップの半分を飲んでいたクルト。舌がひりひりしたのでまだ待っていた私。君は猫舌だね、とクルトは言った。連中は傷ついた僕をひとり残し、溝の横に立って、血を流す僕の様子を見ていたんだ。こそ泥のような目をしていたよ。僕は不安だった。連中ときたらもう何も考えていないんだ。連中は血を見てやって来る。やって来て僕を飲み干してしまう。その後は誰もいなくなってしまう。連中は黙っている。自分たちが立つ大地と同じように。それで僕は血を急いで舐め取り、繰り返し飲んだんだ。吐き出そうとは敢えてしなかった。それから僕は参ってしまい、叫んだんだ。叫んだときにはほとんど口が裂けそうになったよ。お前たちはみな、裁判にかけられるべきだ、と僕は叫んだ。お前たちはとっくのとうに人間ではなくなっている。お前たちのことが恐ろしいよ。なにせ吸血鬼だからな。お前たちの村全体が牛のけつで、お前たちは血を飲むために夕方になるとそこにするりと入り込み、朝になると再び出て行く。お前たちは自分たちの子どもを乾いた牛のしっぽで屠殺場へと呼び寄せ、血の匂いがする口づけで惑わしてしまう。天が頭に落ちてお前たちを打ち殺すはずだ。連中は喉の渇きを見せる顔を僕から背けた。こうした忌まわしい罪を犯した群れのように押し黙っていたよ。僕は親指を巻くのに、ホールを通ってガーゼを探した。救急箱に入っていたのは古い眼鏡と煙草とマッチとネクタイだけさ。僕は自分の上着にハンカチを見つけ、それを親指に巻いて、ネクタイでしっかりと縛ったんだ。

それから群れはゆっくりとホールへ行った、とクルトは言った。次から次へと、まるで足がなく、腫れぼったい目しかないかのようにさ。屠殺業者たちは血を飲み、連中を呼び寄せた。連中は首を横に振ったんだ。ある日、連中は首を横に振ったんだ、とクルトは言った。次の日には僕の叫びなど忘れてしまっていたよ。習慣によって連中は普段の自分に再び戻ってしまっていたんだ。

クルトが黙ると、ドアの後ろでガサガサ音がした。包帯が巻かれた自分の手を見つめて聞き耳を立てたクルト。マルギット夫人が余ったホスチアを食べているの、と言った私。あいつは信用できないよ、とクルトは言った。君がいないときに嗅ぎ回っているんだ。私は頷いて、エトガルとゲオルクの手紙は工場よ、本のなかにあるわ、と言った。本はテレーザの家にあるとは言わなかった私。クルトの巻かれた手は一塊りのホスチア生地のように見えた。

母は卓上にシュトルーデル〔パイケーキの一種〕の生地を伸ばす。手早い母の指先。お金を数えるときのように掴み伸ばす。生地は卓上で薄い布になる。卓上の生地を介してかすかに見える何か。それは父と祖父の姿。二人とも同じくらい若い。母と祈る祖母の姿。母はずっと若い。

歌う祖母が言う。ここの下には床屋がいるが、わしらの家にはともかく小さな女の子がいたんじゃが、と。母は私を指して言う。その子ならここにいるわ、少し大きくなったのよ、と。


私は疲れて座っていた。目がひりひりしたのだ。クルトは包帯が巻かれていない手に頭をもたせかけていた。手で口を押しつけて歪めていたのだ。足までも含めた体重全体を口元で受けとめているように私は思えた。

私は壁に掛かっていた絵を見た。いつも窓から外を見ていたひとりの女性。膝まで届くフープスカートと日傘の装い。顔と脚は死んだばかりの人のように緑色がかっていた。

クルトがこの部屋にいる私を初めて訪れ、この絵を見たときに、私は言った。絵の女性の肌からローラの耳たぶを思い出すのよ。ローラが戸棚から取り出されたとき、耳たぶは緑色がかっていたわ。

夏の間、私は死んだばかりの女性の絵を無視することができた。窓の外で音を立てていた大量の木の葉は部屋の灯りを染め、死にたての色を弱めたのだ。木の葉がなくなると、私は死にたての女性に耐えることができなくなった。自分の手で絵を敢えて取り外そうとしなかったのは、この色の借りがローラに対してあったからだ。

今からこの絵を取り外すよとクルトが言うと、私は相手を椅子に引き戻した。だめよ、それはローラじゃないわ、と私は言った。それがイエスではなくて嬉しいの。唇を噛む私。絵を見つめるクルト。私たちは聞き耳を立てた。ドアの後ろでマルギット夫人が大きな声で独り言を言ったのだ。何と言っているんだい、と尋ねたクルト。肩をすくめた私。祈っているか罵っているのよ、と言った。

僕は屠殺場の連中と同じように血を吸ったよ。そう言ってクルトは、外の通りを見た。今じゃ僕は共犯者さ。

道路の反対側で一匹の犬が走った。帽子をかぶった男がすぐに来る、と言ったクルト。僕が町にいると跡をつける男だ。男は来た。僕の跡をつける男ではなかったよ。ひょっとするとその犬、知っているかもしれない、と私は言った。だけど、ここからだと分からないわ。

クルトが傷を見せてくれたらいいのに、と私は思った。シュヴァーベンのカモミール茶〔鎮炎茶〕風の同情持ちめ、と言ったクルト。シュヴァーベンの田吾作不安持ちめ、と言った私。

自分たちが長い罵詈雑言をいまだ見つけ出すことができて互いを驚かせていた私たち。しかし言葉には憎しみがなく、相手を傷つけることはあり得なかった。私たちはまばたきをする哀れみしか口のなかに持たなかったのだ。怒りの代わりに持ったのは、だいぶ経ってから判断が多少ともうまくついたというばつの悪い幸福感。私たちはひと言も言葉を交わさぬまま互いに尋ねざるを得なかった。エトガルとゲオルクが再び町に来たら、二人はいまだ元気に傷つけ合うのかどうか、と。

クルトと私は笑って部屋に入った。互いにしがみつかざるを得ないかのように。それから突然、私たちの顔はひきつるままにひきつった。私たちの各々が口元を抑えることを気にかけたのだ。笑ったときに互いに口のなかを覗き込んだ二人。次の瞬間、自分たちが相手の抑えられた唇を前にして、まるで唇が引きつるかのようにひとり取り残されたことを知ったのだ。

それからこの瞬間はこうなった。自分を自分の鼓動のなかに閉じ込めて、クルトには手が届かない存在になった私。私の冷たさはいかなる罵詈雑言の役にも立たず、もはや何もでっち上げることはできなかった。この冷たさは私の指のなかで暴力をふるうことができたのだ。窓の下で帽子がひとつ通り過ぎた。

私の考えでは、あなたは共犯者でいることを喜んでいるわ、と私は言った。だけどあなたは単なるほら吹きよ。あなたは親指を舐め、連中は豚の血を飲むのよ。

それがどうした、とクルトは言った。

呼びかけの後にあった感嘆符。私は便箋に、それから封筒に髪の毛がないか探した。なかったのだ。二度目の驚きとともにようやく気がついた、母からの手紙だということに。

母の腰痛の後にはこのようなことが書いてあった。おばあちゃんは夜、眠りません。寝るのは昼間だけです。昼夜を取り違えています。おじいちゃんは休めません。おばあちゃんはおじいちゃんの目を閉じさせないので、おじいちゃんは昼間、眠ることができないのです。おばあちゃんは夜に灯りをつけ、窓を開けます。おじいちゃんは灯りを消し、窓を閉め、再び横になるのです。そうこうしているうちに外は明るくなってきます。窓は壊れていました。風が壊したとおばあちゃんは言いますが、誰がそんなこと信じるもんですか。おばあちゃんは部屋から出るやいなや、再び入って来ます。ドアを開けたままにしておくのです。おじいちゃんがおばあちゃんを好きなようにさせ、動かないでいると、おばあちゃんはおじいちゃんのベッドにやって来ます。おばあちゃんは相手の腕をつかんで言うのです。寝ちゃならん、あんたの心獣はまだお留守よ、と。

おじいちゃんは自分の歳ではどうにもならないほど寝不足です。私はと言えば、狂ったように夢を見ます。庭で赤い鶏頭《ケイトウ》を摘むのです。ほうきほどの大きさです。茎は折れず、私は引っ張り、力ずくで引き抜きます。種が黒い塩のように落ちてくるのです。地面を見ると、そこでは蟻が這っています。夢のなかの蟻はロザリオと言われているのです。

歌う祖母は夏に家から出ていった。通りに出てそれぞれの家の前で叫んだ。大きな声で。何を叫んでいたかは、誰にも分からなかった。祖母が叫んでいたので誰かが中庭に出てくると、祖母は行ってしまう。母は村で祖母を捜したが、見つけられなかった。祖父は病気に罹っており、母は急いで家に帰らなければならなかったのだ。

歌う祖母が、夕方、暗くなってから部屋に戻って来ると、母は尋ねた。どこにいたのよ、と。家にいたわ、と歌う祖母は言った。村にいたのよ、ここは家。そう言った母は、歌う祖母を椅子に押しやった。村で誰を捜していたのよ。母さんよ、と言った歌う祖母。母さんなら私よ、と言った母。歌う祖母は言った。あんたが私の髪をとかしてくれたことは今まで一度もなかったわ。

自分の全生涯を忘れた歌う祖母。幼少期に戻ってしまっていた。祖母の頬は八十八歳。だが祖母の記憶にはせいぜいのところ一本道しかなく、そこでは三歳の少女が立ち、母親がしているエプロンのすみをかじっていた。祖母は村から戻るたびに子どものように泥だらけ。歌わなくなってからというもの、何でもかんでも口に入れてしまった。歌うことが出かけることになっていたのだ。誰も祖母を引き止めることはできず、それほど祖母の不安は大きくなっていた。

祖父が死んだとき、祖母は家にいなかった。葬儀のとき、床屋が部屋で祖母のことを注意して見ていたのだ。いたら葬儀を邪魔しただけよ、と母は言った。

参列はできませんでしたが、棺が地面に入る頃には、チェスがしたくなりました、と床屋は言った。だが、ばあさまが逃げ出そうとしたんです。言ってもだめでしたので、それからばあさまの髪をとかしました。くしが髪に通ると、ばあさまは腰をかけ、鐘が鳴る音に耳を澄ましたんです。

祖父が葬られると、父の墓にはもう皇帝冠《ヨウラクユリ》が咲いた。


私は水圧装置の使用説明書に超有限という言葉を見つけた。辞書には載っていなかった言葉。私が察したのは、超有限という言葉が人に対して何を意味し得たかであって、機械に対してではなかった。技術者に尋ね、労働者に尋ねた私。彼らは大小のブリキの羊を手にして、口元を歪めた。

それからやって来たテレーザ。私は遠くから彼女の赤毛を認めた。

私は尋ねた、超有限って。

相手は言った、有限ですって。

私は言った、超有限よ。

相手は尋ねた、どうやってそんなこと私に分かれって言うの。

四つの指輪をはめていたテレーザ。そのうちの二つには赤い石があり、まるで彼女の髪から落ちたようだった。テレーザは新聞を机の上に置いて言った。超有限、ひょっとするとそれ、食べているときに思いつくかもしれないわ。今日は七面鳥なの。

黄白色のベーコンとパンの包みを開いた私。ベーコンをサイコロ状に切り、二つの小さな兵隊さんを作ったテレーザ。私たちは食べ、テレーザは顔を歪めた。酸っぱい味がする、と言ったテレーザ。犬にやるわ。

どの犬に、と私は尋ねた。

トマトと七面鳥のもも肉の包みを開いたテレーザ。ここから取って食べて、と言って小さな兵隊さんを二つ作った。もう呑み込んでいたテレーザ、噛んでいた私。テレーザは肉をすべて骨からはがしていた。

テレーザは小さな兵隊さんをひとつ私の口のなかに押し込んで言った。超有限のこと、仕立屋に訊いてみたら。

私が身近に引き寄せたものは何もかも不信によってずれ落ちていった。手で掴むたびに自分の指を見たが、私自身の手にある真理を母の指かテレーザの指ほどよく知らなかった。独裁者とその病のこと、あるいは監視人と通行人のこと、あるいは大尉のピジェレと犬のピジェレのことと同様に知らなかった私。ブリキの羊や労働者のこと、あるいは仕立屋やひとりでするトランプ占いのことも、もはや分からなかった。同様に逃亡と幸運のことも。

工場では、一番高いところで空に、一番低いところで中庭に面していた切妻の上部には、スローガンが掛かっていた。

万国のプロレタリアートよ、団結せよ。

下の床では、逃亡時にしか国を離れることを許されなかった靴が進んだ。舗道では、ツルツルの靴か、ほこりまみれの靴か、足音を響かせる靴か、静かな靴かが上に上がったのだ。私は気づいた。靴がほかの道を持つことを、ある日、多くの靴と同様にもはやこのスローガンの下を進まなくなることを。

もはやここを進まなかったパウルの靴。パウルは一昨日からもはや仕事に来なかった。居なくなったことでうわさ話になったパウルの秘密。みなは奴が死んだと思った。失敗に終わった逃亡は普通の願いとみなされたが、そうした願いが次々に人を死へと引っさらったのだ。みなはこの願いを捨てなかった。奴は二度と来ないと言うたびに、パウルのことですでに自分自身のことを言っていたのだ。それはもう誰もペストで私を待っていないとマルギット夫人が言う場合と同じように聞こえた。だが、逃亡直後ではひょっとするとまだ誰かが夫人をペストで待っていたのかもしれない。

ここの工場では誰もパウルを待っていなかった。たったの一時間ですらも。奴には運がなかったんだと連中が言ったのは、パウルの前に逃亡を図った多くの者たちと同じく二度と仕事に来なくなってしまった後のこと。お店のなかと同じく列を作って並んでいた彼ら。ある者が死を給仕されると、前に詰めていく。このことについて霧の乳液、つまり空気の循環、あるいはレールのたわみが何を知っていたというのか。死ともなればポケットにある穴と同じく安っぽい。つまり、手を突っ込んだまま、体全体が一緒に引っ張られて行ったのだ。憑依によって死ぬ者が多くなればなるほど、連中はますます強く取り憑かれた。

逃亡死した者たちについてとはうわさ話が異なった独裁者の病気。奴は同日のうちにテレビに姿を現し、根気よいかなりの長演説で間近の死を呂律の回らない口でしゃべり散らした。独裁者を死に追い詰めるために、演説の間、新しい病気が見出されたのだ。

工場では死亡現場だけがはっきりしないままだった。パウルがこの世で最期の最期に見たものは、トウモロコシか空か水か貨物列車だったのか。

ゲオルクはこう書いてきた。子どもたちは「しなければならない」という言葉がないとどんな文も言わない、と。僕はしなければならないし、君はしなければならないし、私たちはしなければならない。自慢するときでさえもこう言う。母さんは僕に新しい靴を買わなければならなかった、と。実際、そうなのさ。自分の場合もそうなんだ。明日はあるのかと、僕は毎晩、自問しなければならない。

ゲオルクの髪が私の手から落ちた。カーペットに自分とマルギット夫人の髪の毛しか見つけなかった私。白髪を数えたが、それはあたかも何度マルギット夫人が部屋に入ったのかを後から知るかのようだった。毎週、クルトは来ているのに、カーペットにほんの一本すらも彼の髪の毛はなかったのだ。髪の毛はあてにならなかったが、とはいえ私は数えた。窓際を帽子がひとつ通り過ぎる。私は走って行き身を乗り出した。

ファイヤーアーベント氏だった。足を引きずって歩き、白いハンカチをポケットから引っ張り出す。私は頭を部屋に引っ込めた。私のような者がユダヤ人の姿を目で追うことを白いハンカチなら気づけたかのように。

ファイヤーアーベントさんにはエルザしかいないわ、とマルギット夫人は言った。

氏が聖書を持たずに日の当たるところで座っていたときに、私は氏に語っていたのだ。自分の父が帰還したナチス親衛隊員で、大馬鹿植物を切り落としたこと、それがミルクアザミだったことを。父が死ぬまで総統賛歌をうたっていたことを。

中庭で花を咲かせていたシナノキ。ファイヤーアーベント氏は自分の靴先をじっと見つめ、立ち上がり、木々に視線を向けた。シナノキの花が咲くと、ひとは思い煩い始めるものだ、と言った氏。アザミならどれにもミルクがあり、わしは多くを口にした、シナノキの花のお茶よりももっと多くだ。

グラウベルク夫人がドアを開けた。孫が白いハイソックス姿で外に出て、ドアの前でもう一度頭をグラウベルク夫人の方に、それから私たち二人の方に向けて言った、チャウと。それで私はチャウと言った。

グラウベルク夫人とファイヤーアーベント氏と私とが子どもよりも白いハイソックスの方を目で追ってしまったとき、グラウベルク夫人のドアががちゃりと閉まった。ファイヤーアーベント氏は言うのだ。お聞きですな、子どもたちはヒトラーの頃と同じような挨拶をするんです、と。ファイヤーアーベント氏も言葉に聞き耳を立てた。チャウは氏にとってチャウシェスクの第一音節だったのだ。

氏は言った、グラウベルク夫人はユダヤ人だが、自分ではドイツ人だと言っている。それであなたは不安を覚え、挨拶を返すんです。

氏はもはや座らなかった。氏がドアノブを掴む。ドアがぱっと開いた。冷えた部屋から白い頭を出した一匹の猫。氏は腕に抱く。氏の帽子がのっている机を私は見た。音を立てていた時計。猫は床の上に飛び降りようとした。エルザ、家に入るよ、と言った氏。ドアを閉める前に言った。そうだ、アザミも一緒だ、と。


尋問がいかなるものかをテレーザに語った私。まるで大声で独り言を言うかのように、訳もなくしゃべり始めた。二本の指で自分の金ネックレスをしっかり押さえていたテレーザ。はっきりとしない詳細を消さないように、じっと動かなかった。

ジャケット一着、ブラウス一着、ズボン一本、ストッキング一足、パンティ一枚、靴一足、イヤリング一対、腕時計一個、すっかり裸になったわ、と私は言った。

アドレス帳一冊、シナノキの押し花一枚、クローバーの押し花一枚、ボールペン一本、ハンカチ一枚、マスカラ一個、口紅一本、おしろい一個、くし一本、鍵四個、切手二枚、路面電車の切符五枚。

ハンドバッグ一個。

すべてのものが一枚の紙の項目に書き留められていたの。大尉のピジェレは私自身を書き留めなかった。大尉は私を監禁するわ。私が来たときに自分にあった額ひとつ、目ふたつ、耳ふたつ、鼻ひとつ、唇ふたつ、首ひとつは、リストに載ることはない。下の地下室に監房があることを私はエトガルとクルトとゲオルクから聞いて知っているの。ピジェレのリストに対して自分の身体リストを頭のなかで作り出そうとしたわ。首までしか作れなかった。私に髪がないことに大尉のピジェレなら気づくでしょう。髪はどこだと聞くことになるわ。

私は驚いた。髪って何のことなの、とテレーザがここで聞かざるを得なかったからだ。だが私は何も口に出すことはできなかった。テレーザを前にした私のように、かなり長く沈黙すると、すっかり語ってしまうことになる。テレーザは髪のことを聞かなかった。

真っ裸で部屋のすみに立ったわ、と私は言った。歌わなければならなかったの。水が流れるように歌ったわ。私を傷つけるものなんて何もなかったの。突然、指の太さほどの厚い皮膚を持ったわ。テレーザは訊いたわ、どんな歌って。私はテレーザに別荘にある本のことや、エトガルとクルトとゲオルクのことを語った。私たちが知り合ったのはローラが死んでからだ、と。それで私たちは大尉のピジェレに言わざるを得なかったわ。あの詩は民謡だ、と。

服を着るんだ、と大尉のピジェレは言った。

私にはまるで書かれたものを着るかのようで、すべてを着てしまうと紙が裸になってしまうように思えた。机から時計を取り、イヤリングを取った私。時計のバンドをすぐに締めることができ、鏡を見なくても耳に穴を見つけた。窓の前を行ったり来たりした大尉のピジェレ。私はもうしばらく裸のままでいたかった。大尉は私を見ていなかったと思う。通りに目を向けていたわ。木々の間に見える空だと、私が死んだときの姿をもっとよく想像できたのよ。

私が着ている間、大尉のピジェレは私のアドレス帳を引き出しにしまったわ。あなたの住所も今は大尉のところよ、と私はテレーザに言った。

私は立ったまま背を丸めて自分の靴を結ぶと、大尉のピジェレは言った。ひとつ確かなことがある。きれいな服を着る者が汚れて天国へ行くことなどあり得ない。

大尉のピジェレは四ツ葉のクローバーを机から取った。それを注意深く掴む。今、お前は俺が相手で運がいいと思うか、と訊いた。幸運なんてうんざりです、と私は言う。大尉のピジェレは笑みを浮かべた。幸運ってかけがえのないものだぞ。

犬のピジェレについて私はテレーザに何も言わなかった。彼女の父親を思い出したからだ。尋問の後も外の通りでは相変わらずよく晴れた日だったことを、私はテレーザに言わなかった。黙っていたことがある。それは、人々に揺すり歩きをふらふらとさせながら、瞬く間に天国へと連れていってしまえるものが何なのか、私には理解できなかったこと。木々が影を家々に落としたこと。このような時刻がおおよそ日暮れと呼ばれていたこと。歌う祖母が私の脳裏で歌ったこと。

どれだけの数の雲が世界中の
はるか彼方まで広がって行くかお分かり
神様はお数えになられました
ひとつとして漏れがないように

天上の雲が明るい色のワンピースのように町の上にかかっていたこと。路面電車の車輪がほこりを立て、車両が引かれて、私と道のりが同じだったこと。乗客が乗り込むやいなやまるで我が家のように窓際に座ったこと。

金のネックレスから手を離したテレーザ。そいつはあなたたちから何を望んでいるの、と訊いた。

不安よ、と私は言った。

この金のネックレスは子どものようなもの、とテレーザは言った。仕立屋は三日間、ハンガリーにいたの。観光でね、とテレーザは言った。四十人がバスで。ガイドは毎週行っているわ。ガイドには馴染みの場所があり、通りで商いをする必要がないの。荷物の数が一番多かったわ。

勝手が分かっていないと、売るのに最初の二日、買うのに一日がかかるのよ。仕立屋は二つのトランクにいっぱいの四角ズボン《テトラホーゼ》を持っていたの。二つとも重くないわ、とテレーザは言った。腰を屈めて引っ張ることにはならないわ。売り払うけど、かなりの安値よ。稼ぎにはなるけど、たいした額ではないわ。水晶の食器セットが入ったトランクが少なくともひとつは必要で、ガラス製品だともっと高値よ。通りではいつも警察が来るわ。一番いいのはヘアーサロンでの商いで、そこには警察が来ないの。ボンネット型ヘヤードライヤーの下にいる女性たちはいつもいくらか小銭を余分に持っていて、髪が乾くまでは何もすることがないわ。それぞれの手にいっぱいのパンツとグラスを持って彼女たちのところに来る者がいるのよ。彼女たちはいつであれ何かを買う。仕立屋はしこたまお金を持っていたわ。買い物をするのは最終日。一番は金よ。それならうまく隠せるし、戻ってからよく売れるの。

女性は男性よりも商売上手、バスのなかの三分の二は女性、と言ったテレーザ。どの女性も帰路に金が入ったビニール袋をワギナに隠し持っていた。税関職員はそれを知っているけど、彼らに何をしろって言うの。

私は水の入った深皿に一晩中ネックレスを入れておいたわ、とテレーザは言った。粉石けんをたくさん加えたのよ。知らない女のワギナから出てきた金だったら、買いはしない。テレーザは罵り笑った。ネックレスはまだ臭うと思うの。もう一度、洗うことにするわ。私はネックレス用にクローバーの葉を注文していたわ。仕立屋は二つのハートしか持って来なかった。自分の子どもたち用よ。だけど仕立屋は秋、寒くなる前にまた行くのよ。

あなた、自分で行けるのでは、と私は言った。

私はトランクを引きずらないし、金を陰部に隠したりしない、とテレーザは言った。帰路は夜だったのよ。仕立屋はひとりの税関職員と知り合ったわ。男は仕立屋に言ったのよ、秋の夜勤がいつになるか、と。仕立屋は何かを選び出すのよ。

税関を過ぎると不安はなくなった、とテレーザは言った。みな、金を股に挟んで眠り込んだわ。仕立屋だけが眠れなかった。ワギナが痛んだのよ。トイレに行かざるを得なかった。運転手が言ったわ。女たちと一緒に行くのは大変だ、女たちときたら月明かりで小便に行きたくなるからな、と。

翌日、仕立屋の子どもたちがテーブルにつくと、首にはハートがぶら下がっていた。

ネックレスなんて子どもには要らないわ、と仕立屋は言った。子どもたちは外でアクセサリーをつけてはならないの。私は将来のために買ったのよ。子どもたちが大きくなったときに、私のこと、忘れないでしょ。天井に精液のしみがついているお得意さんは男と一緒にハンガリーだったわ。すでに往路で彼女はハンガリーの税関職人と関係を持ったのよ、ビジネスのためにね、と仕立屋は言った。そのあと男はホテルに別の部屋を取りたいと彼女に言ったのよ。部屋はなかったわ、男は彼女と一緒にリストに載っていたからね。男は私の部屋にやって来たわ。私は同意しなかったけど、私にどうしろって言うの、と仕立屋は言った。なるようになってしまって、私は男と寝たの。気を使ったのはホテルの部屋の天井よ。なにせ退室前に清掃婦が何もかもチェックするでしょ。お得意さんは何も知らないのよ。帰路、男は再びお得意さんの横に座ったわ。彼女の髪を撫で、後ろを向いて私の方を見たのよ。男がある日、私の家をノックしてほしくないわ。お得意さんを失いたくないし、付き合いは長いんですもの。私たちが税関でバスから降りると、男は私の腕をつねったわ。私は男から逃れるために税関職員と関係を持ったの。ビジネス上の理由もあったわ、と仕立屋は言った。秋にまた行くときには、ミキサーを持っていくかもしれないわ。よく売れるのよ。

ホテルの話はテレーザにしゃべらないでね、と仕立屋は私に頼んだ。頬に手を置いて言った。テレーザだったらネックレスをもうしないわ、と。どっちみちテレーザはもう言っているの、ネックレスは子どものようなもの、と。

そんなものよ、と仕立屋は言った。一日中、取引をしておきながら、何も商いができないとなると。気持ちが惨めになり、自分にいくらかまだ価値があるのか知りたくなるのよ。家だったら、あの男と寝ることはないわ。だけど向こうでは、私、一日中、あくせくと働いていたの。あの男も。お得意さんは昨日、私のところに来たわ、と仕立屋は言った。私はカードで占ってやらなければならなかったわ。相手が私をじっと見ていると、心臓が止まりそうで、カードが何も告げないの。カード占いは失敗で、私は相手からお金を取らなかった。相手はせがんだわ。ことによっては、すぐに見られないものもあるのよ、と仕立屋は言った。そういうものは煙のようにやってきて、忍び込むの。数日、待たなければならないわよ、とお得意さんに言っておいた。しかし、待たなければならないのはこの私。仕立屋が大人になり、落ち着き、生気を失ってしまったかのように思えたのだ。

二人の子どもたちは金のハートをつけて部屋のなかを走っていた。なびいていた子どもたちの髪。私は二匹の若犬を見た。大きくなると、首に音の鳴らない小鈴をつけて世の中に消えていく若犬を。仕立屋は金ネックレスを更にひとつ売らなければならなかった。私がそれを買わなかったのだ。私は赤と白と緑のストライプが入ったセロファン袋を買った。中に入っていたのはハンガリーのボンボン。

私は袋をマルギット夫人に贈った。喜んでくれるだろうと思ったのだ。翌日、クルトが再び来るとも思った。クルトが来る前に夫人に怒りを収めてもらいたかったのだ。

マルギット夫人は袋に書かれていた一語一語を読んで言った。愛シノ神ヨ、と。彼女の目は涙で濡れていた。それは喜びだったが、その喜びは夫人を驚かせ、人生を棒に振ってしまったことを示したのだ。ペストに戻るにはあまりにも遅すぎたことを。

マルギット夫人は自分の人生を当然の罰と見ていたのだ。夫人のイエスはなぜかを知っていたが、夫人には言わなかった。マルギット夫人は苦しみ、まさに苦しむからこそ、日ごとに自分のイエスを更に愛したのだ。

ハンガリーの袋はマルギット夫人のベッドの脇に置かれたままだった。袋を決して開けはしなかった夫人。袋に書かれた見慣れた文字を繰り返し読んだ。まるで失われた人生であるかのように。ボンボンを決して食べなかった。もし食べたら、口のなかで消えてしまうからだ。


二年半前から母は喪に服していた。相変わらず父を悼み、そしてまたしても祖父を悼んだ。母は町へ行って小さな鍬を買った。墓地のためよ。それと庭の密生した花壇のためよ、と母は言った。大きな鍬だといとも簡単に植物を傷つけてしまうわ。

母が野菜とお墓のために同じ鍬を使ったことは、私には軽率に思えた。何もかもが喉を渇かしているわ。今年は雑草の伸びが早く、種がもう飛び散っているわ、と母は言った。アザミだらけよ。

喪服を着ていると老けて見えた母。日なたで私の横に座っていた。影の女のように。ベンチに鍬が立てかけてあった。毎日、列車は走っているけど、あなたは家に帰ってこないのね。そう母は言った。母はベーコンとパンとナイフを取り出す。母は言った。お腹は空いていないけど、ただ胃のためよ、と。ベーコンとパンをさいの目に切った。おばあちゃんは夜も畑にい続けるのよ。野生化した猫のようにね、と母は言った。夏の間はずっと獲物を追い、十一月に初雪が降ると戻ってきた猫が家にいたわ。母はあまり噛まずにすぐにのみ込んだ。生えるものなら何でも食べるのよ。そうでなければおばあちゃんはとっくに死んでいるわ、と母は言った。夕方にもうおばあちゃんを捜すことはないの。道がかなりたくさんあるし、私には畑が不気味だわ。だけど大きな家にひとりで居ることも私には同じよ。たしかにおばあちゃんとの会話は成り立たないけど、もしおばあちゃんが夕方に帰ってくると、まだ二本の足が家にあるわ。すべてが口の大きさに切られていたにもかかわらず、母は食べているときにナイフを置くことがなかった。母はしゃべるのにナイフを必要としたのだ。ケシの実が落ちる、と母は言った。トウモロコシは小さいまま、スモモはもうとっくに萎びていたわ。私が一日中町にいて、夕方、服を脱ぐと、黒い斑点ができているの。私は体中をぶつけたの。仕事をせずにそのようにうろつき回ると、何もかもが私の邪魔。そうなると町はさすがに村よりも本当に大きいわ。

それから列車に乗った母。列車が汽笛を鳴らすと、かすれていた。車輪がガクンと揺れ、車両の影が地面を這うと、車掌が飛び乗る。足をまだ宙に浮かせたままだった。


桑の木の下には破棄された室内用の椅子。座席の下には干からびた草の束が下がっていた。垣根越しにのぞくヒマワリ。花冠もなく、黒い種もない。中は房飾りのように詰まっていた。父がヒマワリに芽接ぎしたのよ、と言ったテレーザ。ベランダにはシカの角が三本掛かっていた。

カリフラワースープ、それ私だめなの。テレーザは言った。台所中が臭うのよ。祖母が皿をかまどに運び、テレーザのスープを鍋に戻した。ガチャガチャと音を立てたさじ。まるで祖母が腹のなかに食器を持っているかのように。

私は自分の分をきれいに平らげた。スープは美味しかったと思うの。スープが出たときに食べることを考えていれば美味しかったんでしょう。だけど、ここで食べるということが気になったわ。

テレーザの祖母は皿を私の前に置いて言っていた。お食べ、そしたらテレーザも食べるわ、と。あなたはきっとテレーザほどぶっきらぼうではないわ。テレーザにとって、何もかもが臭うのよ。カリフラワー、エンドウマメやソラマメ、鶏レバー、子羊、ウサギがそう。よく言うのよ、あなたの肛門も臭ってよ、と。家の息子はそれを聞くのを嫌がるわ。人がいたら、私、そんなこと言うべきではないわね。

テレーザは私を紹介していなかった。彼女の祖母は私の名前を知らなくても困ることなく、私にスープを出す。私の顔に口があったからだ。テレーザの父親はテーブルに背を向けて立っており、立ちながら鍋からスープを飲んでいた。私が誰なのかたぶん知っていたのであろう。それで私が来たときに振り向かなかったのだ。父親は肩ごしにテレーザを見つめた。お前はまたしても罵ったな、と言う。主任はお前の罵りを繰り返したくなかったんだ。主任にはあまりにありきたりのことだったんだよ。自分で自分の罵りを胡散臭くないと思っているのかい。

工場を見ると、いつも罵ってしまうかもしれない、と言ったテレーザ。深皿に手を突っ込んでラズベリーの実を掴み、手が赤くなった。音を立ててスープをすすっていたテレーザの父。お前は毎日、父さんに一撃をくらわすな。そう言ったのだ。

曲がった脚と平べったいお尻と小さな目を父親から受け継いでいたテレーザ。父親は大柄骨太で、頭は半ば禿げ上がっていた。自作の記念碑を訪れるたびに、私の想像では、ハトが鉄の上ではなく、父の肩に留まることもある。スープをすることで頬はへこみ、頬骨が小さな目の下でせり上がっていた。

実際に父親は記念碑に似ていたのかしら。あるいは父親が鋳造したことをただ私が知っていただけかしら。あるときは首と肩が、あるときは親指と耳が鉄製だった。口からカリフラワーの一かけらが落ちる。上着に歯のように小さく白くついたままだった。

私の想像では、このような者なら小太りでもあり得たが、それにもかかわらず記念碑を鋳造したのであろう。このようなあごを持ちながら。

お尻をだらりと下げて、ラズベリーの深皿を小脇に抱えたテレーザ。私たちは彼女の部屋に行った。

部屋の壁には、幅の狭いドアの上に壁紙が貼られていた。白樺と水がある秋の森だ。白樺の幹にドアノブがあった。水は深くはなく、底が見えたのだ。森の幹と幹の間にある唯一の石は、川辺にある二つの石よりも大きかった。空もなく、太陽もない。しかし明るい空気と黄色の葉があった。

私はこのような壁紙を一度も見たことがなかった。ドイツ製よ、と言ったテレーザ。口はラズベリーによって血まみれになっていた。テーブルの深皿もそう。脇には伸ばされた瀬戸物の手があった。どの指にもはめられていたテレーザの指輪。手の甲と手のひらにはテレーザのネックレスが掛かっていたが、仕立屋のものもあった。

ネックレスがなかったなら、テーブルの上の手は変形した木のようになっていたであろう。だがネックレスのなかで絶望が輝いていた。木々においても木質部のところでも葉のところでも大きくなることができなかった絶望が。

私はドアノブがある白樺の幹を指先でなぞり、ドアノブを押し、更になぞった。森の地面上で目立たないように石に行きつこうと思ったのだ。私はこう尋ねた。もしドアノブの白樺が開けられると、どこに行き着くのかしら、と。テレーザは言った、祖母の衣装戸棚の後ろよ、と。私と一緒に食べに行きましょう、とテレーザは言った。そうしないと私、ラズベリーをひとりで貪ってしまうわ。

おばあちゃんは何歳なの、と私は尋ねた。祖母はね、南の村の出身、と言ったテレーザ。スイカの収穫の時に妊娠したけど、相手が誰だか分からなかったの。村では嘲りものよ。それで祖母は汽車に乗ったわ。歯が痛かったの。ここの駅でレールは終わり。下車よ。行き当たりばったりの歯科医に行き、そこに住みついたわ。

歯科医は祖母より年上でひとり暮らしだった、とテレーザは言った。歯科医には収入があり、祖母には秘密しかなかったわ。祖母は身ごもっていたことを相手に言わなかった。子どもを早産で受け入れてくれると思ったのよ。そのとき、私の父は実際に早産だったの。歯科医は産院にいる祖母を訪ねて来たわ。お花を持ってきたのよ。

退院の日、歯科医は来なかった。祖母は子どもを連れてタクシーに乗って家に向かったわ。歯科医は祖母を二度と家に入れなかった。ある将校の住所を祖母に渡したの。祖母は女中になったわ。

何年もの間、将校は夜になると祖母のところに来た。父は寝ているふりをしたわ。ただそうするだけで、将校の子どもたちが持っていた物を何でも得られると分かっていたの。誰も聞いていないとなると、父は将校のことをお父さんと呼んでもよかったのよ。同じテーブルで食事をすることも許されていたわ。ある日のこと、将校の奥さんが私の祖母に、グラスをきれいに洗っていなかったでしょと言って叱ると、父は言ったの、お父さん、僕に水をちょうだい、と。将校の奥さんは子どもを見つめ、それから将校を見つめたわ。瓜二つ、と将校の奥さんは言ったのよ。

将校の奥さんは祖母の手からナイフをひったくり、ウサギの肉を自分で切り分けたわ。

みなは食べ、祖母は荷造りをしたの。手にトランクを持ちながら、頬に肉がいっぱい入っていた自分の子を椅子から抱き上げたのよ。将校の子どもたちは一緒にドアのところに行こうとしたけど、将校の奥さんは立たせなかったわ。子どもたちは白いナプキンを振ったの。将校は敢えてドアの方を見ようとしなかったわ。

歯科医には更に二人の女がいたのよ。そうテレーザは言った。二人とも彼のもとを去ったわ。子どもが欲しかったからよ。歯科医には子どもを作ることができなかったの。もうちょっと騙されていたら、祖母とは幸せだったのにね。歯科医が死ぬと、彼の家を私の父が相続したわ。

子ども、欲しいの、と当時テレーザは尋ねた。欲しくないわ。私はそう言った。想像してごらん、あなたはラズベリーとカモとパンを食べるのよ。あなたはりんごとスモモを食べ、罵り、機械の部品をあっちこっちに運び、路面電車に乗り、髪をとかすのよ。それらがみな、子どものようになるわ。


自分が白樺のドアノブを見ていたのを、私はまだ知っている。それに外からだとまだ見えないけど、ナッツがテレーザの小脇にいつもあったことも。それは時間をかけ、膨れていった。ナッツは私たちに抗って大きくなった。あらゆる愛に抗って。ナッツは、裏切りを厭わず、罪に対して無感覚だった。テレーザがナッツで死なないうちは、ナッツが私たちの友情を食べたのだ。

テレーザよりも四歳年上だった彼氏。首都の大学で学び、医者になった。

ナッツがテレーザの胸と肺に巣くっていることを医者たちはまだまったく知らなかったが、テレーザが子どもを身ごもってはならないことをすでに知っていたとき、その学生は熟練の医者になっていた。僕は子どもが欲しい。そうテレーザに言ったのだ。それは真理の後ろの角にすぎなかった。

彼はテレーザを見殺しにしたのだ。テレーザが自分の人生から死んでいなくなってしまわないように。死から十分に学び取っていたのだ。

もはや国内にいなかった私。ドイツにいたので、大尉のピジェレによる殺害の脅迫を遠くから電話と手紙で受け取った。レターヘッドは十字に交差した二本の斧。どの手紙にも一本の黒い髪の毛があった。誰の髪の毛だったのか。

私は手紙をじっくりと見た。まるで大尉のピジェレによって送り込まれた殺人者が行間に座り、私の目を見つめざるを得ないかのように。

電話が鳴り、受話器を取った私。テレーザだった。

お金を私に送ってちょうだい。あなたを訪ねたいのよ。

あなた、旅行してもいいの？

いいと思うわ。

それが会話だった。

それから訪ねてきたテレーザ。駅で出迎えた私。火照っていた彼女の顔、濡れていた私の目。私はこのプラットホームだとどこであれ、いちどきにテレーザに手で触れたかった。小さすぎた私の手。私はテレーザの髪ごしに屋根を見て、そこに向かってほとんど漂った。テレーザのトランクは私の腕を長く引っ張ったが、私はトランクを空気のように運んだ。バスのなかでようやく気づいたが、私の手はトランクの取っ手によって赤く擦れていた。私はテレーザがしっかりと持っていた握り棒の部分を掴んだ。私はテレーザの指輪を手に感じた。テレーザは窓から外の街を見ずに、私の顔を見ていたのだ。風が開いた窓ガラスを通ってくすくす笑うかのように、私たちは笑った。

台所でテレーザが言った。誰が私を送り出したか分かる？　ピジェレよ。私は旅行するよりほかなかったわ。彼女は一杯の水を飲んだ。

どうして来たの？

あなたに会いたかったのよ。

あいつと何を約束したの？

何も。

なぜここにいるの？

あなたに会いたかったのよ。彼女はもう一杯水を飲んだ。

私は言った。私、これ以上、あなたの知り合いでいられないかも、と。

大尉のピジェレの前で歌うことなんて何でもなかった、と私は言った。ピジェレの前で服を脱ぐことよりも、よっぽどあなたの方が私を裸にしたわ。

あなたに会いたいということ、悪いはずないわ、とテレーザは言った。ピジェレには、何の役にも立たない何事かを語るつもりよ。そう取り決められてよ、あなたと私は。

あなたと私。テレーザはあなたと私が無に帰したことに勘づいていなかった。あなたと私をもはや一緒に口に出して言えないということを。胸がドキドキしたので、私は口を閉じられなかったということを。

私たちはコーヒーを飲んだ。テレーザはコーヒーを水のように飲む。カップを手から離さない。ひょっとするとテレーザは旅行のせいで喉が渇いているのかもしれない。私はそう思った。私がドイツに来てから、ひょっとするとテレーザはいつも喉が渇いていたのかもしれない。私は彼女の手にある白い取っ手、彼女の口元にあるカップの白い縁を見た。テレーザはそそくさと飲む。カップが空になると、まるで彼女は自分から歩いて行こうとするかのようだ。追い払うのよと私は思ったが、彼女はここに座り、顔に手をやる様子だった。もし誰かが留まり始めていたら、どう追い払うのか。

私にとっては仕立屋の鏡の前にいるような状況だった。私はバラバラのテレーザを見る。二つの小さな目、長い首、太い指。時間は静止したままだ。テレーザは行かねばならなかったが、自分の顔はここに残さなければならなかった。なぜなら私にとってその顔がまったく欠けていたからだ。彼女は私に脇の下の傷跡を示す。ナッツは切り取られてしまっていた。私は、その傷を手に取り、テレーザ抜きで撫でてみたかったのだ。私は、私の愛を私から引き離し、地面に投げつけ、踏みつぶしたかった。愛が横たわる場所に、私は急いで横になりたかったのだ。愛が私の両目を通じて再び私の頭のなかへと這ってくるために。私はテレーザの罪を脱がしてやりたかった。仕立てを誤った服のように。

喉の渇きは消えていた。テレーザは二杯目のコーヒーを飲んだ。一杯目よりもゆっくりと。一か月の滞在を望んだテレーザ。クルトのことを尋ねた私。あの人の頭蓋骨には屠殺場しかないわ。血を飲むことしか言わないのよ、とテレーザは言った。クルトは私のことが我慢ならないんだわ、と私は思う。

私のブラウス、ドレス、スカートを身につけたテレーザ。私と一緒に行く代わりに、私の服と一緒に街に出かけたのだ。私は最初の夜に鍵とお金を彼女に渡した。時間がないの。私はそう言った。

面の皮が厚くなっていたので、テレーザはこんな言い訳など問題にしない。ひとりで歩き回り、大きな紙袋を持って戻って来た。

夜、浴室に立って服を洗おうとしたテレーザ。服はあなたの物にしていいのよ、と言った私。テレーザが外出したとき、私もまた外に出た。脈打つ私の首。ほかのものは何も感じなかった私。近所から離れなかった。テレーザに会わないために、どの店にも立ち寄らなかったのだ。私は長いことそうできず、テレーザの前に戻っていた。

テレーザのトランクは閉まっていた。カーペットの下に鍵を見つけた私。内ポケットに電話番号と新しい鍵を見つけた。部屋のドアに向かった私。ドアにピッタリとはまった鍵。私はその番号に電話をかけた。繋がったのはルーマニア大使館。私はトランクを閉め、鍵をカーペットの下に戻す。部屋の鍵と電話番号は、自分の引き出しにしまった。

聞こえてきたのは、ドアの鍵、廊下を行くテレーザの足音、部屋のドア。カサカサいう紙袋、部屋のドア、台所のドア、冷蔵庫のドア。カチャカチャいうナイフとフォーク、蛇口から流れる水、閉められた冷蔵庫のドア、台所のドア、部屋のドア。どの物音にも固唾を飲んだ私。自分の体に手が触れるのを感じた。あらゆる物音が私を捕まえたのだ。

それから私のドアが開いた。テレーザはかじりかけのりんごを手にしながら立って言った、私のトランクのところにいたわね、と。

私は引き出しから鍵を取り出した。これって、ピジェレ大尉が使えないあなたの何かだわ、と言った私。あなたの役割は鍵。今晩、あなたの列車が出るわ。

私の舌は、私自身よりも重苦しかった。かじりかけのりんごを置いたままにしたテレーザ。荷造りをしたのだ。

バス停に向かった私たち。そこには角張ったハンドバッグと乗車券を手にしたひとりの老女が立っていた。

老女はうろついて言った。もうバスが来るはずなのに、と。それから私は一台のタクシーを見つけ合図をした。もうバスが来なくてもいいように、テレーザと一緒に座ったり立ったりする必要がないように。

私は運転手の隣に座った。

私たちはプラットホームに立った。もう三週間の滞在を望んでいたテレーザ。さっさといなくなって欲しいと願わずにはいられなかった私。別れなどなかった。それから列車が出て行く。中でも外でも別れ際に振られる手はなかった。

空になっていたレール、二本の糸よりもろかった私の両足。私は夜の半分ほどかけて駅から家まで戻った。到着を決して望まなかったのだ。もう眠る夜などなかった。

刈り取られた草のように愛が再び成長するのを、私は望んだ。愛は、子どもの歯、髪、指の爪とは違った成長をすべき。望むままに成長すべき。シーツの冷たさが、そして横たわったときに生じた温かさが、私を驚かせた。

テレーザが帰国後半年して死んだとき、私は自分の記憶を人手に渡したかった。だけど、誰の手に。テレーザからの最後の手紙が死後に届いた。

私は庭の野菜のようにかすかな呼吸をしているにすぎません。あなたの体に憧れを抱いています。後から大きくなっていったテレーザへの愛。私は無理に愛にそうさせて、用心しなければならなかった。今回の訪問前に私が知っていたテレーザと私に対して。私は両手を縛りあげなければならなかった。私が二人のことをまだ知っていると、両手がテレーザに書こうとしていたのだ。私のなかにある冷たさゆえに理性に背いて愛が掻き立てられている、と書こうとしていた。

テレーザが旅立った後、私はエトガルと話した。彼はこう言ったのだ。君はテレーザに手紙を書くべきではない。けりを付けたのだから。君がどんなに苦しんでいるか相手に書くと、元の木阿弥さ。そうしてまたやって来るよ。思うに、テレーザは君との間くらい長くピジェレを知っているよ。あるいは、もっともっと長いのさ。

愛が結びつくと殺人地区に行き着いてしまう理由、時期、方法は何か。私は意のままにならない罵りをできることならすべて叫んでしまいたい。

愛し去る者
その者を罰したまえ
神よ　罰したまえ
甲虫の歩みで
風のうなりで
大地のほこりで
罵りを叫びたまえ　だが誰の耳にか

私が愛を語ると、今日は草が聞き耳を立てる。この言葉が言葉そのものにまるで不誠実であるかのようだ。

だが、ドアノブのついた白樺が森にある石からあまりに離れていた当時、戸棚を開け、別荘の箱を私に見せてくれたテレーザ。ここなら工場よりもいいわ、と言った。まだ何かあるなら、ここに持って来て。もちろんエトガル、クルト、ゲオルクもそうしていいのよ。庭でラズベリーの実を摘む頃、家には十分場所があるのよ、とテレーザは言った。

桑の木の下に座っていた彼女の祖母。ラズベリーの茂みにはカタツムリがいっぱいいた。黒と白の縞模様の殻。ぐっと力を入れてたくさんのラズベリーを押しつぶしたテレーザ。カタツムリを食べる国もあるわ、と言った。殻から吸うのよ。テレーザの父が白い亜麻布のかばんを持って表に出て行った。

ローマとアテネ、ワルシャワとプラハをまた取り違えたテレーザ。今度は黙っていなかった私。あなたって服を基準に国を覚えているのね。でも、都市を勝手にずらしているわ。地図を見なさい。つぶれたラズベリーを指輪から舐めて取ったテレーザ。そんなこと知っているからって何の役に立ったのよ、と言った。

桑の木の下にある椅子に座っていた祖母。耳を傾け、ボンボンをしゃぶっていた。テレーザがラズベリーでいっぱいのボウルを持って祖母の前を通り過ぎたとき、口に入っているボンボンは右に左にと動かなかった。彼女は眠り込んでいたものの、目をしっかりと閉じていなかったのだ。ボンボンは右の頬に留まっていた。まるで歯が痛むかのように。かつて列車内で見た夢と同じように、線路が終わっているという夢をまるで見ているかのように。桑の木の下で見る夢では彼女の人生は一から始まっているかのようだ。

テレーザはひまわり五本を私のために切り取っていた。都市を混同していたせいか、手の指のような不揃い具合。私はひまわりをマルギット夫人にあげようと思った。帰りが遅くなったからだ。それに一週間後、エトガル、クルト、ゲオルクが来ることになっていたから。

マルギット夫人のベッドの脇にはハンガリーの紙袋。光の当たった彼女の顔を暗い壁から覗いていたイエス。マルギット夫人は花を受け取らなかった。キレイジャナイワ。夫人はハンガリー語で言った。それには心も顔もないもの。

机の上にあった一通の手紙。母は腰痛を話題にした後、こう書いていた。

月曜日の朝、おばあちゃんに真新しい服を置いてあげました。おばあちゃん、畑に行く前にそれを着たのです。私は汚れた服を洗剤に浸しておきました。片方のポケットには野ばらの実が入っていましたけど、もう片方のポケットにはツバメの羽が二つ入っていたのですよ。なんということかしら、もしかしたらおばあちゃんはツバメを食べたのかもしれません。そうまでなると恥ってものです。できたらおばあちゃんと話をしてくれないかしら。歌わなくなってからというもの、おばあちゃん、あなたのことなら分かるかもしれません。だっていつだってあなたが大好きだったじゃないですか。あなたが誰なのか分からなかっただけですよ。もしかしたら、また分かるようになるかもしれません。いまだに私のことを好きになってくれないのです。家に帰ってらっしゃい。おばあちゃん、あまり長くないと思います。

　エトガルとクルトとゲオルクと私は、中庭にあるツゲ園に座っていた。風に揺れる菩提樹。ドアの前に聖書を持って座っているファイヤーアーベント氏。私がエトガル、クルト、ゲオルクと一緒に中庭に入ってくる前から罵っていたマルギット夫人。私にはそんなことどうでもよかった。

　ゲオルクが私にくれたのは、取っ手のついた緑の丸板。そこには、黄色、赤、白の鶏が七羽ついていた。首と腹に通る紐。板の下にある木の球に縛りつけられていた。板を手で持つと、揺れる木の球。雨傘の骨のようにピンと張っていた紐。私が手のなかで板の向きを変えると、鶏の首は頭を下げ、再び持ち上げたのだ。私はくちばしが緑の板に当たってカタカタと音を立てるのを聞いた。板の裏にあるゲオルクが書いた言葉。「取扱説明書。あまりにも辛いときは板をこちらに向けてください。あなたのモズ《ノインテーター》より」と。

緑色は草で、黄色の点はトウモロコシの実なんだ、と言ったゲオルク。私の手から板を取り、読んで向きを変えたエトガル。私は球が飛んでいくのを見た。鶏は疲れ切っていたのだ。支離滅裂な音を立てたくちばし。私たちは目をほとんど開けていることができずに笑った。

私は鶏の向きを変えようとした。ほかの人たちは眺めてないといけなかったのだ。板は私のもの。

子どもが家から出て行く。家には大人しかいない。その子はほかの子どもたちのところにおもちゃを持って行く。手やポケットに持って行けるだけのおもちゃをたくさん。ズボンや上着のなかにまで入れて。その子はおもちゃを置いて、ズボンと上着にある中のものを出す。遊びが始まると、その子はほかの子が自分のものに触ることに我慢できない。

その子は姿を変えている。ほかの子どもたちがもっと上手に遊べることを妬むあまり。独り占めしているものをほかの子どもたちが触ってしまうんではないかというけちくささのあまり。それでいて、自分が独りぼっちのままだという不安のあまり。その子は妬みもけちくささも不安も心に抱くつもりはない。その子はそれ以上のもの。その子はどうしても相手に噛みつき、ひっかいてしまう。意地っ張り虫、それが子どもたちを追い払い、その子が楽しみにしていた遊びを台無しにしてしまう。

そうして独りぼっちになる。その子は醜く、世界中にほかに比べるものがないほど見放されている。目を覆うのにその子には両手が必要。その子はおもちゃをすべて置き忘れ、何もかもあげてしまいたい。その子は誰かがおもちゃに触るのを待つ。あるいはその子の手を目から取り、噛みつき返し、ひっかき返すのを。仕返しは罪ではない、と祖父が言っていた。だが子どもたちは噛みつきひっかきはしない。子どもたちは叫ぶ。引っ込めろよ、僕、要らない、と。

その子には母親にぶたれたいと思う日もある。悪さしたてのときに、その子は急ぐ。すぐに家へ帰りたいと思うのだ。

母親はその子がそんなに急いで家へ帰る理由を知っている。母親はその子に触れない。椅子とドアの間にある果てしない距離から言うのだ。あの子らはお前に知らん顔だね。こうなったらおもちゃを食べてしまいな。お前は遊び下手。

私はまたしてもエトガルの腕を力ずくで引っ張った。今にも紐がちぎれてしまうわ、苦しみ鶏、返してよ。苦しみ鶏だとさ、とみなが叫んだ。シュヴァーベンの苦しみ鶏、と言ったゲオルク。今にも紐がちぎれてしまうわ、と板に向かって叫んだ私。けちん坊になるような年ではなかったが、この私に意地っ張り虫がまた取りついた。

ファイヤーアーベント氏が椅子から立ち上がり、部屋に入って行った。

私の頭上に手をかざしたエトガル。私は球が鶏の下で飛ぶのを見た。鶏は飛び《フリーゲン》ながら食べるんだ、と叫んだエトガル。鶏はハエ《フリーゲン》を食べるんだ、と叫んだクルト。鶏はハエを追って飛ぶんだ、と叫んだゲオルク。彼らはふざけていた。分別が紐についた球のように飛んで彼らの頭のなかを突き抜けるほどに。自分の殻を破って三人の側に行けたら、と思った。せめて遊びの興だけはそぎたくないし、おふざけを奪ってしまいたくないわ。だけど三人は分かっているわ、と私は思った。今の私たちの姿と場所を除いて、まもなく私たちには何も残らないことを。それで私はエトガルの手首をかじり、苦しみ鶏を彼の手からひっさらい、彼の腕をひっかいた。

舌で血を少し舐め取ったエトガル。私の方をじっと見たクルト。

ご飯よ、と中庭に向かって叫んだグラウベルク夫人。菩提樹に登って座っていた孫は叫んだ。何を作ったの、と。グラウベルク夫人は手を挙げた。お待ちよ、いまに見ているがいいさ。菩提樹の下にあった鎌。一番下の枝にかかっていたレーキ。

孫が木から降りてきて、鎌の脇の芝に立ったとき、レーキが枝のところでまだ揺れていた。苦しみ鶏を見せてよ、と子どもが言うと、これ子どものおもちゃじゃないんだ、と言ったゲオルク。孫はおずおずとウサギのような口をして、太ももの間に手を置いた。ここに毛が生えているよ。それって普通のことよ、と私は言った。ばあちゃんが言っているけど、僕、大人になるのが早すぎるって。子どもは走り去った。

あの子、失せてほしいな。ここで何が欲しいっていうんだ。そうエトガルは言った。もしたまたまテレーザが来たら、三人は何と言うだろうか。そう私は思った。たまたま来るよう彼女と申し合わせていたのだ。

クルトは大きな旅行かばんからシュナップスを二瓶と、内ポケットからコルク抜きを取り出した。マルギット夫人は私にグラスを貸してくれないわ、と言った私。私たちはラッパ飲みをした。

畜殺場の写真を見せたクルト。そのうちの一枚には、牛のしっぽが掛かっている乾燥用フックが写っていた。固いのは家庭用の瓶ブラシになるし、柔らかいのは子どもたちのおもちゃさ、そう言ったクルト。別の写真には子牛が横たわっていた。その上に座っていた三人の男たち。ひとりは前方の首のところ。その男はゴムエプロンを身につけ、手にナイフを持っていた。その後ろに立っているのは、大きなハンマーを持った男。ほかの男たちは半円になって屈んでいた。彼らの手にはコーヒーカップ。次の写真では、座っている者たちが子牛の耳と脚をしっかりと押さえている。更に次の写真では、ナイフが喉を切り裂き、男たちがほとばしる血の下でコーヒーカップを持っていた。その次の写真では、彼らは飲んでいるのだ。それから子牛が一匹ぽつんと横たわる。後ろの窓枠にはカップが並んでいた。

　ある写真に写っていたのは、掘り起こされた地面、先細のつるはし、シャベル、鉄棒。背後には藪。ここには下着姿の丸坊主の男が座っていた、とクルトは言った。

　労働者の写真を私たちに見せたクルト。最初は分からなかったよ、なぜ連中がみなホールに駆け込んで行くのかが、と言った。自分の事務所は建物の反対側にあり、窓は畑に面している。空、木、藪、ヨシの木、休み時間にはそれらを見てろってことなんだ。連中は自分をホールに入れたがらなかったよ。ほかのところはいいんだけど、ホールはだめなんだ。今じゃ、自分が覗いたところで、彼らには何でもないよ。二本目の瓶を開けたゲオルク。写真を順に芝に並べたエトガル。裏側には番号が付けられていた。

　写真の前に座った私たち。ちょうど子牛の前にいる男たちのようだった。牛や豚についても同じ写真があるぜ、と言ったクルト。彼の手に鉄棒を落とした労働者を私に教えてくれた。一番若い男だ。写真を新聞に包んだクルト。上着のポケットから歯ブラシを取り出した。ピジェレが来たよ。仕立屋のところで写真を置き忘れてくれ、とクルトは言った。テレーザがいいわ。ほかのも持って来て、と私は言った。

　そいつ誰だい？　ゲオルクが尋ねた。私は話そうと口を開いたが、クルトが先にしゃべってしまう。仕立屋のような奴さ、と。

女はいつも女を頼りにする、とエトガルが言った。女は互いにもっと憎しみ合うために友達同士になる。憎めば憎むほど、一緒にいることが多い。女教師たちを見てるとそうさ。一方がひそひそと話をすると、他方が耳を澄まし、乾燥スモモのような口でふくれ面。ベルが鳴る。それでも互いから逃れられない。いつまでも教室のドアの前で口と耳を揃えて立っている。半分の時間が過ぎてしまう。休み時間になると、またしてもひそひそ話さ。

だけど話題は男のことばかり、と言ったゲオルク。エトガルは笑って言った。ほとんどの女にはひとりの男とそれに間男がひとりいるだけさ。

エトガルとゲオルクは二人の女性教師の間男だった。野外でのことさ、と二人は言い、少し顔を赤らめて、クルトと私を見た。

私は冬の間女。冬が終わると、男がいなくなっていたから。


愛について一度も語らなかった男。水のことを考えていたのだ。お前は俺にとって麦わらだ、と男は言った。もし私がそうなら、それなら地面にある一本の麦わら。私たちは毎週水曜日、仕事を終えると森の地面に横たわった。いつも同じ場所。そこは草が深々と生い茂る固い地べた。草は深々としたままではなかった。そそくさと愛し合った私たち。暑さと寒さを同時にじかに感じた。草が再びまっすぐになったが、どのようにしてそうなったのか私には分からない。私たちは黒いアカシアのなかにあるカラスの巣を数えたが、なぜかは私には分からない。巣は空っぽだった。ほら、と男は言った。霧にあった切れ目。それはすぐに閉じられたのだ。一番冷えたのは足だったが、私たちは森のなかをまだ十分に歩いて行くことができた。暗くなる前に、肌に刺し始めた寒さ。私はこう言った。カラスはやっぱり寝に戻って来るわ。まだ畑で漁っているの。カラスは百歳まで生きるわ。

枝のしずくはもう輝いていなかった。枝先で凍っていたのだ。どのように光が消えてしまったのか、私には分からなかった。まるまる一時間見ていたのに。ちょうど目につかないものもあるんだよ、と男は言った。

すっかり暗くなったとき、私たちは路面電車に乗って町に戻った。この男がかなり遅くに帰宅する水曜日の夜に何て言っていたのか、私は知らない。男の妻は粉末洗剤工場で働いていた。彼女のことを一度も聞かなかった私。分かっていたのは、私がいるからと言って彼女が置き去りにされていないこと。この男の場合、奪い取ることは問題にならなかった。私が男を必要としたのは水曜日だけで、森のなかでのこと。息子について男が話すことは少なくなかった。息子はどもりで、田舎に住む義理の両親と暮らしているとのこと。男は土曜日になるといつも息子を訪ねた。

水曜日にはいつも空になっていたカラスの巣。ほら、と男は言う。カラスについて男が言っていたことは正しい。だけど、麦わらについてはそうではない。森の地面では、麦わらは堆肥になる。彼にとって私がそう、私にとって彼がそう。孤独がもう習慣になっているのなら、堆肥は支えのひとつ。

男はテレーザが働く事務所の者。ある日、二度と仕事に来なくなった。カラスの巣の下で私に提案したのだ。俺と一緒にドナウ川を渡って逃げよう、と。男は霧に賭けたし、他の者は風か夜か太陽に賭けた。このように同じことが各人各様なの。色の好みについてもそう、と私は言った。だけどどこうも思ったわ。自殺の場合もそう、と。

私たちのアカシアの森にも、幹にドアノブのついた木がどこかにあったに違いない。私がその木の幹を見たのは後のことで、その当時、森では見なかった。ひょっとしたらその幹は私のあまりに近くにあったのかもしれない。だけど、男はその木を認め、扉を開いたのだ。

次の水曜日、男は逃亡中に奥さんと一緒に死んだ。私は消息を待ち望んでいた。寂しくなったのは男への愛からではない。しかし、秘密を分かち合う者が死ぬと、相手が誰であれ耐えられない。どうして自分が男と一緒に森に入って行くのか、私なりに当時から疑問だった。彼の下になって深い草の上に少しばかり横たわること、手足をばたつかせて肉体の拘束から抜け出すこと、その後、一瞬たりとも男の目に執着しないこと、ひょっとしたら、こんなことが理由だったのかもしれない。

数か月が経ってからようやく、男の名前が書かれた紙きれが医務室に置かれていた。工場のいたるところで慌ただしくしていたテレーザが公文書を見つけたのだ。そこに記されていたのは、名前、職業、住所、死亡日。診断結果は自然死、心不全。死亡場所は自宅、死亡時刻は十七時二十分。法医学の検印、青インクの署名。

男の妻の名前が書かれた同じ紙きれを粉末洗剤工場は手に入れた。そこで働く看護師をテレーザが知っていたのだ。そこには同じ死亡日が記されていた。自然死、心不全、十二時二十分、自宅にて死亡。

テレーザは言った。彼についていろいろと尋ねるけれど、あなたの方が男のことを知っているじゃない。あなた、男と何か関係があったんでしょ。みんなが知っていたわ。それって、私があなたについて知った最初のことよ。私たちが仕立屋のところで出会う前に、男はそこに来ていたの。私が着くと、男は出て行ってしまったわ。仕立屋はカードで男を占っていたのよ。今じゃもうどうでもいいことだけど、私ならそんな占い、あてにしないわ。そうテレーザは言った。

大尉のピジェレは男のことを私に一度も訊かなかった。彼の知らないことが何かあったのもかもしれない。だけど、私はあまりにも頻繁に森に行った。大尉のピジェレが知らないはずがあるかしら。ひょっとしたら、大尉のピジェレは私について男と話していたのかもしれない。しかし、男は森のなかで一度も私から何かを聞き出したりはしなかった。彼は私について何一つまともなことを知らなかったのだ。私が男を愛していなかっただけに、逆に何も知らないってことが私には奇妙に感じられた。

しかし、男は大尉のピジェレに私のことをしゃべっていたのかもしれない。強いられたら、私がどう歌えたかを。

お前たちにはお前たちなりの愛がある。木と鉄の匂いがする愛が、とクルトは言った。自分にはそんなのないけど、ない方がましさ。吸血鬼どもの娘や妻たちと眠るなんてできやしない、とのこと。そのとき、私たちは前から聞いていた逃亡死者のリストを作っていた。リストは二頁からなる。エトガルがそれを外国へと送った。

ほとんどの名前を私はテレーザから聞き、二、三人は仕立屋から聞いた。精液のしみをめぐる例のお得意さんとその夫、それに夫のいとこはもう生きていない。

ゲオルクは草を鎌で刈った。リストとシュナップスで重くなっていた私たちの頭。はしゃぐゲオルク、その彼を眺める私たち。ゲオルクは手に唾をつけ、レーキの後ろでぴょんぴょんと跳んで、干し草を作った。そのあとレーキが再び枝のところで揺れる。ゲオルクはズボンのポケットから歯ブラシを取り出した。歯ブラシに唾をかけ、眉をとかしたのだ。

私は尋ねた。別荘は誰のものなの。とある税関職員のものだよ、とエトガルは言った。男は外貨をたくさん持っていて、見つからないようにうちの実家にあるシャンデリアのなかに隠したのさ。親父は男の戦友なんだ。今じゃその男は年金生活者さ。リストを税関に通すんだ。男の息子が自分に鍵を渡してくれた。男は町に住んでいるよ。

エトガルの部屋から書類がなくなっていた。彼はもう一度リストを手にする。家にはないよ、と彼は言った。しかし二度と詩を手にしない。記憶にすら残ってない、とエトガルは言った。

午後、出て来なかったテレーザ。彼女に写真を工場で渡した私。前日、テレーザの父は私に気をつけるよう警告されていた。あの女とつき合っていたら、あんたの娘も害を被るぞ、と大尉のピジェレが言っていたのだ。あの女には赤ランプだけがないんだ、と。

私、とぼけたのよ、とテレーザは言った。ピジェレは党のことを言っているのかしら、と訊いたのよ。党は売春宿ではないぞって父は言ったわ。

とうに出発していたエトガル、クルト、ゲオルク。刈り取られた草は陽を浴びて乾いていた。草の山が色あせ、崩れていく様子を毎日見ていた私。すでに干し草ができており、刈り株は再び生えてきていた。

ある日の午後、空は黒と淡黄色になった。街の背後に稲妻が走り、雷がとどろいたのだ。風が菩提樹を押し曲げ、小枝をもぎ取った。風は小枝をツゲの木に叩きつけ、再び空中へと持ち出す。小枝はせわしなく、ツゲの木はポキッと折れる。光は炭やガラスのようだった。手を伸ばすことや、大気を掴むことはできなかったのだ。

木の下に立ち、干し草を青いクッションに詰めていたファイヤーアーベント氏。風がわらの束を氏の手から取り上げた。氏は追いかけ、靴で押さえる。彼は光を受けていると切り取られたようだ。私は稲妻が彼を見据え、打ち倒すのではないかと怖れた。大粒の雨が落ちてくると、氏は屋根の下に駆け込む。エルザのためじゃと言って、クッションを部屋のなかへ持って行った。

母が書く腰痛の後にはこうあった。あなたが三人の男と付き合っているって、マルギット夫人が書いてきました。やれやれ三人はドイツ人ですね。ですけど、ふしだらはふしだらです。ひとは町の学校に我が子を通わすのに何年もお金を出します。結構なことですわ。だけど感謝のしるしが売春婦とはね。あなた、工場でも更に男ができるのでしょうか。ある日あなたが私にルーマニア人の男を紹介して、私の夫って言うのはまっぴらごめんだわ。床屋さんが前に町で仕事をしていて、その当時から言っていました。教育を受けた女なんて唖と同じくらいひどいもんだと。だけど、やっぱりひとは、我が子はそうならないって思うものですよ。

鍋で煮えていた蜜蝋。泡がはじけ、スプーンの周りでビールのように泡立っていた。机の上の壷と絵筆とコップの間にあった一枚の写真。これは私の息子よ、と言った美容師。その子は白いウサギを腕に抱いていた。ウサギはもういないの、湿ったクローバーを食べて、お腹がはじけちゃったわ、と美容師は言った。悪態をつくテレーザ。私たちは分からなかったから、朝、霜が降りているときに、クローバーを摘んだのよ、と美容師は言った。新鮮であればあるほどいいと思い込んでいたわ。美容師はスプーンで手の幅ほどの臘を帯状にテレーザの脚に塗った。今よ、ふくらはぎの上にもうディル〔和名はイノンド。香料や生薬に用いる植物〕が広がっているわ。そう美容師は言った。彼女が帯状の臘を引きはがしたとき、目を閉じたテレーザ。どっちみち私たち、後でウサギをつぶしたけど、ああなるのは良くなかったわ、と美容師は言った。ひと筋の帯がはぎ取られ、また塗られる。初めは痛いけど、慣れるものよ。もっとひどい場合だってあるわ、と美容師は言った。

もっとひどい場合って何かしら、と私なら彼女に言うこともできただろう。まさにそんなわけで、私は脱毛する気になるかどうか、覚束なくなっていた。

手を頭の下に置き、私を見つめていたテレーザ。目は猫がするように大きくなっていた。あなた、不安なのね、と言ったテレーザ。まだらの臘をテレーザの脇のくぼみに塗った美容師。指の先が蜜蝋をはがしたとき、臘からブラシのような毛が立っていた。

ウサギは綺麗ね、特に白いのは。だけど肉の臭みは灰色のウサギと変わらないわ、と言ったテレーザ。ウサギはきれい好きな動物よ、と言った美容師。テレーザの脇の下のくぼみに毛はなかった。私にはそこでこぶがナッツのように大きくなっているのが見えたのだ。

辞書の横に置かれていた苦しみ鶏。私たちが食べる前に、毎日、鶏の向きを変えたテレーザ。ドアから入って来るたびに、鶏に餌をやりに来たのよ、と言った。ゲオルクの取扱説明書を読んでその鶏がルーマニア語で何と言うのか今日ならもう分かっているでしょ、と来るたびにそう尋ねたのだ。しかし、私にはその鶏がドイツ語だと何と言うのかルーマニア語でしか伝えられなかった。名前は九《ノインマール》殺《テーテン》鳥。この鳥名は辞書には載っていなかった。

私にはかつてドイツ人の乳母がいたの、とテレーザは言った。老女だったわ。祖母は若い乳母を雇わなかったわ。父が誘惑にかられないためよ。その老婆はとても厳しくてマルメロの匂いがしたわ。彼女には腕まで届く長い髪があったの。私は彼女からドイツ語を習うことになっていたのよ。光《リヒト》、狩人《イェーガー》、花嫁《ブラウト》。私が一番好きな単語は餌《フッター》。だって私の言葉だとそれ交尾《フェーゲルン》するって意味よ。それってマルメロの匂いがしなかったわ。

彼女は私たちにミルクとバターを与えます

私たちは彼女に餌を与えます

乳母は私に歌いました

子どもたちは早くお家にお帰り

お母さんが灯りを吹き消してしまいますよ

乳母は私に歌を訳してくれたけど、私はいつも忘れてしまったわ。それは悲しい曲。私は楽しいのがよかったわ。母が乳母を市場へ使いにやるたびに、乳母は私を一緒に連れて行ったの。帰宅の途中に私は乳母と一緒に写真屋のショーウインドーで花嫁さんを見ることが許されていたわ。そしたら私は乳母のことが好きになったの。だって彼女が黙ったからよ。乳母は私よりも長く眺めたわ。私は彼女を引っ張って行かなくてはいけなかったのよ。私たちが離れると、ガラスには私たちの指の跡がついていたの。私にとってドイツ語はいつも硬いマルメロの言葉のままだった。

あのナッツを見てからというもの、私は医者に行ったかどうかテレーザに毎日尋ねるようになった。彼女は指にはめている指輪をくるくる回しながら、指輪を見つめたのだ。まるでそこに答えがあるかのように。テレーザは頭を振り、罵り、食事を中断した。こわばった顔。とある月曜日に彼女は言った、ええ、と。いつ、と尋ねた私。テレーザは言った。昨日、ある医者の家にいたの、と。脂肪のかたまりよ。あなたが考えているようなものではないわ。

相手の言うことを信じず、その瞳のなかに出来立ての、湿っぽい嘘を探した私。彼女の顔のなかで、わがままですばしっこい都会の子どもが、口元の周りをそっと歩くのが見えた。しかし、テレーザは次の小さな兵隊さんを口のなかに押し込んで噛み、そうしながら鶏をカタカタと鳴らし、球を飛ばしたのだ。私の思ったところでは、嘘をついているのなら食事の味はしない。テレーザは食べ続けられたので、私は疑うのをやめた。

もし明日、変身することになり、選択の余地があるというなら、あなたはどんな鳥になりたいかしら。そうテレーザは尋ねた。

鶏に餌をやりに来たの、とテレーザはじきに言えなくなり、私たちはそのうち一緒に食事をすることはなくなった。

ある朝、私が仕事場にやって来るとカタカタという音がする。ひっそりとした廊下には誰もいなかった。鍵を持ったまま事務所のドアの前に立った私。聞き耳を立てた。音はドアの内側から聞こえてくる。ドアをさっと開けた私。私の机にひとりの男が座っていた。苦しみ鶏で遊んでいたのだ。顔見知りの男だった。彼はプログラマーと呼ばれていた男だ。男はとりつかれたように笑っていた。私は男の手から苦しみ鶏を奪い取る。市民階級なら、この時間帯だと、部屋に入る前にノックをするものだよ、と男は言った。私は来るのが遅すぎたわけではないが、すでに解雇されていたのだ。ドアを勢いよく閉めたとき、私は自分の持ち物が廊下にあるのを見た。石けん、タオル、テレーザの投げ込み式電熱湯わかし器と鍋だ。鍋のなかにあったのは、スプーン二本、ナイフ二本、コーヒーと砂糖とカップ二客。一つのカップのなかにあったのは消しゴム。もう一つのには、爪切りばさみ。テレーザを探し、彼女の事務所に立って、何もない机の上に自分のものを置き、少しの間待った私。空気は悪く、みなが行ったり来たりしていた。この狭い空間のなか、このわずかな人たちのなか、せわしげに動き回っていたのだ。横目で私をじっと見た彼ら。なぜ私が泣いているのか、尋ねるものは誰ひとりとしていなかった。電話が鳴る。ひとりの男が電話にでて言った。ええ、彼女ならここにいます。男は私を人事課長のところへ送り出す。課長は署名をするように紙切れを差し出した。私は読んで、嫌ですと言う。課長はぼんやりと私を見つめた。どうしてですか、と私は尋ねる。課長はクロワッサンの真ん中を割った。彼の黒いジャケットの上に落ちた二粒の白いパン屑。ほかに何を思いついたのか、私はもう覚えていない。しかし、私はますます叫んだ。私は解雇されたので、初めて罵った。

今朝、テレーザは事務所に来なかった。

雲ひとつない空。暖かい風が髪の毛を掴んで私の頭を運び、工場の中庭を吹き抜けた。足の感覚がなかった私。きれいな身なりをする者が汚れて天国へ行くことなどあり得ない、と考えたのだ。大尉のピジェレが言う天国に反抗して汚れていたかったけれど、あれ以来新しい下着を身につけることが多かった。

もう三度、同じ道を通ってテレーザの事務所に行った私。何も言わずにドアを開けて閉めた。机の上には依然としてあった持ち物。涙が耳を伝い、あごを伝って流れるままにした。塩気でひりひりした私の唇、濡れてしまった私の首。

敷石の上にあるスローガンの下で、私は、私の靴がずるずると引きずられ、ほかの者たちの靴が進んで行くのを見た。彼らの手が運んでいたのは、ブリキの羊かぺらぺらの紙。遠くにいる彼らが私と並んで見えた。彼らの頭にある髪だけが近くにあり、シャツや服よりも大きく感じられた。

私は自分のことなど、もうまったく考えられなかった。それほどテレーザが心配だったのだ。私は二度目の罵りを行った。

このとき彼女は所長のところに座っていた。所長は門のところで待ち受けていて彼女を捕まえたのだ。私が解雇されて門から外に出た三時間後にようやく、所長は彼女を解放した。同じ日のうちに入党し、私を見放すように言われたのだ。分かったわ、と彼女は三時間後に言った。

午後の会議で、テレーザは一列目にある議長団の赤いテーブルクロスの前に座らなければならなかった。開会後、テレーザの父親が表彰されたのだ。その後、彼女は議長に紹介された。みなに入党前の新党員の顔が見えるよう、立って前に進み出なさい、と言った議長。立ち上がり、広間に顔を向けたテレーザ。椅子を正す音、伸びる首。どこを見られているのかがテレーザには分かった。脚を見られていたのだ。

私はおじぎしたのよ、舞台に立つみたいにね。後にテレーザはそう言った。笑ったりする人や、拍手をする人だっていたわ。それから私は罵り始めたの。連中はもう笑ったり、拍手をしたりしなくなったわ。だって議長団で誰も拍手する人なんていなかったからよ。みな、不意打ちにあったみたいにして、手を隠したわ。

あんたたちは逆立ちして、お尻でハエを捕えることができるのよ、とテレーザは言った。一列目にいた人が太ももに手を置いたわ。手の上に座っていたから、両手ともテーブルクロスみたいに真っ赤だった。でもね、耳の上に座っていたわけじゃないのに、耳も真っ赤だったわ。そうテレーザは言った。そいつは口を大きく開けて息をつき、指を丸めていたわ。その隣にいた足の長い痩せこけた男が、座って黙れという合図として、靴で私のくるぶしを蹴ったのよ、とテレーザは言った。足を引いて、テレーザはこう言ったのだ。これで足りないっていうのなら、もっといいことを思いつくまで、あんたたちは頭のなかで水を吸い取ることができてよ。

私の声は穏やかなままだったのよ、とテレーザは言った。私は微笑んだの。はじめはみな、私が父親の表彰に感謝の意を述べるつもりだと思っていたわ。それから、みなフクロウみたいな顔をした。壁よりももっと白い目がこの広間にあったわ。

思いもかけず、クルトがとある水曜日に町に来た。私は、この夏の日、日が照っているにもかかわらず、部屋にいたのだ。外で人のなかにいるとすぐにでも泣いてしまいかねなかったから。路面電車のなかだと、車両の真ん中に立って、大声で叫ぼうとしてしまったから。人をひっかいたり、噛みついたりすることがないように、店から急いで通りへ出てしまっていたから。

クルトは、おそらく週の中日に来たからだと思うが、マルギット夫人に初めて花を渡した。花束は野原から摘んできた拍手ケシ《ヒナゲシ》と白い鶴イラクサ《オドリコソウ》だ。それらは長旅でしおれていた。水につければ再び生き返るわ。そうマルギット夫人は言った。

花ならなくてもよかった。私が解雇されてからというもの、マルギット夫人は穏やかだったのだ。夫人は私を撫でたけれど、私の心は内から冷えていくばかり。私は彼女の手を払いのけることも、我慢することもできなかった。さあ、祈りなさい、神はすべてを理解しています。そう夫人が言うとき、夫人のイエスも私をじっと見つめた。私はピジェレ大尉のことを話し、夫人は神のことを話す。私の手が夫人の顔をぶってしまうのではないかと心配になった。

あるとき、男がひとり来て、あなたのことを尋ねたのよ、とマルギット夫人は言った。汗臭い人だったわ。私、思ったの、セックスの相手だって。神ヨ、と夫人はハンガリー語で言った。こんなに男慣れしているなんて、ほかに誰がいて。男は私に身分証明書を見せたけど、メガネがなかったからそこに何が書いてあるか分からなかったわ。結構ですって言う前に、男は部屋に入っていたの。根掘り葉掘り訊いてきたわ、とマルギット夫人は言った。いろいろと訊かれて、これは恋沙汰じゃないって気づいたの。

彼女は家賃を払っており、仕事に行っています。それ以上のことは知りません。マルギット夫人はこの男にそう言っていた。それから手を上げたのだ。誓います。夫人はそう言ってイエスを指さした。嘘はつきません。あの方が証人です。

春のことだったわ、とマルギット夫人は言った。今になって話すのは、あの男が行ってしまって、二度と来なくなったからよ。立ち去るとき、男は非礼を詫びて、私の手にキスをしたの。紳士だったけれど、汗臭い男だったわ。

それからというもの、よくあなたのために祈ったのよ。神は聞いてくださるわ、と夫人は言った。神は知っています、私が誰のためにでも祈るわけじゃない、と。だけど、あなたも少しは祈る必要があるわね。

クルトが思いもかけずやって来た。エトガルとゲオルクが自分たちの解雇のことで屠畜場に電話をしていたからだ。二人は工場にも電話をした、とクルトは言った。ひとりのプログラマーが二人に言ったんだ。君はあまりに失敗が多いから、解雇されざるを得なかったんだ、と。僕らはテレーザと話をしたかったんだけど、そのとき、電話を切られたよ。

クルトは一晩中、歯を痛がっていて、髪の毛はかきむしられていた。クルトが言うには、村には歯医者がおらず、みなは靴屋の工房に行く。靴屋には椅子が一脚ある。座っている人の腹の前にある板とつなぐことができる椅子だ。患者は椅子に座り、靴屋は丈夫な糸を歯の周りに結ぶ。糸のもう一方の端を輪にして、それを仕事場のドアノブに掛ける。しっかりと蹴って、仕事場のドアを閉めてしまう。糸が歯を口から引き抜く。四十レウの支払いさ。靴底一組分くらいだね、とクルトは言った。

テレーザは党会議後、解雇されていなかった。彼女は別の工場へ異動させられたのだ。

クルトは言った。あいつは子どもじみているけど、政治的ではない。父親が大人だから、あいつは子どものままでいられるんだ。クルトの目の端は髪の毛よりも赤く、口は濡れていた。

私の父も大人だったわ。そう私は言った。大人でなかったら、ナチス親衛隊なんかにいなかったわ。それに記念碑を鋳造して国内に建てたし、繰り返し行進を始めたわ。戦後、政治的に役立たずになってしまったことを、父は後悔していないの。父は間違った方向へ行進していたわ。それがすべてよ。

みながスパイとして役立っている、ヒトラーのもとにいたにしても、アントネスク〔第二次世界大戦中に対独協力をしたルーマニアの軍人〕のもとにいたにしても、とクルトは言う。親指にある傷あとのため、私にはクルトが悪魔の子のように思われた。ヒトラーの後の数年間は、連中はみな、スターリンの死を悲しんで泣いたんだ、とクルトは言った。それ以来、連中はチャウシェスクによる墓作りを手伝っている。小物スパイは党内で高位を望まない。彼らは遠慮なく使われてしまうんだ。党員ならスパイを命じられても苦情を訴えられるよ。党員はほかの者たちよりも保身がうまいね。

保身を望むならの話よ、と言った私。クルトの泥だらけの爪が嫌だった。その爪がテレーザを信頼していないから。クルトの歪んだあごが嫌だった。そのあごが私を半ば納得させたから。シャツにあるクルトの緩んだボタンが嫌だった。切れかけのボタンが一本の糸にぶら下がっていたから。

あなたのように政治的になるまでには、ほかの誰かならどれほどのことをしなければならないのかしら、と私は訊いた。私はクルトから緩んだボタンをもぎ取り、糸を引き出して、口へ入れたのだ。クルトは私の手に打ってかかったが、空振りした。

あなたは自分の不信を細心のことと言うけど、と私は糸を舌の上にのせ、ボタンを手にして言った。だけど、あなたは写真をテレーザのところに置いたままよ。写真が見られたところで、あいつには何でもないのさ、とクルトは言った。

あなたは、誰も信用しなければ、自分は目立たないと思っているのね、と私は言った。クルトは亡くなったばかりの女性の写真をじっと見つめる。女性のフープスカートと日傘を。違う、とクルトは言った。ピジェレは僕らから目を離さない。私は糸を噛みちぎり、飲み込んだ。自分の父親を選び出せる人が誰かいたかしら。頭を両手で支えていたクルト。父親のことに通じていない人もいるよ、と言った。誰それ。そう私は訊いた。クルトは何もないテーブルの上を指でコツコツと叩いた、まるで苦しみ鶏がカタカタと鳴るように。二本指がいずれも同じ木の上で違って聞こえた。

私が思ったところでは、私たちはあまりにお互いをよく知っているので、お互いを必要とする。しかし、もしローラが戸棚のなかで死んでいなかったなら、私たちがまったく別の友人を持つことがどんなに容易だっただろうか。

歯医者に行きなさいよ、と私は言った。ひがんでいるわね。なにせ誰も私たちを助けられないんだから。君もだんだんと子どもじみてきているよ、とクルトは言った。

それからクルトは子どものように手を差し出した。しかし私はボタンを口へ押し込む。あなたがボタンをなくさないうちは、ここに残しておいて。ボタンは私の歯でカタカタと鳴った。苦しみ鶏はどこ。そうクルトが尋ねた。

私は母に手紙を書いた。解雇されたことを。母はもう次の日には手紙を受け取っていた。翌日にはもう母の返事が届いたのだ。

そのことは村で聞いていますよ。金曜日に早朝の列車で駅に行きます。

私は母に返事を書いた。

私、そんなに早く駅に行けない。十時に噴水のところにいるわ。

こんなに早く手紙が届くことは、普通なかった。


母は朝早くから町にいた。私たちは噴水で会ったのだ。母の腕にかかっていたのは空のバスケット二つ、足元には中がいっぱいのバッグ一つ。母はバスケットを下ろさぬまま私にキスをした。全部買っているわよ。保存瓶だけがまだ必要だけど。そう母は言ったのだ。

私は重いバッグを持った。私たちは店に行く。お互い何も話さない。もしも私が二つの同じバスケットのうちどちらか一つを持っていれば、見知らぬ人にはきっと私たちが母親と子どものように見えただろう。だが通行人たちは再三再四、私たちの間を通り抜けていった。十分に間があったからだ。

母はお店でキュウリやパプリカや赤カブ用の保存瓶を十五個求めた。どうやってそれを全部運ぶ気なのよ。そう私は尋ねた。だってもう誰もおまえを引き留めておかないじゃない。会社も人も、と母は言った。おまえが解雇されたこと、村中がもう知っているのよ。

私が野菜用の瓶とバッグを持つから、おまえは果物用の瓶を持って、と言った母。さらにスモモ、りんご、桃、マルメロ用の保存瓶を十七個求めた。野菜と果物を数え上げるとき、母の額にはしわが三本浮かんだ。数え上げる際、すべてが思い浮かぶように、母は頭のなかで畝や木々を通り抜けねばならなかった。店員が机の上に順番に並べた瓶はすべて同じ。

どれも同じじゃない、と私は言った。店員は瓶を包んだ。確かに全部同じよ、と言った母。でも何のために瓶が欲しいかぐらいは言ってもいいでしょ。おばあちゃんも数に入れないといけないわ、と母は言った。冬に漬物を食べるとき、おばあちゃんも家にいるだろうから。おまえは家に戻らないだろうね。おまえが妊娠三か月だって列車のなかで言っていた人たちがいたわ。その人たちは私を見てなかったのよ。私はもっと後ろの方に座っていたわ。でも私の隣にいた人たちもそのことを聞いていて、床を見ていたのよ。わたしゃ座席の下に潜り込みたいくらいだったわ。

私たちはレジに向かった。親指と人差し指の間に唾を吐き、支払いをした母。あなたはいたずらに眺めているけど、労働によって手はごつくなるんだよ、と言った。

バスケットを床に置き、脚を広げ、腰を突き出して、瓶をしまった母。おまえは今までの人生で一度くらい考えたことがあるかい、と言った。母として恥じずにはいられないということを。

私は母に叫んだ。放っといてくれないなら、二度と私と会わないで、あと一言でも言うのなら。

母はぐっとこらえた。静かに言ったのだ、今何時かしら、と。

母の手首には父の壊れた腕時計の一つがはめられていた。どうしてその時計をはめているの、もう動かないじゃない、と私は尋ねる。そんなの誰も見ないでしょ、と母は言った。おまえも一つ持っているわ。私のは動くのよ、そうでもなければはめないわ。そう私は言った。時計をはめているとね、自分のことがよく分かるのさ、と母は言った。たとえ動いていなくてもね。それじゃあなぜ何時かと尋ねたのよ、と私は言った。

それはおまえと話せることがほかにないからだよ、と母は言った。


マルギット夫人はハンガリー語で言っていた。オ金ナケレバ音楽モナシ、と。だけど、もしあなたが今、部屋代がないのなら、どうしたもんでしょう。二か月なら待てるわ。神がお助けになるわよ。そしたら私もひとりにならないわ。ドイツかハンガリーの娘さんを見つけるのは容易ではないの。ほかの国の娘が家のなかに居て欲しくないわ。生まれからすると、あなたはカトリック教徒ね。それならあなたももっと祈るのよ。神には時間が十分あるわ。私たち人間よりも。私たちが生まれるや、神は私たちを見ているの。私たちだけが、神の姿を見るまで、長い時間が要るのよ。若い頃、私も祈りはしなかった。あなたが田舎に戻りたくないのはよく分かるわ、とマルギット夫人は言った。そこには入れ墨の連中しかいないからね。作法が何たるかを分かっていない人なら、ペストでは言われるわ、あんたは百姓よ、と。

市場で新鮮なチーズを買おうと思ったマルギット夫人。すごく高いわ、と言った。私は味見をしようとパン屑をつまむ。農婦が叫んだ、こんな汚い手で触って、と。その女が一か月に手を洗う回数よりも、私が一日に手を洗う回数の方が多い。チーズは酢のように酸っぱかった。

聞くところによると、農民の多くがチーズに小麦粉を入れているわ、とマルギット夫人は言った。もし私がそんなことを言おうものなら、それは神の前で罪になるわ。だけど神自身、そんなことを承知よ。農民は一度たりとも品のよい者ではなかったわ。


マルギット夫人は家賃の支払い猶予代わりに私の頭をおそらく撫でるわ、と私はテレーザに言った。夫人はその権利を得るのよ。部屋の代金が手に入らないとなると、気持ちを要求するの。私がすぐに家賃を払えるときには、夫人の手は私の頭に触れないのよ。

テレーザは私のためにドイツ語教師の口を見つけてくれた。週に三回、男の子二人の家庭教師の口。二人の父親は毛皮工場の工場長だった。母親は主婦。母親はいわゆるみなしごよ、とテレーザは言った。男の子たちの呑み込みは悪いわ。父親の稼ぎがいいから、ほかのことは気にならないはずよ。

テレーザは毛皮職人とその子どもたちと温泉で知り合っていた。子どもたちは人懐っこいわ。テレーザはそう言った。テレーザが着替えに向かうと父親は言ったのだ。私たちも家に帰ろう、と。しかし、父親はそれから子どもたちを更衣室からもう一度水のなかに戻した。濡れた水泳パンツのままテレーザの更衣室にするりと入り込んできたのだ。喘ぎながら、テレーザの胸を触る。テレーザは相手を外に押し出す。更衣室を閉めることができない。錠がなかったのだ。更衣室の前に突っ立っていた相手。足の指が扉の下に見えた。大したことにはならないと思ったんだよ、と男が言った。ちょっとした冗談だったのさ。わしは妻を裏切ったことなどこれまで一度もない。

こっちにおいで、と男は叫んだ。テレーザには、子どもたちの濡れた足が敷石の上でピチャピチャと音を立てるのが聞こえる。更衣室から出ると、毛皮職人も着替えを終えていた。待ってくれ、子どもたちはお宅に何もしなかった、すぐ着替え終わる、と男は言った。

吹き抜けの階段で私は叫び声を聞いた。四階からだ。そこは私がドイツ語の授業をすることになっていた住居。前に立ったとき、私はノックすることができなかった。住居のドアは外されていたのだ。階段の壁に立て掛けられていたドア。住居からは煙が出ていた。

毛皮職人は口からよだれを垂らし、呂律が回らぬしゃべり方しかできなかった。男はシュナップス臭い。男は言った。ドイツ語はいつだって価値があり、値がいくらになるか分かりゃしない、と。目はカエルの白い袋に似ていた。さっと開けられた窓を通して煙のなかから覗いていた妻。煙がクッションのように木のところへ出て行く前に、煙は妻を包み込んでいた。新鮮な空気がなかった午後。煙を古いポプラの木に落とした。

下の子はふきんを握りしめて泣いていた。上の子は机の上に頭を伏せている。

ドイツ人は誇り高い民族だが、俺たちルーマニア人はいまいましい犬だぜ、と毛皮職人は言った。臆病者の群れだ。自殺でそうと分かる。みな縄にぶら下がりやがる。銃で死のうとする奴はいない。あんたらのヒトラーは俺たちをまったく信用していなかった。おっ母さんのなかに戻りな、と妻は叫ぶ。毛皮職人は戸棚を力ずくで引っ張った。戻れたらいいさ、だけどおっ母さんはどこだい。

台所の床にはボールパン〔ひき肉やツナを詰めて焼いたパン〕が転がっていた。ケンカが始まる前に、子どもたちがそれを飛ばしていたのだ。

毛皮職人は煙草を口の端に下げていた。手と頭を揺するので、ライターの炎が煙草に出くわさない。煙草が床に落ちた。男がそれを長い間じっと眺め、炎を斜めにしていて、炎で親指に火傷を負う。男はそれを感じない。身を屈めたものの、腕が短すぎた。炎がライターに戻る。男は子どもたちを見つめた。二人は父親を助けたりしない。男は煙草のすぐ脇をよろめいて廊下へと出て行った。ドアが階段で手すりにぶつかった。騒がしい音がする。私は階段へと出た。毛皮職人が階段でドアの下敷きになっていたのだ。這い出してドアを置き放しにした男は、鼻血を出したまま、だらだらと階段を下りて行った。

台所へ戻ったときに私は言った。パパはドアを外に運び出そうとしたのね、もういないわ、と。

パパは怒ってドアを外した、と下の子が言った。それからママを殴ろうとしたんだ。ママは逃げて、部屋に閉じこもっちゃった。パパは料理台のところに座って、シュナップスを飲んだの。僕、ママを呼びに行ったよ。だってパパ、すっかりおとなしくなったもん。ママは揚げパン《クラッペン》を揚げようとした。油が熱くなったよ。パパはシュナップスを火と油の上にかけた。おまえらに火をつけてやる、と言うんだ。炎は高く上がり、ママの顔を焼きそうになったよ。壁の棚に火が移ったんだ。僕らは急いで消した、とその子が言った。

今、お姉さんが初めて来たわ、こんな狂気の最中に、とその子に細君が言う。女性は机まで足を引きずって歩き、椅子に腰を下ろした。

何でもありません、と言った私。でも、何でもなくはなかった。私が我慢することも変えることもできないあらゆる物事と同じように。私は見知らぬ女性の髪を撫でた。まるで相手が親しい人であるかのように。女性は私の手のもとで我を忘れた。女性は愛が束縛されるなかでやつれてしまい、彼女の愛には二人の子ども、煙の臭い、外されたドアのほかに何も残っていなかったのだ。それと髪にある他人の手のほかに。

女性はむせび泣き、私は相手の心獣がお腹から私の手に飛び移ったように感じた。心獣はあちこち飛び回り、私が相手を撫でるに応じて、ますます速くなったのだ。

夜になるとね、パパは戻って来るよ、と上の子が言った。

女性の髪は短かった。女性の頭皮を見た私。煙が次第に消えていったポプラの木のところで、若い女が孤児院を去るのを見た。私は孤児院がこの町のどこにあるか知っていたのだ。孤児院の柵のところに記念碑があった。スカートの裾のところに鉄製の子どもを連れた台座の上の鉄製の母は、テレーザの父が鋳造したもの。記念碑の後ろにあった茶色のドア。女性が孤児院へ戻るにはもう遅すぎた。ドアの向こうに戻ったところで、女性の体は子どものベッドに入るには大きくなりすぎていたのだ。女性は孤児たちからも、ひとりの男の毛皮を巣としながら外で愛を求めた年月からも、戻ってこないものとして諦められていた。女性の家のベッドカバー、ソファークッション、じゅうたん、スリッパは毛皮で、椅子のクッションや、鍋つかみまでもがそうだった。

女性は二人の子どもを見て言ったのだ。どうしたもんでしょう、ひとりは片親の子、もうひとりは二親の子。

泣かずにはいられないとき、子どもは部屋に入って行く。ドアを閉め、ブラインドを下ろし、灯りをつける。まだ誰も化粧のために使ったことがない化粧鏡の前に立つ。その鏡には開け閉めができる両開きの扉がついている。それは自分の泣く姿を三倍に見せる窓。外の中庭にいるときよりも、自己憐憫が三倍に膨れ上がる。太陽は中に入り込めない。太陽には憐みがない。足を持たないのに空に留まっていなければならないからだ。

目は泣いているときにどこの誰とも知らない子どもが鏡のなかで立っているのを見る。後頭部、耳、肩が一緒に泣く。それどころか、鏡から二本の腕の長さほど離れたところで、足の指が泣いている。その部屋は、閉ざされているとき、冬に降る雪ほどに深い。部屋によって頬が火照る。ちょうど泣くことによって火照るように。

大きな音でひいたコーヒーミル。私はそれを歯に感じた。女性の口の前でシュッシュッと音を立てたマッチ。ガスが五徳の周りでゆらめき始めたとき、炎はマッチ棒をすぐに焼き尽くし、そして指に火がついた。水道の蛇口が音を立てる。そのあと、ポットから白髪の房が立った。女性はコーヒーをそそぐ。コーヒーが土壌のようにあふれ出た。

下の子がふきんを冷水にさらしてから、たたみ、額に巻いた。

女性と私はコーヒーを飲んだ。棚の上にある磁器製のノロジカが見つめる。二口目を飲んだとき、彼女の膝がテーブルの下で私の膝にぶつかった。私が撫でていたにもかかわらず、謝った女性。煙が外に出てしまっており、悪臭が漂っていた。私は、どちらかと言えば、自分の手がコーヒーカップを握っている場所に居たくなかったのだ。

下の砂場へ行きなさい、遊びに行っておいで、と女性は言ったが、砂のなかへ潜って、二度と戻って来なさんな、とでも言っているように聞こえた。

コーヒーはインクのように濃く、私がコーヒーカップを持ち上げると口のなかにコーヒーかすが入って来た。私の膝に二つあったコーヒーのしみ。コーヒーには諍いの味がした。

私は背中を丸めて座り、子どもたちが階段を駆け下りて行く早い足音を聞いた。椅子から見下ろし、女性に対する憐みを探したのだ。くるぶしまで届いていた私のワンピースの葉柄。椅子の後方では私の丸めた背中が座っており、前方では、ひじに挟まれながら膝にコーヒーのしみを二つつけた何か生気のないものが座っていた。

子どもたちの足音が階段から聞こえなくなったとき、私は不幸が留まるように不幸の相手をする何者かになっていた。

女性と私はドアを取り付けた。しっかりと掴み、たくましかった女性。ドアのことしか念頭になかったからだ。しかし、私は女性のことを考えていた。私はここを出て行くが、女性はこのドアの向こうでひとりになるわ、と。

彼女は台所から濡れたふきんを持ってきて、夫の血痕をドアから拭き取った。


帰宅時に、私の手にはヌートリアの帽子が、頭上には夕日が丸ごとあった。スカーフだけを身につけ、毛皮の帽子をかぶらなかったマルギット夫人。帽子と毛皮は女性を高慢にするわ、神は高慢な女性がお嫌いなの、と言っていたのだ。

私は橋の上をゆっくりと渡った。川の水さえも煙の臭いがする。私は石を思い出し、まるで頭のなかに思考がないように感じられた。思考は外にあり、私のかたわらを通り過ぎたのだ。思考は自分の思い通りにゆっくりであれ速くであれ私から遠ざかることができた。まるで手すりの支柱から遠ざかるように。橋がとだえる前に、この時間だと川が腹ばいになっているのか仰向けになっているのか見たかった。流れは両岸の間で澱みがない。マルギット夫人に撫でられないためにも、私には毛皮の帽子ではなく、お金が必要だわ、と思った。

私が中庭に入ると、グラウベルク夫人の孫が階段に座っていた。ファイヤーアーベント氏はドアの前で靴にブラシをかけている。孫はひとりで検札係ごっこをしていた。座ると乗客、立つと検札係。切符を拝見します、と言った。片方の手でもう片方の手から切符を引き抜く。左手が乗客、右手が検札係だった。

こちらへおいで、そしたらわしが乗客になってあげるよ、とファイヤーアーベント氏が言った。僕、全部一緒の方がいいんだ。そしたらどの人が自分の切符を見つけないか分かるもん。そう子どもが言った。

エルザの調子はどうですか、と尋ねた私。ファイヤーアーベント氏は私が手に持っている毛皮の帽子を見た。どちらから来たんですかい。おたくは煙臭いね。

私が言葉を発する前に、ファイヤーアーベント氏はブラシを片方の靴に入れて、立ち上がり、子どものかたわらを通り過ぎようとした。子どもは両腕を広げて言ったのだ。ここでは誰も車両変更をしません、今いる場所から動かないでください、と。ファイヤーアーベント氏は無言のまま子どもの腕を上げた。まるで遮断機を高く持ち上げるように。ファイヤーアーベント氏はその腕をあまりにもしっかりと握っていたのだ。ファイヤーアーベント氏が階段を下りてツゲ園へ入って行ったとき、子どもの腕を掴む氏の指が見えた。

私たちの解雇についてエトガルは言っていた。僕らは今、最後の駅にいる、と。ゲオルクは首を振った。最後から二つ目の駅だよ。最後は出国さ。エトガルとクルトは頷いた。私はびっくりしていたが、それは自分がこの言葉に驚かなかったからだと思う。私は頷いたものの、このとき何も考えていなかった。当然と言わんばかりに、私たちは初めてこの言葉を自分たちに引き寄せていたのだ。

私は毛皮の帽子は棚のかなり奥に隠した。帽子は今よりも冬の方が素敵かもしれない。そう私は思ったのだ。テレーザは帽子をかぶって言った。葉の腐った臭いがするわ。頭にのせた帽子のことを言っているのか、私には分からなかった。少し前に私にナッツを見せていたからだ。テレーザはブラウスのボタンをかけて、鏡に映る帽子を見つめた。怒っていたのだ。二週間前、ナッツはもっと小さかった、と私が言ったからだ。テレーザは私に嘘をついて欲しかった。私はテレーザに医者に行って欲しかったのだ。一緒に行くから、と言った私。驚いて眉をつり上げたテレーザ。額にかかるごわごわしたビーバーの毛皮に吐き気を催した。テレーザは頭から帽子をもぎ取ると、匂いを嗅いだ。子どもじゃないんだから、とテレーザは言った。

その夜、私は長いこと苦しみ鶏と遊んだ。赤い鶏のくちばしは、もう下の板には届かなかった。首を曲げたものの、まるでめまいを起こしているかのようだ。突つくこともできずにいた。腹を通って首を上げたり下げたりしなければならなかった紐がもつれていたのだ。私の腕に落ちていた灯り。それは膝にあるコーヒーのしみを照らさなかった。赤い鶏は、風見鶏のように頑固に干からびて光っていたのだ。突つくことはないが、病気には見えず、満ち足りていて、なんとか飛ぼうとしているようだった。

マルギット夫人がドアをノックして言った。カタカタうるさくて、お祈りできないわ。

大尉のピジェレは言った。生活の糧は、個人レッスンに、民衆扇動に、それにぶらつき売春か。どれも法律違反だ。大尉のピジェレは、ぴかぴかに磨かれた大きな事務机に座り、私は反対の壁際にある、小さな飾りのない罪人用机に座っていた。机の下に見えた二つの白いくるぶし。首の上では禿げ頭が濡れていて、弧を描いていた。まるで口のなかにある私の口蓋のように。私は舌先を立てた。口腔《ムントヘーレ》は世間では口空《ムントヒンメル》と言われていたのだ。おがくずの詰まった棺のクッションには禿げ頭が、ベールの下にはくるぶしが見えた。

で、ほかはどうだね、と尋ねた大尉のピジェレ。顔に悪意はなかった。気をつけなければならないことは分かっていた私。顔がかくも穏やかだと、決まって背後から困難がやってくるから。私は大尉が相手で運がいいです、と私は言った。私の状況はあなたのお望みのとおりになっています。そのために働いていらっしゃるのではないですか。

お前の母親は出国を望んでいる、と大尉のピジェレは言った。ここにそう書いてある。大尉は何か書かれた紙をひらひらさせた。それは手書きのものだったが、母の筆跡だと私には思えなかったのだ。母が望んでも、私は当分望みません、と言った。

私は同じ日に短い手紙で母に尋ねた。筆跡は母のものか、と。その手紙が届くことはなかった。

大尉のピジェレがエトガルとクルトに次のように言ったのは一週間後のことだ。生活の糧は、民衆扇動に寄生生活か。どれも法律違反だ。読み書きはこの国では誰もがしても構わない。書こうと思えば誰だって詩を書いてよい。ただし、国家に反逆して違法組織を作っていなければの話だ。我々の芸術を作るのは国民自身であり、そのために我が国が必要とするのは一握りの反社会的人間ではない。ドイツ語で書くなら、ドイツへ行けばいいじゃないか。泥沼でくつろいだ気持ちになるかもしれないがね。お前たちは分別がつく連中だとわしは思っていたが。

ゲオルクの髪の毛を一本引き抜いた大尉のピジェレ。それを机のランプにかざして笑った。日に焼けて少し色あせていて犬のようだ、と大尉は言った。だが日陰にいればまた回復する。下の牢獄は涼しいからな。

もう行っていいぞ、と大尉のピジェレが言った。犬のピジェレがドアの前に座っている。恐れ入りますが、この犬を大尉のところに呼び寄せてもらえないでしょうか、とエトガルは尋ねた。大尉のピジェレは言う。どうしてだ、こいつはドアの前でお利口に座っているじゃないか。

犬のピジェレが唸っていた。飛びかかりはしない。ゲオルクの靴をひっかき、エトガルのズボンの裾を噛みちぎった。エトガルとゲオルクが廊下に出ると、ドアの向こうで呼ぶ声がした。ピジェレ、ピジェレ、と。あれは大尉の声じゃなかったぜ、とエトガルは言った。もしかしたら大尉を呼び寄せたのは犬の方じゃないか。

ゲオルクは人差し指を歯の上であちこち動かした。キシキシという音。私たちは笑う。逮捕されて歯ブラシがないときはこうするのさ、とゲオルクは言った。

私は三度、毛皮職人の子どもたちにドイツ語の授業をした。お母さんはよい人です。木は緑です。水は流れています。

砂は重いです、と復唱しなかった子どもたち。そうではなく、砂は美しいです、と言う。太陽が照りつけます、と言わなかった。そうではなく、太陽が輝いています、と言う。最優秀労働者をドイツ語で何と言うのか彼らは知りたがった。それと狩人を何と言うのか。先駆者を何と言うのかも。私はマルメロの実が熟していると言い、テレーザの乳母を、固いドイツのマルメロの言葉を思い出した。マルメロは筋が多いです。そう私は言った。マルメロは虫に食われています。

子どもたちにとって、私は何の匂いがするのかしら。

マルメロ、僕たち好きじゃない、と下の子が言った。毛皮《ペルツ》はどうかしら、と私は聞く。そんなに短い言葉なんだ、と上の子が言った。皮膚《フェル》と私は言う。それも長くないんだ、とその子が言った。

私が四回目に行ったとき、子どもたちの母親は建物の前の路上でほうきを持って立っていた。遠くから見えたのだ。母親は掃かずに、柄にひじをついていた。私が近づくと掃き始める。私が挨拶をして初めて母親は私を見つめた。階段には新聞紙にくるまれた小包が一つ置かれている。

工場がうまくいっていないのです、と母親は言った。私たちにはレッスンに払うお金がもうありません。相手は壁にほうきを立てかけ、小包を手に取り、私に差し出した。ミンクのクッションと本ヤギ皮の手袋です、とささやいた。

私の腕はだらりと下がっており、私は手を持ち上げはしなかった。何を掃いているのですか、と私は訊く。ポプラはあそこですよ。ええ、と相手は言った。ですけど、ここにはちりがありますので。

ほうきの柄が壁に影を落とした。子どもたちが、ミルクアザミさん、夏を生き延びてね、と願うときに、庭で父親の鍬が落とす同じ影を。

女性は小包を階段に置き、私の後を追った。お待ちください。私はあなたに言うことがあります。ある男が来てですね、あなたを悪く言いました。私は男の言うことを信じなかったのですが、それは我が家に関係のないことです。ご理解していただかなければなりません。そんなことが分かるには家の子どもたちはまだ小さすぎるのです。


大尉のピジェレがひらひらさせた紙には、母の字があった。母は朝の八時に村の巡査に呼び出されたのだ。巡査が口述し、母が書いた。母を十時間、事務所に閉じ込めた巡査。窓際に座った母。敢えて窓を開けようとはしなかった。誰かが通り過ぎるとき、母は窓ガラスをコツコツと叩く。路上の誰もが頭を上げはしなかった。分かっているのよ、見ちゃならないことを、と母は言った。私だって見ないわ。どっちみち助けられないんだから。

退屈しのぎに、と母は言った。事務所でほこりを拭き取っていたのよ。棚の横に雑巾を一枚見つけたわ。座りっぱなしでおばあちゃんのことを考えるよりまし、と思ったのよ。教会の鐘の音が聞こえ、鍵がガチャガチャと鳴った。夕方の六時だったわ、と母は言った。巡査は灯りをつけたのよ。すっかりきれいになっているのに、気づかなかったわ。私にはそのことを言うのが怖かったの。今から思うと残念。言っていたら喜んだわ。村でひとり身でいるこのような若い男だけど、誰も手を貸してやらないのよ。

巡査は随分と助けてくれた、と母は言った。彼が口述したことに、私は了解よ。ひとりだったら私にはそのように書けなかったわ。きっと間違いだらけよ。私は書くことに慣れていないの。そうして書いたものは分かってもらえるものよ。そうでなかったら巡査はそれを旅券センターに送れなかったわ。

ベッドの上に四角ズボン《テトラホーゼ》があった。七十本あるの。そう仕立屋は言った。机の上にはクリスタルガラスがたくさんあった。私はブダペストへ行くわ。解雇されたなら、どうしてあなたは自宅で暮らさないの、と彼女は言った。あれ、もう自宅じゃないんです、と言った私。仕立屋は旅行用のバスローブを縫っていた。

日中は部屋にいないけど、朝と晩にはいるわ。今度は一週間の滞在よ。あなたのおばあちゃんのように正気を失っている人は、感情がないなんてことあり得ないわ、と彼女は言った。おばあちゃんのためにも、あなたは家へ帰るべきよ。仕立屋はバスローブを着る。一本の待ち針が彼女の襟首を刺す。私は針を引き抜いて言った。お子さんたちが大きくなったら出て行ってしまうとご心配のようですけど、あなたが私に非難すること、お子さんたちはあなたに必ずするわよ。

針のところに大きなフードがぶら下がっていた。私は腕をひじまで突っ込む。仕立屋は頭を私の方へ向けて言った。フードはバスローブの心よ。ハンカチなしで泣くことはできないわ。昨晩、私、練習したの。フードが顔にするりと落ちたわ。すると涙が拭い取られていたのよ。何もする必要がなかったわ。私は指をフードの先に突っ込んで聞いたの。なぜ泣いたのかしら。

私が指をフードの先から出す前に、仕立屋はバスローブを脱いだ。姉とその夫がおととい逃亡したの。仕立屋はそう言った。ひょっとすると二人は着いているかもしれない。二人の葉書がこの日の日付よ。だけどカードは私に風と雨を示したわ。ひょっとすると国境はそうだったかもしれないわね。こちらは乾いてもの静かだったけど。

ミシンはフードをゆっくりと針の下へ押し通し、糸巻きがより糸を引っ張った。仕立屋が言ったことは乾いて聞こえた、まるでミシンの鉄の歯車によって糸がぴょんぴょん跳ぶように。

税関の役人が私のことまだ覚えてくれたらいいけど。私は通るために当時と同じものを着るの。そう申し合わせていたのよ。仕立屋は口に一本の待ち針をくわえたまま言った。人々に欲しいもののを注文してもらうのが、私にはいいの。私が戻るときに、彼らは自分の物を受け取りに来るわ。何でも掴みながらほとんど何も買わないような、優柔不断な人々は家に来ないわ。

ことごとく生地から引き抜かれていた待ち針。文章のように相前後して仕立屋の口に差し込まれていたが、腕の脇にあるミシンの上に置かれた。フードは縫いつけられていて、端は二重三重にそうされていたのだ。仕立屋は糸の最後を結ぶ。そこが二度とほどけないようにするためよ、そう言った仕立屋。そしてフードの先をはさみの先で押し出した。フードを自分の頭にかぶせたものの、袖には通さなかったのだ。

ハンガリーでは高い鼻の小びとが手に入るわ、と彼女は言った。それは頭を揺り動かすの。それを突ついて鼻が止まっている方向へその日向かうだけで幸運があるわ。値段が高いけど、今度、幸運の小びとを一つ持ってくるわね、と彼女は言った。フードが仕立屋の目を覆った。小びとはイムレと言うのよ。いつも左右を見ているけど、まっすぐ見ることはないわ。

私は母の手紙を開けた。腰痛の後に書いてあったことはこうだ。昨日、床屋が埋葬されました。この何週間ですっかり老けてもうろくしてしまったのです。あなただったら、もう床屋だと分からなかったでしょう。一昨々日はマリア生誕の日でした。私は中庭で食事をとり、休養しました。休日は働いてはならないって言いますからね。ツバメが電線に集まっている様子を目にして、もうすぐ夏も終わりと私なりに思いました。すると床屋が中庭に来たのです。靴が別々で、短靴とサンダルを履いていました。床屋はチェス板を小脇に抱えて、おじいちゃんのことを尋ねたのです。私は言いました。あの人、死んだじゃありませんかって。するとと床屋はチェス板を持ち上げて言ったのです。どうしたものかのうって。仕方がありませんね、お宅に帰られるのが一番かと思いますけど、と私は言いました。ごもっともで、と床屋が言いました。ですが、その前に一局あの方と指したいのですって。

相手は立ちふさがり、ツバメを見ている私の目を脇から眺めました。居心地が悪かったです。それで言いました。父はお宅に行きましたよ。そしたら出て行きました。

解雇の後でエトガルとゲオルクは私に言った、僕らは場末の犬のように自由だ、と。クルトだけが血を飲む者たちの秘密を守るために拘束されたままだ。自分はとりあえず共犯者の村にいるクルトのところに移り住んだよ、とゲオルクは言った。

ゲオルクが村を通ると犬がみな吠えるよ。それぐらい村に馴染んでいないんだ、とクルトは言った。ただひとりのところに限って、ゲオルクは馴染みのままだったよ。ある若い隣の女を愛し始めていたんだ。

ある血飲み男の娘で、見境なく微笑する女をだよ、とクルトは言った。もう最初の晩に、僕が屠殺場から帰ってきたときには、ゲオルクはこの無心な女と刈り入れの済んだ畑を通ってきたんだ。午後にはまだ小麦があった畑をね。二人とも草の種を髪の毛につけていたよ。

自分が庭を通って隣の女と関係を持ったとゲオルクは思ったが、しかしそれは逆だった。彼女が試しにクルトのところに来てみたのだ。

彼女はまだら目で、船のように腰を揺らす、とクルトは言った。それにこの女と話せる話題はトマトの摘芽のことだけ。しかし、それについても、女の祖母の忘れ具合と同じ程度しか知らない。女は脚を誰にでも開く。春に巡査が女と畑で寝た。まるでカブの育ちがどうかとちょっと確かめでもするかのように。エトガルの確信によれば、村の巡査はその女性をまずはクルト、それからゲオルクの後を追うように送り出したのだ。


解雇されてからというもの、日々は偶然の紐にぶら下がって揺れ、私をひっくり返した。

相変わらずトラヤヌス広場に座っていた草おさげの小びと。腕に抱く緑色のトウモロコシの穂を揺すり、それと話をしていた。穂を裂いては、色の淡いトウモロコシの毛を一束掴む。それで自分の頬を撫でる。小びとはその毛と乳白色の種を食べた。

食べた物がすべて子どもとなった小びと。痩せてはいたが、お腹は大きかった。交代制労働者たちが春の夜の闇に紛れて、彼女のお腹を膨らませてしまったのだ。口のきけない小びとのように静かにちがいなかった夜のこと。監視人らはスモモの木に誘われて別の通りに行っていた。監視人らは小びとを見失っていたか、依頼を受けて目を背けていたのだ。小びとが子どもを産んで死んでしまうときになっていたのかもしれない。

町の木々は色づいた。最初は栗の木、次に菩提樹が。解雇以来、私は色が淡い大枝にひとつの状況を見ているだけで、秋を見ていなかった。ときとして空が刺すように匂ったのは、私自身の匂いであって、秋ではなかったのだ。わが身を自ら見放さざるを得ないときに、自己放棄する植物のことであれこれと悩むのは、私には辛かった。だから私は注意を向けずに見ていると、小びとはこの初秋からトウモロコシの毛と乳白色の種を口に詰め込むようになったのだ。

私はトラヤヌス広場でエトガルと落ち合った。白い亜麻布のかばんを持ってきたエトガル。かばんはナッツで半分満たされていて、エトガルは私にそれをくれた。これって神経にいいのさ。エトガルは嘲るように言った。小びとの膝の上に手いっぱいのナッツを置いたよ。小びとは一つ手に取り、口に入れて噛み割ろうとした。そしてまるでボールのようにナッツを吐き出したんだ。ナッツは広場を転がる。すると小びとは膝から次々とナッツをすべて取り出し、石の上に転がしたんだよ。通行人は笑う。小びとの目は大きく、真剣だった。

ゴミ箱の脇にあった手の大きさほどの石をひとつ取ったエトガル。ナッツは叩いて割らなきゃならないよ、と小びとに言った。そしたら中に何かあるだろ。それって食べられるんだ。エトガルはナッツを叩いた。小びとは目をふさいで、首を振った。

エトガルは叩いて割ったナッツを靴で道端に寄せ、石をゴミのなかに投げ入れた。

父親の左手にひとつ、右手にひとつナッツを入れる子ども。ナッツのなかに二つの頭を思い浮かべる。母と父の頭、祖父と床屋の頭、悪魔の子と自分自身の頭を。父親は指をからませる。

割れる音。

止めんかい、と歌う祖母が言う。それ、わしの脳みそに入って来るわ。

子どもは歌う祖母を遊びから外す。いずれにせよ割れる音が祖母の脳みそに入るから。

父親が両手を開き、その子が覗くと、難を逃れている頭と砕けている頭とがある。

私たちはトラヤヌス広場を抜けて、鎌のように曲がっている狭い脇道を通って行った。あまりに速く歩くエトガル。ナッツを叩いて割って小びとを泣かしてしまったのだ。エトガルは小びとのことを考えていた。

あれをしちゃだめだよ、とエトガルは言った。僕は今晩、戻らなきゃならない。僕にどこで眠ってんだ。君はしないと約束しなきゃならない。私は何も言わなかった。エトガルは立ったまま叫んだ。聞いているのか、と。木をよじ上った一匹の猫。私は言った。ほら、猫が白い靴をはいているわ、と。

君は君ひとりってわけじゃない、とエトガルは言った。君は僕らが取り決めてなかったことをしてはいけない。連中が君を捕まえる頃は、僕らはみなそれをしてしまっている。それって役に立たないよ。エトガルは、アスファルトの下に腕のように横たわる根っこにつまずいた。

私はエトガルの声にはうんざりしていた。笑ったのは、エトガルがつまずいたからではなく、腹が立ったからだ。あなたたちがまだ遠くで学校に通っていたとき、私も生きていたわ、と私は言った。あなたはみなに向かって話すけど、ゲオルクとクルトだったら賛成するでしょうね。

ナッツを食べな、とエトガルは言った。そしたらもっと利口になるさ。

エトガルは田舎の両親と一緒に住んでいた。解雇のことで非難などしなかった両親。以前からもう解雇されたようなものだったからな、とエトガルの父は言った。お前のおじいちゃん、ハンガリー時代、駅長になれなかったんだ。自分の名前をマジャール風にしなかったからだよ。おじいちゃんはただの保線区員になって、谷に陸橋を架けた。自分の名前をSZで書いたクズ野郎が制服をもらい、自分の尻を皮椅子の上で温めたのさ。列車が汽笛を鳴らすと、そいつは飛び上がって、汚い小旗を手にしてドアの前に跳び出たんだ。彼は足をまっすぐに伸ばして、背伸びをした。そいつを見て、おじいちゃんは笑っただけだよ。

エトガルを乗せた夕刻の列車がレールを走り去ったとき、私が見たのは枕木の間にある石。ナッツほど大きくなかった。さらに後ろの油っぽい草の間を走っていたレール。それよりもさらに遠くを走っていた空も。私がゆっくりと行き先を追うと、プラットホームは終わってしまった。それから私は引き返したのだ。

私は駅にある大きな時計の前に立ち、袋やかごを持った人々が急ぐ様子、秒針が動く様子、バスが曲がり角で家々のすれすれでボディを曲げる様子を眺めた。そしてハンドバッグだけを持っていて、ベンチにエトガルのナッツを忘れてしまっていたのだ。私はプラットホームに戻った。レールの上にはすでに次の列車が止まっている。ベンチには何もなかった。

私の足下にはひとつの道しかなかった。電話ボックスへと向かう道だ。

呼び出しが二度鳴り、私は別の名を言った。テレーザの父親は私を信用し、彼女を呼ぶ。

テレーザは町中に来た。町の後方の岸辺に生えていた、三つの幹を持つアタマ柳のもとに。私はハンドバッグのなかにある食品保存瓶と絵筆を、彼女に見せた。

私、あなたに例の家を教えてあげるけど、とテレーザは言った。でも私は一緒にやらないわ。別の通りで待っているからね。私は保存瓶にくそをしていた。大尉のピジェレの家を汚してやろうと思っていたのだ。高窓の下の壁に、悪党か豚と書こうと思った。すぐに書ける短い言葉を。

大尉のピジェレが住むという家には、別の名前があった。しかし、テレーザは工場長の住まいがどこか知っていたのだ。私たちは向かった。

カーテンの後ろにはまだ灯りがあった。テレーザと私は待つ。もうすぐ真夜中で、私たちは行ったり来たりした。テレーザのブレスレットが音を立てる。外しなさいよ、と私は言った。それから風が、ありとあらゆる黒い物体を叩いたのだ。私は見た、茂みしかないところに立つ人を。座席に誰もいない駐車中の車にある顔を。木が一本も立っていない道に落ちる葉を。私たちはぱたぱたと足音を立てて進んだ。テレーザは言った、あなたの靴はあまり良くないわね。

月はクロワッサンだった。明日の月はもっと明るくなるわ。そうテレーザは言った。月は大きくなるわ。背中は右側よ。街灯が家の前にあるわ。そうした家はいつも照らされているのよ。それっていいわ、家の壁が見えるでしょ。だけど、私たちも見えてしまうわね。

私は二つの中窓の間で、適当な場所を探した。絵筆を上着のポケットに突っ込み、瓶のふたをねじって外し、ふたをテレーザに渡す。ハンドバッグを開けたままにしていた。

臭うわ、まるであなたが捕まってしまったみたい、とテレーザ言う。ふたを持って、別の通りに行った。

私が別の通りに来たとき、そこには誰もいなかった。私は垣根から垣根へ、家の門から家の門へ、木から木へと歩く。通りの端でようやく、扉を通るように、誰かが木の幹から出て来る。私は三度も目を向けなければならなかったが、それはテレーザだったのだ。彼女からは香水の香りがした。おいで、と彼女は言い、私の腕を引っ張った。何てこと、あなた、長かったわ。何て書いたの？何も、と言った私。瓶を家の門の前に置いただけだった。

鶏のように笑ったテレーザ。長くて青白い首は私の隣でぎこちなく動いた。まるで両足が肩から伸びているように。まだ嫌な臭いがする、とテレーザは言った。あなた、汚れたわね。あのふたは

どこ、と私は尋ねた。私が待っていた木のところよ。そうテレーザは言った
　絵筆を私たちは橋から川へ投げた。黒く、頭で思いめぐらす待つことと同じぐらい静かな水。私たちは息を殺すものの、落ちる音は何も聞こえなかった。絵筆は水にたどり着かなかったのだと確信した私。息を吸い、咳をしなければならなかった。絵筆の毛が喉をひっかいたからだ。私はクロワッサンの月を見て確信した。絵筆が空中に引っかかり、この町の上空に黒い肋骨状の球、つまり夜を描いたのだ、と。

　エトガルは再び町にいた。何時間も前から酒場でゲオルクを待っていた私たち。彼は来なかった。来たのは二人の巡査。テーブルからテーブルへと歩き回る。ブリキの羊や木のスイカの労働者たちは身分証を見せ、職場を告げた。
　巡査の袖を掴み、手の大きさにたたまれたハンカチを開いて、哲学の教授ですと言った白い髭の狂人。ウェイターに外に引きずり出された。お若いの、私はあなたを告発します。あなたと巡査を、と叫んだ。だが、羊が食らいます。羊があんたらを手に入れるのです。自らを偽ってはなりません。今夜、星が流れ、羊たちは枕からあんたらを食らいます。あたかも草を食べるように。

エトガルは身分証を見せた。軽工業ギムナジウムの教師です。向こうにある博物館の隣の、と彼は言った。身分証を差し出し、翻訳家であることと、解雇された工場の名前を言った私。頭が燃えるように熱かった。こめかみが脈打っていることに気づかれないように、私は若い巡査の顔を鋭く見つめる。巡査は私たちの身分証をパラパラとめくり返す。ラッキーだった、とエトガルは言った。時計を見たエトガル。列車に乗らなければならなかったのだ。私はテーブルに座ったまま、エトガルが行こうと立ち上がる際に手で椅子の空席を撫でるのを見た。背もたれをテーブルの縁までずらして言ったのだ。もうゲオルクは来やしないよ、と。

エトガルが行ってしまうと、交代制労働者たちは騒がしくなった。ガチャガチャ音を立てるグラス、空中を流れる煙。突き飛ばされる椅子、音を立てる靴。巡査たちは行ってしまっていた。私はもう一杯ビールを飲む。もっとも一口飲むごとにスギナ茶の味がした。

赤い頬をした太った男がウェイトレスを膝の上へ引き寄せる。彼女は笑った。歯のない男が小ぶりのソーセージをマスタードにつけ、ウェイトレスの口に差し込む。彼女はかじりつき、噛みながらむき出しの腕であごについたマスタードを拭いた。

欲望に駆られ、交代制勤務の間に家の外で愛に食いついては、さっそく愛を嘲笑していた男たちも、草の茂った公園でローラの後を追った男たちも、静かな夜に広場で小びとのお腹を膨らませた男たちも、同じ連中だ。十字架のイエスを袋に入れて売り、飲んだくれた男たちも。子牛の腎臓か寄木張りの床を家にいる妻に持ち帰った男たちも。子どもたちや恋人に灰色のウサギをおもちゃに贈った男たちも。苦しみ鶏を持っているゲオルクもこうした者たちのひとり。共犯者集団のなかでまだら目を持つ隣の女もそう。クルトによれば、この隣人は堕落した獣のように笑う。だがクルト自身も変わりがなかった。クルトが持っていた野花の束は、道のりが長く温かであったこともあり、マルギット夫人の手に渡るのがあまりにも遅くなり、頭をだらりと垂らしていたのだ。運勢占いでお金をとって、自分の子どもたちに金のハートをかけた仕立屋もそう。毛皮職人の妻で、ヌートリアの帽子を持っていた女もそう。ナッツを持っていたエトガルもそう。マルギット夫人にあげるハンガリーのボンボンを持っていた私もまたそうした者たちのひとり。それに死んでしまっても寂しさを感じさせない男が私にはいた。二人の間にあったものは、まるで食べられてしまう一片のパンのように、ありきたりのものに私には思えたのだ。森の草地もそう。私は開いた足と閉じられた目を持つ麦わら。カラスの巣がある木々を養う私は、木々が見ていると、ゴミ屑のように地面で燃え、凍えるのだ。

再び酒場に戻って来ていた白い髭の狂人。体を引きずるようにして私のテーブルまで来て、エトガルのグラスから指の丈ほどの残りを飲んだ。私は狂人がビールをごくりと飲むのを聞き、私がエトガルに語った夢を思い出した。

モーターが唸っている小さな赤いスクーター。しかしモーターがついてない。ステップの上にいる男は足で進まなければならない。男は速く走り、走ると男のマフラーがなびく。部屋のなかに違いないわ、と私は言っていた。だって、スクーターが寄せ木張りの床の上を通って幅木へと向かい、床と幅木の間にある暗いすき間に消えてしまうのよ。スクーターと男が消えると、すき間には白い目がある。床の上で私の脇を通り過ぎる通行人のひとりが言う。あれって事故車だよ。

ばあちゃんはいつも歌っている方がましだし、母さんはいつも生地を机の上に伸ばしている方がましだし、じいちゃんはいつもチェスをしている方がましだし、父さんはいつもミルクアザミを切り取っている方がましのはず。突然、すっかりと変わってしまうよりは。四人にとって、違う人になってしまうよりは、ここでひどく凍りついてしまう方がましなはず、と子どもは思う。知らない人のものになってしまうよりは、うちの部屋や庭にあるひどいものの間にいる方がましなはず。

二日後、町に来たクルト。マルギット夫人にセイヨウヒルガオの花束を贈った。赤い舌を出し、ケーキの香りがした花。

まだら目をした隣の女が、昨晩、僕の窓をノックした、とクルトが言った。女は腕に小さなウサギを抱えていて言ったんだ。ゲオルクが町の中央駅で見知らぬ連中とつかみ合いをした、と。ゲオルクは病院にいる。昨日の午前中、僕は村にいた、とクルトは言った。巡査が通りの向こうから僕を呼んだ。僕は巡査の方に行かず、立ち止まったよ。屈んで地面から黄色い葉っぱを取った。それを口に入れたのさ。巡査は通りを横切ってきて、シュナップスを家で飲まないかと誘ってくれたんだ。今後は親しげに呼びかけないでくれ、と僕は言った。そうしよう、と相手は言う。巡査は僕らが立っていた家の隣に住んでいる。僕はシュナップスを断った。巡査は僕が行ってしまうだろうと思っていた。だけど僕はその場を離れず、ただ葉を口のなかで丸めるのを速めているだけだった。巡査はもう何も言うことがなかったが、しかし行ってしまうこともできなかったよ。葉が僕の口のなかで丸められているのを見ないように、巡査は屈んで、靴の紐を結んだ。僕は葉を巡査の手の脇の地面に吐き出して、彼を置き去りにした。巡査は僕の後ろから何かを言っていたが、たぶん罵っていたのだろう。

クルトと私は病院に行った。クルトは守衛にシュナップスを一本渡す。守衛がそれを受け取って言った。奴は四階の部屋にひとりでいる。わしはあんたらにそう言っておくよ。そうしてはならないところだけど。わしはあんたらを上にあがらせることができないんだ。

町を通って帰る途中、クルトは言った。隣の女は腕に抱いていたウサギをゲオルクからもらったんだ。ゲオルクは野原でウサギを猫から救い、血飲み男の娘にプレゼントしたのさ。ウサギはかわいく、ほこりっぽい地面と同じくらい灰色だよ。ゲオルクがウサギを連れてきたとき、ウサギはすっかり震えていた。腹の皮はかなり薄い。ウサギが僕の手から跳び出たとき僕は思ったんだ。内臓が出て来る、と。

ゲオルクが病院にいること、彼女はどこから知ったのかしら、と私は尋ねた。ウサギからだよ、とクルトは言って笑った。

骨が砕けていたゲオルクのあご。退院したとき、ゲオルクは言った。三人の乱暴者の顔を学生のときから食堂で知っているよ。だけど見かけただけで、何て言う名前かは知らない。

ゲオルクが列車から降りると、三人はぶつかってきた。よけたゲオルク。連中はすぐにその後、殴ってくると思った、と言った。連中は僕を駅前まで行かせたんだ。プラットホームだと人が多すぎたからね。

バス停の脇で三人はゲオルクを壁とキオスクの間のすみに押し込んだ。拳と靴、それ以上の物を何も見なかった、とゲオルクは言った。

ある小柄でやせこけた男がゲオルクを病院で起こした。ベッドの前に立ち、上着から札入れを出し、お金をナイトテーブルの上に置いて言う。これで貸し借りなしだ、と。ゲオルクはまず枕を、それからティーカップを男の頭に投げた。奴は笑い、髪の毛からお茶が滴っていた、と言ったゲオルク。男はナイトテーブルから汚れたお金を取って去った。乱暴者のひとりではなかったよ。


まだら目の恋人はかごに入ったほこりっぽいウサギと一緒に町に来て、病院にいるゲオルクを見舞った。入室が許されたのだ。ウサギは守衛に預けなければならなかった。ウサギにパンを与えた守衛。ゲオルクにりんごとケーキをあげて、相手の髪を撫でた恋人。だがゲオルクにすれば、恋人が村の巡査と最後に会ったのはいつなのか知りたかったのだ。

彼女は愚かすぎて嘘がつけない、とクルトは言った。ゲオルクのカップからお茶を一口飲んで、泣きわめいたんだ。ゲオルクは相手を怒鳴りつけた。相手のかごにりんごとケーキを投げ戻して、追い払ったのさ。恋人はウサギを守衛に預けたまま、それって私が見舞った患者のものなの、と守衛に言った。退院の際、患者が迎えに来るわって。

　ゲオルクが十日後、門のところに出てきたとき、窓ガラスをノックして、ウサギを見せた守衛。ウサギは帽子置き場の上に置かれたおりのなかで座り、ジャガイモの皮を食べていた。ゲオルクは拒絶の合図をして更に先へと進む。守衛は叫んだ。来るのが手遅れになりなさんな、土曜日の夕方にはつぶされてしまうよ、と。


　裁判所は乱暴者たちへの訴えを受け付けなかった。ほかに何も期待していなかった私たち。ゲオルクが裁判所に来たとき、目の前に立つ男が誰なのか職員は知っていた。大尉のピジェレには十日間の期間があったのだ。ゲオルクは言った。それでも僕はやってみるよ、と。

　お勤めはどこですか、と職員は尋ねた。証拠もなく見知らぬ相手を訴えるなんて、この国だと退屈している者なら誰でもやりかねません。

　私は退屈などしておりません。病院から来ました。かなりひどい目にあったからです。そう言ったゲオルク。では、そのことが分かる退院証明書はどこですか、と職員は尋ねた。私にはないのです。退院のとき、医者は結婚式でした、とゲオルクは言った。

　ゲオルクは退院証明書をかばんに持っていたが、そこには吐き気を伴う夏風邪と書いてあったのだ。

だが、怠惰と幻覚と迫害妄想にお苦しみですな、と職員は言った。書類をもう一度受け取りなさい。あなたにとって幸いなことに、ご自身の病気はそこに載っていません。無実だとお感じになられていますね。ですが、誰も訳もなく打ちのめされたりはしません。


ゲオルクはこの日を中央駅の隣にある酒場で過ごした。両親のところに戻る切符を一枚買っていたのだ。切符を手にしてプラットホームへ行くと、ベンチに座った。人々がかごや袋をタラップの上に持ち上げて乗車する様子を見る。開いたままのドア、車両の窓から並んで下がっていた頭。りんごを食べている女たち、プラットホームに唾を吐いた子どもたち、くしに唾を吐いて、髪をとかしていた男たち。ゲオルクは不快感に襲われた。閉められたドア。列車は汽笛を鳴らし、車輪が回る。乗車した者たちはプラットホームを振り返って見た。

ゲオルクは言った。そばかすのある仕立屋のところに戻りたくない、と。彼女は縫い物をし、アイロンをかけ、自分の息子を人生の負け犬呼ばわりするんだ。夫の知らないところで僅かのお金と多くの文句を同じ封筒に入れて送る。年金生活を送る父のもとに戻る気はなかった。父は自分の息子のことよりも自転車のことを考えている。共犯者たちの村にいるクルトのところにゲオルクは戻る気もなかった。まだら目の隣の女に二度と会いたくなかったのだ。

エトガルの両親やマルギット夫人のところにも戻りたくない、とゲオルクは言った。自分の脚を地面で一歩たりとも前に進めないという願いしか抱かなかったのだ。僕は疲れ虚ろになって、待合室に入り、駅員に切符を見せてベンチに横になった。すぐに寝てしまったよ、まるで忘れられた一個の荷物のように。昼間のように明るくなり、警棒を持った警官が勤務に就くまで、ぐっすりと眠った。僕が出たとき、待っている人たちは朝の運行について話していたよ。彼らにはみな、目的地があったんだ。

すがすがしく目覚めてゲオルクは行った。エトガルとクルトと私に前もって一言も言わずに、旅券課へ。

お前たちの慰めを聞きたいとは思わなかった、とゲオルクは言った。お前たちの口から慰みごとを聞きたいとは思わなかったんだ。お前たちが嫌いだったし、自分と同じように取り乱しているならお前たちを見るなんてできやしなかったよ。お前たちのことを考えるだけで、頭に血がのぼってしまった。お前たちと自分自身を自分の人生から吐き出したかったよ。なにせ僕らはあまりにもお互いを頼りすぎていると感じたからだ。それで僕は道順もおぼつかないまま旅券課に着き、窓口の横で溺れかけている男のように出国申請を書き、すぐに提出した。大尉のピジェレが私の目の前に現れることがないうちに急いでさ。大尉が紙から僕を見ているかのような気がしたよ。

ゲオルクには自分が何を書いたかがもはやはっきりとは分からなかった。

だけど自分にとって今日のうちにでもこの国から出ているのが一番だということが、きっと申請書に書いてある。そうゲオルクは言った。今は調子がよくなり、僕はほとんど人間らしくなっているよ。申請書の提出後、お前たちに会えるなんて、僕にはほとんど期待ができなかった。

ゲオルクは私の頭に手をのせ、別の手でエトガルの耳たぶを引っ張った。

それは君自身の自信のなさだ。そうエトガルは言った。君は自分自身を欺かなければならなかったんだ。僕らのうちの誰ひとりとして君の出国に対して慰めの言葉を言う者なんていなかったじゃないか。

仕立屋はハンガリー旅行から戻らずじまいだったわ。誰もそんなこと予想できなかった、とテレーザは言った。トランプ占いは仕立屋によって誰にとっても見通しの利かないものになってしまっていたわ。テレーザは機嫌を損ねていた。金のネックレス用に四ツ葉のクローバーを注文していて、仕立屋が抱いた逃亡の目論見を何ら予期していなかったのだ。

おばあちゃんが今、子どもたちと一緒に住んでいるわ、とテレーザは言った。彼女がやって来たとき、まるで前からそうであったかのようにおばあちゃんがミシンのところに座っていたのだ。子どもたちはおばあちゃんに向かってお母さんと言ったが、実際のところ仕立屋でないのかどうかテレーザにはしばらくの間、確かではなかった。おばあちゃんは仕立屋に似ていて、ただ二十歳だけ年を取っているだけよ。そうテレーザは言った。そんな瓜二つが怖がられているの。おばあちゃんは子どもたちとハンガリー語で話すわ。仕立屋がハンガリー人だということ、気がつかなかったの。どうして仕立屋はそれを秘密にしていたのかしら。私たちがハンガリー語を話さないからよ、と私は言った。私たちはドイツ語を話さないけど、あなたがドイツ人だということを知っているわ。そうテレーザは言った。母親がいなくなったことを、子どもたちはまだ気づいていない。子どもたちはあとどのくらいの期間、泣かずに言えるのかしら。僕たちの母さんはウィーンにいる、車一台を買うために倹約しているのだ、と。

テレーザの脇の下にあるナッツはスモモと同じくらいの大きさとなり、真ん中では青く熟し始めていた。幹にドアの取っ手がある白樺が部屋のなかを覗く。テレーザはドレスを縫っていて、私は手伝うように言われていた。ボタンホールをかがり、下の裾を杉綾ステッチすることを。

ボタンのところのより糸は、私がするととても太くなるので、見たところ台無しだわ、とテレーザは言った。裾の型がくずれているわ。

テレーザの彼は医者。私は一度だけ町でテレーザと一緒にいるのを見たことがある。党の病院で働いていた。昼夜の交代制勤務で。テレーザの父の背骨、テレーザの母の静脈瘤、テレーザの祖母の動脈硬化を治療したものの、テレーザを診察する気がなかった。

僕は昼夜、病人しか目にしない、と彼はテレーザに言った。病人にはもううんざりだ。君に対しては医者の役割を演じる気にもなれない。君はかかりつけの医者に行くのがいいよ、と彼は言った。テレーザが彼に別の医者の診断を言うたびに、その医者は知っているんじゃないかな、と彼は言って首を振った。診てもらったことがあるのというテレーザの言葉が信じられるならば、別の医者はこう言ったのだ。こぶが十分に成長しきって初めて、それを切り落とせる、と。

私が愛する男に私を診る気がないことによって、私は未知な存在になるの、とテレーザは言った。もし彼が私を治療するとしたら、私は嫌だわ。そうなったら私、彼の手に扱われる肉体の誰彼とも同じになり、私にはもう秘密がなくなるわ。

テレーザのアクセサリーが掛かった白い陶製の手形の飾り掛けが机の上にあり、脇には残り生地があった。

私が彼と寝るとき、ブラウスを脱がずにいるの。ナッツを見られないようにするためよ、とテレーザは言った。彼は私の上に乗っかり、目的に向かって喘ぐの。その後、飛び上がり、煙草を吸うわ。私にすれば、横でもう少し寝たままでいて欲しいの。私たちは二人ともナッツのことを考えているわ。どうしてそんなに急いで飛び上がるのかと聞くものなら、彼に言わせれば、私は子どもじみているとのこと。今では何も聞きはしないけど、とテレーザは言ったが、だからと言って私の気に障らないというわけではないわ。

ドレスを着て、とテレーザは言った。ひょっとするとあなたに合うかもよ。私にはかなり大きすぎること、お分かりじゃなくって、と私は言った。

たとえ私にぴったり合ったとしても、袖を通すことはなかったわ。ナッツがなかにあったのよ。縫い合わせをしようとドレスを手にしたときからすでに、私が自分自身にナッツを縫いつけると思い込んでしまった。ナッツが糸に沿って私の体に入り込んでくる、と。

私がボタンホールをかがっている間、テレーザがドレスを気に入っていないと確信した。

テレーザの父親は記念碑を鋳造するために国の南部に十二日間の予定で出かけた。それで私はテレーザの家に行ってもよいことになったのだ。テレーザの母親は記念碑の除幕に立ち会うため後から夫のあとを追った。

私がいたことをおばあちゃんは知ってはならない。テレーザがおばあちゃんを庭に誘い出してから、私はテレーザの部屋に入った。祖母はあなたのことを何とも思っていない。ときどきあなたのことを聞くわ、とテレーザは言った。数年前だったら、祖母は黙っていたわ。だけど老いぼれてからというもの、口が軽くなったの。

家賃用に三百レウが入っていた母の手紙。腰痛の後にこう書いてあった。ジャガイモを売ってお金を貯めましたよ。あなたがお金を稼ごうとして何か悪いことをしないためにです。今はもう夜ごとに寒くなっており、昨晩、初めて火をつけました。おばあちゃんは相変わらず外で寝ます。夜半に畑を耕しに出かけるトラクターの運転手たちがおばあちゃんを、たいてい墓地の向こうで見かけたのです。ひょっとすると引き寄せられているのかもしれません。だったらいいのですけど。

昨日、司祭さんが顔を真っ赤にしながら私のところに来ました。お酒の飲みすぎと思いましたけど、怒りのあまりかなり赤くなっていたのです。司祭さんはこう言いました。主の秘跡ですが、これがもう行えません、と。おばあちゃんが昨日、教会守に気づかれずに聖具室に入りました。司祭さんが荘厳ミサに来たとき、おばあちゃんは彼の黒い修道服と白い襟を指さしたのです。おたくもツバメね、とおばあちゃんは言いました。私、着替えます。それから一緒に飛びましょう、と。

聖具室にある棚の両方の引き出しが空になっていました。おばあちゃんがホスチアをすべて食べてしまっていたのです。ミサが始まりました。六人が懺悔をいたしました、と司祭さんが言ったのです。六人は聖体拝領のため祭壇に来て、目を閉じながら跪きました。司祭さんは主なる神の前で義務を行わなければならなかったのです。かじりかけのホスチアが二つしか入っていない聖杯をもって次から次へと回りました。六人はホスチアをもらうために口を開けていたのです。司祭さんはいつものように聖体と言わなければなりません。最初の二人には食べかけのホスチアを舌に置きました。次の四人には聖体と言って親指の先で舌を押したのです。

私は謝らなければなりませんでした、と母は書いた。何とかしてあげたいのは山々ですが、このことは司教に報告しなければなりません、と司祭さんは言ったのです。

ゲオルクはエトガルの両親の家に移った。

まだら目を持つ隣の女はまるで大地から跡形もなく消え去ってしまったようだよ、と言ったゲオルク。巡査が彼女を逮捕したんだ。彼女の庭は刈り取られていて、草だけが空に向かって伸びている。クルトのところで一日中、何をしろと言うんだ。とても早くに暗くなるよ。クルトは夕方まで屠殺場にいる。夕方、クルトは目玉焼きを四つ作り、僕らは消化を促すためにシュナップスを飲んだ。それからクルトは汚れた手のままで床についた。クルトが眠ると、僕はシュナップスの瓶を手に持って家中を歩き回ったのさ。外では犬たちが吠え、数羽のナイチンゲールが鳴いていた。僕は耳を澄まし、瓶を空にしたんだ。半ば酔うと、玄関のドアを開けて、庭を眺めたよ。隣人の窓には灯りがともっていた。外が明るいうちは、乾ききった庭があったよ。僕は彼女のところでうろうろする理由は何もなかった。だけど暗くなると、そこに行きたくなったのさ。僕はドアを閉めて、大きな鍵を窓台に置いた。何はともあれ、再びドアを開けて、庭を一目散に駆けて、向こうの窓をノックしてみたくなったね。彼女はある晩僕が来るのを待っていたんだ。毎晩が責め苦だったよ。窓台にある大きな鍵のみが僕を押しとどめた。間一髪で僕はまたしてもあの娘のベッドに横たわるところだったよ。

クルトが食事の際に何かを言うとしたら、葦に、墓に、牛のこと。それに当然のことながら、血飲みのこと。クルトが食べ、血飲みのことを話すと、僕はもはや何も喉を通らない。だけれどもクルトの場合、外が寒くなればなるほど飲む血がますます多くなると言っては、食欲がわいた。クルトは僕の分までも平らげ、フライパンからソースを拭き取ったよ。

日中は家の外に出て行かざるを得なかった、とゲオルクは言った。どこかにね。そうでもしなかったら僕は気が変になっていたよ。村道は人気がなかった。僕は別の方向から村を出て行ったんだ。

僕が三回といなかったところはなかった。野をさまようことには意味がなかったね。地面は露で濡れ、寒さで乾くことはなかった。何もかもが虐殺され、引きむしられ、刈り取られ、括りつけられていたんだ。雑草だけが立ち、根まで熟したよ。雑草は種をまき散らした。僕は口を閉じたものの、うなじ、耳、髪に草の種がついたよ。種はちくちくし、僕はひっかかざるを得なかった。雑草のなかではずんぐりした猫が待ち構えていたんだ。茎はガサガサ音を立てなかった。老ウサギは逃げ出すことができない。若ウサギはでんぐり返り、それでおしまいさ。噛まれたのは僕の喉ではなかった。僕はモグラのように汚れ凍え、そこを通り過ぎたよ。僕は二度とウサギなんか救いはしない。

本当さ、とゲオルクは言った。ここの草はすばらしいけど、その真ん中にいると、どこに目を向けたところで、野が開けており、見たところ、口なんだ。空はほかに移ってしまい、地面は靴に粘りついた。草の葉と茎と根は血のように赤くなっていたよ。

エトガルはゲオルクを置いて町に来た。ようやく再び村を離れ、泥と草ではなく再びアスファルトと路面電車を見ることを、ゲオルクは前の晩にはまだ心待ちにしていたのだ。朝になると、ゲオルクはのろのろと歩き、ぐずぐずしていた。

ゲオルクには急ぐ気がない。列車に乗り遅れる気だな、と感じたエトガル。ゲオルクは道の途中で立ち止まって言った。戻るよ、僕は町に行かない、と。

ゲオルクがクルトのところで孤独を嘆いたのは言い逃れにすぎなかった、とエトガルは言った。今はひとりではなく、僕が一日中家にいるし、うちの両親もそうさ。だけどゲオルクとは話ができない。まるで幽霊のようだ。

ゲオルクは朝早くに起き、服を着て、窓際に座った。皿と食器の音がすると、椅子を持ってきて食卓につく。食事を済ますと、椅子を窓際に戻す。ゲオルクは外を眺める。そこにはいつも同じアカシアの枯れ木が、墓が、橋が、泥と草があったが、ほかには何もなかった。新聞はいつ来るのかとゲオルクは尋ねる。郵便配達人が来ると、新聞を読まなかった。旅券課からの知らせを待っていたんだ。エトガルが散歩に出るか村のお店に行くとき、ゲオルクはついて来なかった。靴の履き甲斐がないからね、と言ったのだ。

うちの両親はゲオルクをそろそろ持て余しつつある、とエトガルは言った。食事と寝泊まりが理由ではない。なにせゲオルクはお金を支払っているからね。もっとも両親はお金をまったく求めていないよ。母はこう言っていた。あの人が我が家に住んでいながら、私たちが邪魔になっている。礼儀ってものがないわね、と。

自分が違うゲオルクを知っており、彼は頭のなかが不安だらけのためにかなり強情になってしまったと両親に言うことが、エトガルには日ごとにつらくなっていった。両親はこう言ったのだ。どうしてだい、ゲオルクはまもなく旅券を得るじゃないか、と。

ゲオルクが道の途中で引き返し、エトガルがひとりで町に行った十月のこの朝は、ひどい一日の始まり。

列車のなかには、聖歌をうたう男女の集団がいた。女性たちは燃えているロウソクを手にしている。しかし歌には、教会のなかとは違い、厳かな重々しさがない。歌は列車の音と揺れにうまく合う。歌う者たちが揺れ動いたのだ。女性たちはか細く高い声で歌ったが、まるで脅され、叫びではなく嘆くような歌い方だった。目の玉は飛び出さんばかりである。女性たちが大きな弧を描いてロウソクを揺らしているので、列車に火がつくのではという不安が生じざるを得ない。あれは隣村から来たとある宗派のメンバーだよ、と後から乗り込んできた者たちがささやき合った。車掌はその車両に来なかったが、歌う者たちが邪魔されたくないと思い、車掌を買収していたのだ。外では野が走った。それに忘れられた枯れトウモロコシと一枚の葉もつけていない黒いヒマワリの茎が。この荒れ野の真ん中の、橋の裏手に、薮が茂っていたが、そこで歌っている男がひとり、非常ブレーキを引いた。男は言った、私たちはここで祈らなければなりません、と。

列車が止まり、集団は降りる。並んだグループの前に薮があり、そこにはロウソクの最後の燃えさしがあった。空は低く、グループは歌い、風が燃えているロウソクを消す。車両に残っていた第三者たちは窓の前に押し寄せ、外を見た。

ひとりの男とエトガルは座ったままだ。震えてこぶしを握る男。膝を叩き、床を見る。突然、帽子を頭からひったくり、泣き始めた。俺には約束があるんだ、と大声で自分に言う。帽子を顔に押し当てる。宗派を罵って言った。金をすっかり無駄にしてしまった、と。

宗教集団が再び乗り込んだとき、列車はゆっくりと動き出した。泣いている男は窓を開け、頭を出す。目は殺風景な鉄道の盛り土をたどりながら、距離が縮んでほしいと望む。男は帽子をかぶり、ため息をつく。列車は時間をかけて動いた。

町の少し手前でロウソクを吹き消し、コートのポケットに入れた女性たち。彼女たちのコートと座席はロウソクのしずくが垂れており、しずくは冷たいラードのようだ。

列車が止まった。男たちが降り、その後に女性たちが続く。女性たちの後には第三者たちが降りた。

泣いている男は立ち上がり、その後について車両のなかを通り、プラットホームを見た。それから戻って、すみに座り、煙草に火をつける。プラットホームには三人の警官が立っていた。全員が降りると、車両に乗り込み、男をプラットホームに追い出す。帽子は置かれたままで、警官が男を連行する。男のジャケットからマッチ箱がひとつ落ちた。男は更に二度、エトガルの方をふり返った。エトガルはマッチ箱を拾い上げ、自分のポケットに入れた。

エトガルが立ったのは駅の大きな時計の前。身を切るような風。エトガルはゲオルクが打ちのめされたすみを見た。キオスクと壁の間で渦を巻いていた枯れ葉と紙。エトガルは通りを下って町へ行った。目的地を持たない者には、いたるところに通りがあったのだ。

エトガルは床屋に行った。朝は客が少ないからね。そうエトガルは言った。その後、こう言ったのだ。何をすべきか分からなくなったので、髪の毛が邪魔になり始めたのさ。すぐに温かなところに行こうと思ったし、僕のことを何も知らない誰かがしばらくの間、僕のことを気にかけてくれるはずだと思ったんだよ。

エトガルは学生時代から相変わらず床屋に対して言った、僕らの床屋さん、と。当時、エトガルとクルトとゲオルクはずる賢い目つきをした男のところに一緒に行った。三人だと床屋の厚かましさにうまく耐えられたからである。それに床屋が腹立たしかったのは散髪を始める前だけだった。それからほとんど物怖じするか、あるいは黙ってしまった。

床屋はエトガルと握手をした。ああ、そうですか、また町に来ているんですか。で、二人の赤毛さんは、と尋ねる。顔は老けてはいなかった。今だと、春になるまで、大入りになることはないです。そう床屋は言った。連中は帽子をかぶり、散髪代でシュナップスを飲むのですよ。

床屋には右の人差し指に長い爪があり、ほかはみな短かった。床屋はエトガルの髪を長い爪で分けて束にする。エトガルははさみのチョキチョキいう音を聞いた。顔がだんだんと小さくなり、鏡が遠のく。エトガルは目を閉じた。気分が悪くなったのだ。

僕がどのように髪を切ってもらいたいのか床屋は尋ねなかったよ、とエトガルは言った。床屋は春になるまでやって来ない連中全員の代わりに僕の髪を短く刈り込んだ。僕が椅子から立ち上がると、髪は毛皮のように短くなっていたよ。

エトガルとクルトとゲオルクと私がまだ学生だった当時と同じように、私たちはぴったり寄り添って多くのことを見た。だけど私たちが国内でばらばらになってからというもの、それぞれ違った不幸が四人を襲ったのだ。互いに頼り合っているままだった。髪の入った手紙が来たところで、自分の頭にある不安を他人の筆跡から読み取る以外に、手紙は何も役に立たなかった。各人がゴボウやモズや血飲み男たちや水圧機のことを自ら片づけながら、驚いて目を見張り同時に閉じなければならなかった。

私たちは解雇されたとき、こうした確かなうろたえがないと、連中から強制を受けた場合よりも状況が悪くなっていることに気づいた。雇用されたにせよ解雇されたにせよ、私たちは周囲にとってダメ人間になっていたので、自分たちにとってもそうなっていたのだ。原因をすべて見直し、それらに責任を持ったにもかかわらず、私たちは自分たちのことをそう感じた。打ちひしがれ、独裁者が直に死ぬといううわさに嫌気がさし、逃亡死に飽き飽きしながら、気づかぬうちに逃亡へ執着する者たちに次第に近づいていったのだ。

挫折は私たちにとって呼吸と同じようにありきたりのことに思えた。それは信頼と同じように私たちに共通すること。だが各々が自分に対して密かにひとりで更に行ったことがあった。それは自分自身の拒絶。そこに各々が自分に関する悪いイメージとひどく苦しい自惚れの爆発を有したのだ。傷口がぱっくりと開いたクルトの親指、骨が砕けていたゲオルクのあご、灰色のうさぎ、私の手提げかばんに入っている臭いのする保存瓶。どれもかつて私たちのなかの誰かひとりのもの。ほかの者はそのことを知っていたのだ。

友達が自殺によって後に残されてしまうさまを、私たちの各々が心に思い浮かべた。そして各々が友達を咎めたものの、必ず友達を思い出しては友達のために行き過ぎたまねをしなかったとついぞ口に出すことはなかったのだ。それで各々が独りよがりになり、沈黙することでほかの者に罪をなすりつけた。なぜならば当人もほかの者も死んでいるのではなく、生きていたからである。

私たちを救う努力は忍耐だった。それは私たちから決してなくなってはならなかったが、なくなるとすぐに元に戻っていなければならなかったのだ。

短く切ったばかりの髪で広場を通ったとき、エトガルは自分の靴の背後に犬の足音を聞いた。立ち止まり男と犬を通す。犬はピジェレ野郎だった、とエトガルは言った。黒い帽子の男は知らない。犬はエトガルのコートの匂いを嗅ぎ唸った。男は手綱を引っ張って犬をエトガルから離し、犬はぶら下がったままで男の方を振り返る。次の信号で男と犬は再びエトガルの後ろに立つ。信号が青になると、男と犬は通りを渡ったが、公園に入って行った。そこで誰かが犬を待っていたにちがいない。というのも少し後になってから男だけがエトガルの後から路面電車に乗ってきたからだ。

エトガルは言った。僕の想像では、帽子の男は人間ではなく、毛皮の僕は犬ではない。だけどそう見えるんだよ。

ゲオルクは駅までの道半ばで折り返すと、疲れ切って部屋に入って来た。おそらく走ったのであろう。何か忘れたのかい、とエトガルの母親が尋ねる。自分を忘れたのです、と言ったゲオルク。椅子を窓際に置いて、人気のない昼間を眺めた。

お昼の少し前に郵便配達人がドアをノックする。新聞のほかに書留を一通もっていた。ゲオルクは動かない。エトガルの父親が言った。手紙は君宛てだ、サインをしなければならないよ、と。

封筒に入っていたのは旅券の通知。ゲオルクは手紙を持って部屋に入り、ドアを閉め、ベッドに横になった。エトガルの両親はゲオルクの泣き声を聞く。エトガルの母親はノックをして、ゲオルクにお茶を差し入れる。ゲオルクはカップとともに彼女を追い出した。

皿がカチャカチャ鳴ったが、ゲオルクは食べに来ない。エトガルの父親はノックをして、ゲオルクにむいたりんごを差し入れる。りんごを置いて何も言わなかった。ゲオルクの頭が枕にうずまっていたのだ。

エトガルの両親は中庭に行った。母親は鴨に餌をやり、父親は薪割りをする。ゲオルクははさみを取って鏡の前に行く。髪を切り損ねてしまった。

エトガルの両親が中庭から部屋に入ってきたとき、ゲオルクは窓辺に座っていた。その姿はまるで食われかけた獣。エトガルの父親は驚いたが、落ち着いたままだった。それは何のためかな、と言った。

ゲオルクを初めて見たとき、私はこう言った。そんなだと出発できないわよ。床屋へ行きなさい、と。ゲオルクは言う。僕がドイツにいるときは、君らのために何もしないよ。いいかい、僕は君らのために指一本動かさないよ。

クルトとエトガルと私はゲオルクが頭皮の出るまで切ってしまった髪のない部分を見た。君の髪も変に見えるよ。そうクルトはエトガルに言った。

一日がどのように終わることになるのかもう分からなくなってしまうと、子どもははさみを持って部屋に入って行く。ブラインドをおろし、灯りのスイッチを入れる。子どもは化粧鏡の前に立ち、髪を切るのだ。鏡のなかに三度見る自分。額の髪が斜めになっている。

子どもは斜めの部分を後から切るが、そうするとその横が斜めになっている。子どもは横を後から切るが、そうすると先に切った部分が斜めになってしまう。

子どもの顔には垂れ髪の代わりに斜めの角刈りがあり、額には髪がない。子どもは泣かざるを得ない。

母親は子どもをひっぱたき尋ねる。どうしてそんなことをしたの。子どもが言う。自分に我慢がならないんだ。

斜めの角刈りから再び垂れ髪が生えてくることを家の誰もが待つ。家の誰よりももっと待っているのはその子だ。

日々の訪れ。生えてくる垂れ髪。

しかしある日、子どもは再び分からなくなってしまう、一日がどのように終わることになるのかが。

葉のない冬の木と、葉がかなり生い茂った夏の木の写真がたくさんある。木々の前にあるのは雪だるまかバラ。写真のかなり前方にはひとりの子どもが立ち、身をよじって微笑んでいる。ちょうど顔にかかる角刈りが斜めであるのと同じように。

列車から降りた男のマッチ箱には一本の木と線を引かれた火が描かれていた。その下には、森を守りましょうという言葉。エトガルはマッチ箱を台所に置いた。二日後、母親が言う。マッチのなかに番号があるわ。

操車場には外国の貨物車があった、とエトガルは言った。あの男は国境を越えたがっていたんだ。マッチ箱のなかの番号はまるで遠隔地のようだった。エトガルは箱を上までマッチでいっぱいにする。マッチの赤い頭をひとつずつ重ねて置く。ふたを半分ほど閉める。まるでベッドに掛けられた毛布のように。君がドイツにいるなら、電話をしてくれ。

ゲオルクはふたをマッチの頭までずらす。短く刈られた髪がひとの目に馴染むことがなかっただけに、見かけはそのときすでに客人のようだった。僕はまだ出かけてないよ、そう言ったゲオルク。連中が僕を走行中の列車から投げ出さないなら、僕はその番号に電話するよ。


ゲオルクが電話をしたかどうか、もはや私たちが知ることはなかった。旅券を窓口で受け取らなかったのだ。ゲオルクは大尉のピジェレのところに送られた。大尉のピジェレは、切り損ねたゲオルクの髪を見ていないかのように振る舞う。おかけください、と大尉は言った。初めてゲオルクに対して敬称を用いたのだ。

大尉のピジェレは宣言書とボールペンを小さな机の上に置き、自分の大きな机の前に座った。足を伸ばして、椅子を押し返す。ちょっとした署名をするだけです、と言った大尉のピジェレ。ゲオルクは宣言書を読んだ。私は外国にてルーマニア国民に不利益をもたらすことを一切いたしませんとのこと。

ゲオルクは署名しなかった。

大尉のピジェレは両足を体に引き寄せて立ち上がる。棚のところに行って封筒を取り出す。封筒を小さなテーブルの上に置く。お開けなさい、と大尉のピジェレは言う。ゲオルクは封筒を開けた。今なら仲間が好意を抱いてくれるだろう。そう大尉のピジェレは言った。私はあなた方に手紙を書くこともできますしな。

封筒には赤い髪の毛が入っていた。私のではありません。そうゲオルクは言った。それはクルトのだと思います。

ゲオルクは三日後、列車に乗った。コートのポケットにはマッチ箱。走行中の列車から投げ出されることなどなかった。ゲオルクはドイツに着く。

出発前にゲオルクが言ったこと。僕は二度と手紙を書かない。葉書だけにするよ。最初の葉書をエトガルの両親に書いた。節の多い木からなる川沿いの冬のプロムナード。エトガルの両親宅に住まわせてもらったことに、ゲオルクは礼を述べた。届くのに二か月かかった葉書。門の郵便箱に入れられたときには、すでに遺品だった。

その二週間前にドアをノックした郵便配達人。エトガルは電報受け取りの署名をしていた。

ゲオルクは旅立った六週間後の早朝、フランクフルトの歩道に倒れていたのだ。一時滞在施設の六階で開いていた窓。

電報には即死と書いてあった。

ゲオルクの字で書かれていた葉書が郵便箱に入ったとき、すでに二度、エトガルとゲオルクと私は新聞の編集部に死亡広告を持って行っていた。

最初のとき、編集者は頷き紙を手に取った。

二度目のとき、編集者は叫んで私たちを外に追い出した。外に出る前に、私たちは机の上にあった編集者の眼鏡の脇に紙を置いたのだ。

三度目のとき、私たちは門番のところを立ち寄りもしなかった。

死亡広告は一度も出なかった。

ゲオルクの葉書はエトガルの両親宅の寝室にある戸棚のガラス前に立てられていた。ベッドを見ていた冬のプロムナード。エトガルの母親は、朝起きたときに、裸足で床を歩いて戸棚のガラスのところまで行き、冬のプロムナードをじっと見つめた。エトガルの父親は言う。葉書を引き出しにしまうよ。服を着なさい、と。エトガルの母親は服を着たが、葉書は戸棚に立ったままだ。

ゲオルクが髪を切り損ねたときに使ったはさみを、エトガルの母親は洋裁の際にもう使うことはなかった。

ゲオルクが死んでからというもの、暗闇で横になることができなかった私。マルギット夫人は言った。あなたが寝るとき、彼の魂も安らぎを見いだすわ。誰が電気代を払うと言うの。たとえ眠ることができないにしても、暗闇のなかの方がよく休らうわ。

私は部屋のドア越しにマルギット夫人の物音を聞いた。考えごとをしているか、あるいは眠りながらうめき声を上げていたのだ。私のつま先はベッドのすみで毛布から飛び出ていた。お腹の上には苦しみ鶏。椅子の上にあったドレスは溺死女性に姿を変えていた。ドレスを片付けざるを得なかった私。ストッキングが切断された脚のように背もたれから下がっていた。

暗闇のなかだと、私はずだ袋のなかで寝た。ベルトが入っている袋、窓のある袋のなかで。石が入っていて、私のものとはならなかった袋のなかで。

マルギット夫人が言った。もしかしたら誰かが突き飛ばしたのかもしれませんわ。私はひとを見る目があると自分で思い込んでいます。ゲオルクはそんなことをするようには見えませんでした。ゲオルクはもう起き上がりません。もし他殺でしたら、神がゲオルクの手を引いてくれます。自殺ですと、煉獄行きです。私はゲオルクのために祈ります。

クルトは戸棚の奥にゲオルクの詩九編を見つけた。そのうち、八つにはモズという表題。最後の詩は、誰が頭で一歩を踏み出せるのか、という表題だった。

エトガルは同じ夢をしばしば見た。ひとつのマッチ箱のなかで寝ていたクルトと私。ゲオルクは足の側に立って言った。お前たちは運がいい、と。ゲオルクはふたを私たちの首のところまでかぶせた。マッチ箱のふたにある木は夢のなかだとブナ。カサカサという音。ゲオルクは言った。眠りな、僕が森を守るよ。お前たちの番は後だ、と。マッチ箱の足側では火が燃えていた。

ゲオルクが死んでからというもの、クルトは仕事を休んでいた。屠殺場へ行く代わりに町へ出かけていたのだ。

まだら目の隣の女が晩遅くに庭を通り、クルトの家のドアをノックした。病気なの、と訊く。だけど、ベッドに寝ていないわね。

クルトは言った。見てのとおり、僕はドアのところに立っているよ。

村では犬が吠えていた。なぜなら風が雨どいを打ち鳴らしていたからだ。隣の女は向かいの自宅の灯りを消していた。窓は暗くなっている。隣の女はかなり薄着で、腕に包まっていた。コルク製のかかとがついた夏用の編みサンダルをはいている。厚手の羊毛ソックスをはいていたので、サンダルは小さすぎて、かかとが外にはみ出していた。

隣の女はドイツにおけるゲオルクの住所をクルトに望む。落ち着いて立っていようとしたが、ぐらついて膝を折った。サンダルの上に落ちた光。暗闇のなかだと女の脚は白ヤギの場合と同じように細々とソックスから出ている。女はストッキングをはいていない。

クルトは尋ねた。住所を聞いてどうするんだい。ゲオルクは君にすら別れを告げなかったじゃないかい、と。

女は首をすくめた。私たちはケンカをしてないわよ。私、薬を必要としていたの。

だったら医者に行きな、とクルトは言った。

テレーザはクルトが解雇されないように彼に健康診断書を持ってきており、クルトはそこに自分の名前を書き込むことができたのだ。診断書にはマルボロ一カートンは必要だった。クルトが支払おうとすると、テレーザは言う。マルボロ一カートンなら父の戸棚から盗んだわ、と。

母の手紙には、腰痛の話の後にこう書いてあった。私は大きい申請用紙を持っています。巡査が私とおばあちゃんのために記入してくれたのです。巡査によると、あなたの記名も必要とのこと、ルーマニア語が十分良くできるだろうって。娘はまったく一緒に来たがらないですって、私は言っておきました。そうなると何もかもが遅れることになるだろう、と巡査は言います。あなたならとっくによく考えているだろうって、時計職人トーニは言っていますよ。トーニがあなたなら喜んでついて来るでしょうけど、だけどどうやってかしら。

おばあちゃんには私が何もかも説明しました。おばあちゃんもサインしなければならなかったのです。サインは読めないけど、それでもおばあちゃんの字でした。読めたものならもっとやっかいでしたわ。おばあちゃんは自分の名前が何と言うのかもう分からなくなっていますからね。少しばかり歌いはしました。ありがたいことに、私には分からないわ、まるでイタチのように私を見つめるとき、何がおばあちゃんの脳裏によぎっているのかなんて。

今日、私は前の部屋で家具を売りました。彼らはカーペットを欲しがりませんでしたわ。虫に食われているからです。私は家賃の倍額のお金を送ります。後は自分で判断しなければなりませんよ。あなたにはここに留まってほしくありません。あなたの前にもう一つの人生があるのですよ。

私は申請用紙の欄に自分のことを書き込んだ。生年月日に出身校、職場、父親がどの軍隊にいたかを。私は父の総統賛歌を聞いた。庭にある父のつるはしと、父の大馬鹿植物を見たわ。ドイツにもミルクアザミがあるのかどうか、私は知らなかった。帰還したナチス親衛隊員なら十分いるが。祖父に床屋、時計職人トーニ、父、司祭、教師たちはドイツを母国と呼んでいた。父たちがドイツのために世界に行軍したにもかかわらず、母国だったのだ。

ゲオルクは出国することによって、エトガルと私のためにも道を踏み慣らしてくれていた。袋小路から出るんだと、当時、言っていたゲオルク。そして六週間後、冬のフランクフルトの舗道で横たわることになった。

モズはクルトの家の戸棚の、靴のなかに留まっていた。その鳥の代わりにゲオルクが袋小路から窓のある袋へと飛び立ってしまったのだ。彼の頭が横たわっていた水たまりには、ひょっとすると空が映っていたかもしれない。誰にだってどの雲の塊にもひとりの友がいた……だが、エトガルと私はゲオルクの後を追った。エトガルも出国の申請書を書いたのだ。彼の上着のポケットにはゲオルクの死を告げた電報が入っていた。

クルトは自分が出国不可能だと踏んでいた。ここに残ることに意味があるわけじゃないよ。そう彼は言った。でもまずは君たちが行くんだ。僕は後から行くよ。彼は椅子の上で体を揺すり、床は絶望のリズムで軋む。私たちの誰も絶望に驚きはしなかった。

僕は血飲み男の共犯者。だから、とクルトは言った。解雇されないんだ。君たちがいなくなれば奴らは僕を物にする。夏以来、囚人たちがバスに乗せられて屠殺場の裏にある畑へ運ばれているんだ。彼らは水路を掘っているのさ。疲れると犬が襲いかかってくる。バスに移されるとそこで、街へ戻る夕方六時まで寝転ぶ。僕は事務所から写真を撮るんだ。二人の血飲み男に不意打ちを食らった、とクルトは言った。二人が最初に知ったんだ。ほかの連中も知っているかもしれない。フィルムは後ろの戸棚に置いてるよ。それでゲオルクの詩も見つけたんだ。フィルムはテレーザに持って行き、エトガルの親父さんのところへ行く前に取ってくるよ。親父さんが税関を通して君たちに送る手はずになっている。

さすがに僕は解雇されるかもしれない、とクルトは言った。君らがドイツにいる間、写真を二枚僕に送ってくれ。一枚は窓の写真、もう一枚は舗道の写真。二枚は届くだろうよ。ピジェレは分かってるさ、写真が痛手になるってことをね。

私が記名欄に記入したことを聞くと、テレーザは泣いた。彼にも見捨てられていたのだ。彼は言った。子どもができない女は実のならない木のようなものだ、と。テレーザと彼は路面電車に向かった。彼は停留場で待っている人たちを指さして、彼らが何の病気を患っているかを言ったことがある。

テレーザは言った。あの人たちのことを知らないじゃないの、と。しかし彼はそれぞれの人を診断した。あの男は肝臓が悪く、あの女は肺が悪い、と。何も思いつかないとなると、あの男の首の傾け具合を見てごらん、と言った。それとあの女は心臓、あの男は喉頭が悪いよ。私はどうなの、とテレーザは尋ねた。相手は答えない。感情は頭に宿っていないんだ。そう彼は言った。感情は分泌腺から生じるんだよ。

テレーザの脇下にあるナッツがここのところ痛みをもたらした。ナッツによってひじの内側から胸までがぴんと張ったのだ。

私はテレーザがひとりでいることを望まないので、クルトを頼って、と言った。テレーザは頷く。私はどっちみち半分のナッツにすぎないわ、と言った。あなたは私の一部を持って行くわ。ここに残っているものをクルトに渡すのよ。まったく何もないものなら、分配は楽よ。

今や私が白樺の幹にあるドアノブを押す番。このドアが私たちの間でバタンと閉まることも、私には中への訪問が許されていないことも、テレーザには分かっていた。

私には分かるの、私たち、もう二度と会うことはないわね。そうテレーザは言った。

テレーザを頼って、と私はクルトにも言った。友情というのは、君から譲ってもらえるジャケットなんかじゃない。そうクルトは言った。袖を通すことはできるさ。外見にはぴったりかもしれない。内からは温かくないよ。

何を言ったところで、行き詰まった。口のなかの言葉で多くを踏み荒らす。草むらのなかの足と同じように。別れはいつもそうだった。

愛し去る者、私たち自身がそれだった。私たちはある歌の罵りをとことんまで突き詰めていたのだ。

その者を罰したまえ
神よ　罰したまえ
甲虫の歩みで
風のうなりで
大地のほこりで

早朝の列車で町に来た母。車中にいるうちに鎮静剤を飲み、駅から床屋に行った。母の人生で初めて行く床屋。出国のためおさげを切ってもらったのだ。

どうしてなの、おさげはお母さんの一部じゃない、と私は言った。

たしかに私の一部よ。だけどドイツに行くにはふさわしくないわ。

誰がそんなこと言うのよ。

おさげを下げてドイツに着いたら、おそらくひどい扱いを受けるわ、と母は言った。おばあちゃんのおさげは私が自ら切るわ。床屋は亡くなったの。町の床屋だとおばあちゃんに我慢しきれないわ。なにせ鏡の前でじっとしていないわよ。私はおばあちゃんを椅子に縛りつけなければならないわ。

心臓が猛り狂った、と母は言った。私のおさげを切り落とした老人は軽やかな手つきをしていたわ。後で私の髪を洗った若者は重々しい手つきだった。はさみが来ると、私はびくっとしたの。医者のところにいるようだったわ。

パーマをかけた母。寒さにもかかわらずスカーフをしなかった。カールした髪を見せるためだ。

母はビニール袋に切り落とされたおさげを入れて持ち歩いた。

おさげを一緒に持って行くの、と私は訊く。

母は肩をすくめる。

私たちは次々に店を回った。母はドイツ入りの支度品を買った。麺棒つきの新しい製麺板、ナッツ用の挽き臼、料理用と、ワイン用と、デザート用の食器セット。それに新しいステンレス製のカトラリー。自身と祖母用の下着。

嫁入り支度のようね、と母は言って、自分の止まった腕時計を見た。百二十キロの荷箱を鉄道でドイツに送ることができるのよ。母の腕にある止まった時計には新品のバンドがついていた。何時かしらね、と尋ねた母。


歌う祖母のおさげは切り落とされる必要がなくなった。母が町を出たとき、祖母は一片のりんごを口に入れたまま床の上に倒れて死んでいたのだ。祖母は嫁入りするような支度の品から外されて死んでしまった。唇の間に残っていた一口分のりんご。それで祖母は窒息したのではない。一口分のりんごには赤い皮があった。

翌日、巡査は一口分の欠けがあるりんごを家中探しても見つけ出せなかった。

ひょっとするとおばあちゃんはりんごを食べてしまっていて、最初の一口を最後に残していたのかもしれない、と時計職人トーニが言った。

おばあちゃんは書類から削除されなければならない、と巡査は言った。巡査にお金を渡した母。

かなり長い間、おばあちゃんは世界をうろつき回った、と母は言った。今だったらおばあちゃんは、私たちがドイツに着くまで、何とか待てたわ。そこには棺桶もあるしね。だけどおばあちゃんには私が我慢ならないの。それで今、目を閉じたのよ。おばあちゃんはイタチのように私を見つめたとき、そんなことを企んだわ。私は今、墓掘り人夫と司祭の手配をしなければならない。おばあちゃんの墓はここになくちゃね。そのようにおばあちゃんが望んだので、私はここに何もかもそのまま残しておくわ。

死後硬直が始まっていた。母と時計職人トーニは死者の服をはさみで切り開き、肌から引っぱり下ろした。母はボールに入った水と白い布を持ってくる。時計職人トーニは言った。死者を洗うのは親族のすることではない。それは他人がしなければならないことだ。さもないとみんな死んでしまう、と。時計職人は祖母の顔、首、手、足を洗う。昨日、おばあちゃんはうちの窓のかたわらを通り過ぎたよ、と言う。わしが今日おばあちゃんを洗うなんて、誰が思ったりしただろうか。おばあちゃんが裸なのに、わしは恥ずかしがっていない。新しい下着もはさみで切った時計職人トーニ。死者に合わせて服を縫った母。

きれいな服を着る者が汚れて天国へ行くことなどあり得ない、と思った私。そうなるほかはない、と時計職人トーニは言った。おばあちゃんの体はもうどうにもならず、おばあちゃんはもう曲げられない。時計職人トーニは私に言った。あんただったら何とかなるだろう、と。

私はより糸を裁縫箱から取り出して、太めの針に糸を通し、二重の糸をつまんだ。針を椅子の上に置いた。糸は一本のままでいいのよ、と言った母。糸は十分丈夫よ。天国までもつわ。母は大きな縫い目と太い結び目を端に作る。どこかにはさみを置き忘れていたので、死者のところで糸を歯で噛み切った。

あごの周りが布で縛られていたものの、祖母の口は開いたままだった。心獣を休ませたら、と私は祖母に言った。


アウグスブルクに住んでいた母。腰痛を記す手紙をベルリンに送った。母は自分が自分であることに自信を失っており、差出人として封筒にヘレーネ・シャルと書いたが、それは間借り先の未亡人の名前。

母の手紙にはこう書かれていた。シャルさんもかつて亡命者でしたの。戦後、夫なしで三人の子どもを苦労して育てました。ひとりで子どもたちを安全な場所に連れて行きましたが、いまでは夫人がそこに住み着いていています。独り身でもこちらですと楽しく年金生活を送れるのですよ。まあ、私としては夫人が別に羨ましくありません。

シャルさんが言うには、ランツフートはアウグスブルクよりも小さい。どうしてかしら、そこには私たちの村出身者がかなりたくさん住んでいます。シャルさんは私に地図を見せました。ですが、そこには地名がぶら下がっています。着たところで似合わない服がショーウインドーに下がっているように。

バスに書かれている地名を町で読みますと、頭が後ろに引かれるのです。通りの名前を大声で読みます。バスが通り過ぎると、名前は忘れてしまいました。私は私たちの家の写真をナイトテーブルにしまっておきます。一日じゅう自分の番が来ないようにするためにです。しかし、晩になって灯りを消す前に、私たちの家をじっと見つめます。私は必ず唇を噛み合わせてしまい、部屋がすぐに暗くなるのを喜ぶのです。

ここでは通りが立派ですが、しかし何もかもがあまりにも広々としています。私はアスファルトに慣れておらず、脚が痛むし、頭もそうです。国もとだとひょっとすると一年かかるかもしれないことが、ここだと一日で疲れてしまいます。

そこは私たちの家ではありません。そこには別の人たちが住んでいます。このように母は私に書いた。我が家はあなたがいるところにあるのです。

私は封筒に大きな字で、ヘレーネ・シャル様と書いた。母の名前をその下に括弧に入れてずっと小さく書いた。私の見たところでは、括弧の間にいる母は、まるで封筒の上でのことのように不安げに、歩き、食べ、眠り、私を愛したのだ。床に机、椅子、ベッドはシャル夫人のもの。

母は私に返信をよこした。我が家とは何かなんて、あなたには分かりはしない。時計職人トーニが墓の手入れをしているところが、とてもくつろげる我が家です。

エトガルはケルンに住んでいた。十文字の斧が記された同じ手紙を受け取った私たち。お前たちには死刑判決が下されている。お前たちはまもなく我々に捕まるぞ。

消印はウィーン。

エトガルと私は電話で話した。旅行のための持ち合わせが十分ではなかったのだ。電話の声も十分ではなかった。電話に向かって秘密を言う習慣が私たちにはなく、不安のあまり舌がひっかかって動かなかったのだ。

死の脅迫が電話を通して私にも届いた。エトガルと話すとき頬にあてなければならない受話器を通して。話していると、まるで私たちが大尉のピジェレを連れて来たかのように私には思えた。

エトガルはいまだ一時滞在施設に住んでいた。働き盛りの高齢者、とエトガルは茶化して言うが、それは挫折した教師のこと。私が二か月間この男の前でしたように、今度はこの男がルーマニアで政治的理由によって解雇されたことを証明するように言われていた。

証人の数が十分ではない。そう役人は言った。解雇のことが分かるのは、たった一枚の公印付き証書だけ。

どうしてこういうことになったのか。

職員は肩をすくめ、ボールペンを花瓶にまっすぐに立てかけた。ボールペンが倒れる。

解雇のため、私たちは退職金を受け取っていなかった。私たちは証書を手のなかで三回ひっくり返さなければならず、お互いに会いたいと思ったところで、それほど互いを訪ねることはできなかったのだ。

私たちは二度、フランクフルトへ行った。ゲオルクが死んだ場所を見るために。最初はクルト用の写真を撮らなかった。二度目となると、私たちはシャッターを切れるほど十分たくましくなっていたが、しかし、そのとき、クルトはすでに墓地に葬られていたのだ。

私たちは中と外から窓を、上と下から舗道を見た。一時滞在施設の長い廊下を子どもがひとり走り、声を立てて息をする。私たちはつま先を立てて行く。エトガルは私の手からカメラを取って言った。僕らはまた来るさ。泣いたところで何もならないよ。

私たちは森の墓地で広い道をたどって歩いていた。破られるためにあったキヅタの静けさ。ある墓には掲示板が立てられていた。

ここの墓所は手入れがされておりません。一か月以内に整理をお願いしますが、そうしていただきませんと、ここは平らにされてしまいます。墓地管理局。

私はゲオルクの墓で目に涙を浮かべなかった。墓の濡れた縁に靴の先を突っ込んだエトガル。このなかにゲオルクがいる、と言った。エトガルはひとかたまりの土を取り、空中に投げる。私たちにはかたまりの落ちる音が聞こえた。エトガルはもうひとかたまり取って、上着のポケットに落とす。今度はかたまりの音がしなかった。エトガルは手の内側をじっと見る。こんなに汚れている、と言った。私には分かったが、エトガルは土のことばかりを言ったのではない。袋のように横たわっていたお墓。窓というものはある窓の見せかけにすぎないはず、と私には思えた。私は窓に触れていたものの手には何も感じられず、窓を開け閉めする際の感覚は目を開け閉めするときほどなかったのだ。本当の窓は足下の墓の中にあるにちがいなかった。

人を死なせたものは一緒に持って行かれる、と私は思った。棺が脳裏に焼きつくことはなく、焼きついたのは窓だけだ。

超有限という言葉がどのようにしてここの墓地で生じたのかは、私には分からなかった。だけど、このお墓にいると、それがいつであれ必ず何を意味してきたのかは分かったのだ。

私はこの言葉を忘れはしなかった。

テレーザにだったら言えただろう。超有限、それは、誰かが外に落ちてしまったときに、消えてなくなりはしない窓のことだ、と。手紙でこのことを書こうとは思わなかった。超有限なものは、大尉のピジェレに無関係だったのだ。ピジェレはあまりに極悪非道だったので、この言葉を聞いたところで彼自身のことを考えはしなかった。それどころか、足を踏み入れていない場所で墓地を作ったのだ。かなりの数の廊下にあるかなりの数の墓地を知っていた。

エトガルと私が墓地を立ち去ったとき、木々が風になびいた。空が曲がった枝に重くのしかかる。霜枯れしたフリージアとチューリップがお墓の上にあった。まるで机の上にあるように。木の幹にならドアノブがあったにちがいない。当時、森にいるときと同じように目の見えない状態だったので、私にはドアノブが見えなかった。

母の腰痛の後にこう書いてあった。今週、私のものが入っている大きな荷箱がルーマニアから届きました。麺棒と製麺板がなくなっています。土曜日の午後、コートのポケットにハトを二羽入れて家に帰りました。おいしいスープのためにと思ったのです。そんなこと許されていませんよ、ハトは町のものです、とシャルさんは言いました。ハトをもとの場所に戻すように私は強いられたのです。誰にも見られていませんわ、と私は請け合いました。ハトでしたら飛んで逃げられたじゃありませんか。そう私は言いました。もしハトが捕まったなら、たとえ町のものであっても、ハト自身が悪いのですよ。あそこの公園には必要以上の数がいますわ。

私はハトを再びコートに入れて家を出なければなりませんでした。二軒分、ハトを飛ばしたかったのです。私、思ったんですけど、ハトが町のものでしたら、自力で帰り道を見つけますわ。通りではちょうど誰も来ませんでした。私は道端の草にハトを置きましたわ。二羽が飛んで行ったと思いますか。私は手で風をおこしましたが、ハトは動きませんでした。それから子どもがひとり自転車に乗ってきて降りたのです。それ何、と子どもは尋ねてきました。なあに、二羽のハトよ、ここから離れようとしないの、と私は言ったのです。だったら座らせておくのがいいよ、と子どもは言いました。おばさんには関係がないからね。子どもが走り去ってしまうと、男の人がひとり来て言いました。公園のハトですな、誰がここに連れて来たのかな、と。自転車に乗っている前の子どもですよ、と私は言いました。何を言いなさる、あれはうちの孫じゃ。そう男の人は大声で言いました。そんなこと知りませんでしたわ、と私は言ったのです。本当に知らなかったのですよ。それから私はハトをコートのポケットに入れました。男の人が様子を見ていたので、私は言いましたわ。みな立ち止まりますが、誰も面倒をみませんの。私が今、ハトを公園に戻しておきますわ。

税関職員経由でクルトが逃亡死者のリストにモズの詩、それに血飲み男や囚人たちの写真が入った分厚い手紙を送ってきた。写真の一枚には大尉のピジェレが写っている。

テレーザが死んだ、と手紙には書いてあった。テレーザが指で足を掴むと、くぼみが皮膚に残ったままになるんだ。足はホースのようになっていて、錠剤を飲んだところで水はなくならず、心臓のところまであがってきた。この数週間、テレーザは放射線治療を受けていて、熱を出して嘔吐したよ。

テレーザが君を訪ねる前、僕は彼女を頼った。テレーザはピジェレによって君のところに送られたんだ。彼女には行って欲しくなかったよ。あなたは妬んでいるだけじゃない、とテレーザは言った。

ドイツから帰国すると、その後、テレーザは僕を避けたよ。彼女は報告に行ったんだ。僕が彼女に会ったのはせいぜい二回だけで、彼女のうちに置いてあったものを何もかも返してほしいと求めたんだよ。テレーザは何もかも返してくれた。だけど、もしピジェレがある日すべてを事務机から取り出したところで、驚きはしないよ。
僕は出国の申請をした。春には会おう。

テレーザの死にあまりに心を痛めたので、まるで一度に割れてしまう二つの頭があるかのように思えた私。一方の頭には刈り取られた愛があり、他方の頭には憎しみがあった。愛が再び芽生えてほしいと思った私。愛は草やわらのように入り乱れて生え、私の額で最も冷静な誓いとなったのだ。愛は私の大馬鹿植物だった。

だが、この分厚い手紙が届く三週間前、エトガルと私は二通の同じ電報を受け取った。クルトが自分の住まいで死んでいるのが見つかった。彼はロープで首をくくったのだ。誰が電報を打ったのか。私は大声で読み上げた。まるで大尉のピジェレの前で歌わなければならなかったかのように。このように歌うときには、舌が額を抜けて音を発した。あたかも大尉のピジェレが振る指揮棒に舌の先が縛りつけられているかのように。

エトガルが私を訪ねて来た。電報を並べた私たち。エトガルが苦しみ鶏の向きを変える。球が飛び、くちばしが板をコツコツつつく。私は鶏の様子を静かに眺めていた。私は妬んだわけでもなく、物惜しみしたわけでもない。ただ不安になっただけ。不安のあまり、私はエトガルの手から苦しみ鶏をもぎ取ろうとは思わなかった。

郵便はたまたま袋に入れられて送付されたりはしない、と私は言った。郵便の袋は命の袋よりも着くのに時間がかかる。白い鶏、赤い鶏、黒い鶏、私は順番に並べて眺めようと思った。素早くつつく順番がばらばらになったが、しかし、ベルト、窓、ナッツ、ロープが入った袋の場合、順番がばらばらにはならなかったのだ。

シュヴァーベンのパン袋め、とエトガルは言った。そんなこと誰かに聞かれたら、君は頭がおかしいと思われるぜ。

私たちはクルトの写真を床に置いた。あの頃ツゲ園で座ったときと同じように、写真を前にして座ったのだ。私は部屋の天井をちらりと見上げざるを得なかった。上の白いものはやっぱり空じゃないかしらと思って。

最後の写真では大尉のピジェレがトラヤヌス広場を通っていた。白い紙の小包を手にして。もう片方の手に子どもがつながれていた。

写真の裏側にクルトが書いていた言葉がある。

おじいさんがケーキを買う、と。

私の望みとしては、大尉のピジェレに自分で殺した者全員を入れた袋をかついでもらいたい。ピジェレが床屋で座っているとき、切られた髪から草刈りの済んだばかりの墓地の匂いがして欲しい。ピジェレが仕事を終えて孫の側のテーブル席につくと、犯罪の臭いがしてほしい。この子が自分にケーキを与えてくれる指に吐き気を催してほしい。

私は自分の口が開いたり閉じたりするのを感じた。

クルトがあるとき言っていたことだが、この子らはすでに共犯者。子どもたちは晩に口づけされる度に、自分たちの父親が屠殺場で血を飲んでいることを嗅ぎつけ、そこに行くことを望む。

エトガルは何か言いたげに頭を動かした。だがエトガルは黙っていたのだ。

写真を前にして床の上に座っていた私たち。おじいさんの写真を手に取った私。その子をごく近くから見た。それからおじいさんの白い小包を。

ほかの人たちが二度とボタンを失わないのに、私たちときたらいまだ自分の床屋さんとか自分の爪切りばさみと言っている。

座っていたせいで私の足はしびれてしまっていた。
僕らは黙ると腹が立つし、しゃべれば笑いものさ、とエトガルは言った。

『心獣』について

総じて現代の優れた文学は、新しいポエジー言語を伴いながら、「周辺」から立ち上がってくる。その意味を我々に改めて問うのが、二〇〇九年十二月にノーベル文学賞を受賞したヘルタ・ミュラーの文学であろう。

一九五三年、ミュラーはルーマニアのバナート地方に生まれた。そこは、十八世紀にオーストリアの国家的要請を受けてドイツ・シュヴァーベン地方の人々が入植した土地である。ミュラーはこうした「周辺」の地で、一九八七年にベルリンに移住するまでチャウシェスクの独裁政治がもたらす恐怖に曝され続けた。処女作『澱み』（原作一九八四年、邦訳（山本浩司訳、三修社）二〇一〇年）は、ドイツ系少数民族の村社会に渦巻く因習や権威主義や暴力を子供の眼差しで描く「反牧歌」である。第一長編『狙われたキツネ』（原作一九九二年、邦訳（山本浩司訳、三修社）一九九七年）では、秘密警察と相互密告に苦しむルーマニアの一九八〇年代の日常が、不気味なメルヘンと化す。また、最新の長編『息のブランコ』（原作二〇〇九年、邦訳（山本浩司訳、三修社）二〇一一年）は、ドイツ系ルーマニア人が第二次世界大戦時に旧ソ連で被った強制労働という政治的タブーを扱う。総じてミュラー文学は多民族の縮図のなかでマイノリティーが陥った苦難を見事に証言する。

ただし、過酷な現実を書き連ねるだけでは文学は成り立たない。ミュラーは言う、「多くの人にとって私の本は証言です。しかし私は書いている自分が証言者であると感ずることはありません。私が書くことを学んだのは沈黙からです。そこから書くことが始まりました」と。『狙われたキツネ』ではルーマニアの三色旗が「赤貧の赤、沈黙を表す黄色、監視の青」として示され、第二長編『心獣』（一九九四年）は「僕らは黙ると腹が立つし、しゃべれば笑いものさ」という文言で始まり終わる。ミュラー文学における「沈黙」とは、独裁政治によって強いられた寡黙や秘密警察に対する黙秘だけではない。それは、過度な恐怖によって現実が歪められた結果、加害者と被害者、自殺と他殺、光と闇、自然と人間、これらの境界が判別しがたくなったいわば「言語」に絶する状況である。

総じてドイツ現代文学は「沈黙」にことばを与えようとする矛盾を意図的に犯す。ミュラーの場合、コラージュの技法を巧みに用い、エピソードを断片化し、ことばを切り詰めることで、饒舌な「沈黙」を現出させる。しかもそうした「沈黙」には倦怠と沈思による「深い憂い」が伴う。芸術の霊感源と称されてきたメランコリーが、古代ローマの農耕神サトゥルヌスや時の神クロノスと深く関わる土星的資質の知的衝動であることを忘れてはならない。ミュラー文学には、農地開拓のために辺境に移住した人々の言語に絶する「深い憂い」が、時を経て沈殿し続けている。

＊

ヘルタ・ミュラーは『心獣』によって、ドイツ国内では一九九四年にクライスト賞を、ドイツ国外では一九九八年にＩＭＰＡＣ国際ダブリン文学賞を受賞した。一九八〇年代のルーマニア、チャウシェスク独裁政権による監視とテロ、それが『心獣』の世界だ。監視のなかで耐え難い不安に曝されるあまり、そこで人々は現実逃避策として国外逃亡を画策するか、さもなければ抗い難い死への衝動に身を委ねてしまわざるを得ない。希望は常にはかなく消え、絶望のみが沈殿し堆積していく。『心獣』はこのような言語に絶する「深い憂い」をいかにして饒舌に語っているのであろうか。

まずは物語冒頭にあるエピグラフについて附言しておこう。それは、ルーマニアの詩人でありシュールレアリストであるジェルー・ナウム（一九一五―二〇〇一年）の詩「獣」（一九四一年）からの抜粋であった。この詩が『心獣』のなかで繰り返されるたびに、物語中のさまざまな屈折した思いがそこにいわば鬱積していく。しかも、この詩は、ミュラーと同様にドイツ系ルーマニア人であり、一九六八年に西ドイツの国籍を取得した詩人オスカー・パスティオール（一九二七―二〇〇六年）によって、ドイツ語に訳されている。ミュラーの『息のブランコ』（二〇〇九年）では、パスティオール自身の実体験をもとに、「ナチス協力民族」として旧ソ連で強制労働を被った「辺境」の者たちの過酷な運命が描かれた。パスティオールは、二〇〇六年、ドイツで権威のあるビュヒナー賞を受賞する直前に他界する。それだけに『息のブランコ』は盟友に対するオマージュとして読めよう。また、『心獣』（一九九四年）の場合、パスティオールの生前に公刊された小説であるとはいえ、結果的に、ミュラーが描く人物たちの「深い憂い」とミュラー自身の「深い憂い」とがエピグラフにおいて響き合っているように思える。

さて、『心獣』は、語り手の役目を果たす女性の「私」と三人の男性、エトガル、クルト、ゲオルクの物語と言ってよい。ただし、物語の前半部は、ローラを基軸に展開する。ローラはルーマニア南部の小さな村出身の大学生、「私」を含めほかの五人の女性とともに学生寮の狭い画一的な「四角部屋」に住みながら、野心ゆえに、党や工場労働者に、さらには大学の体操教師に近づく。しかし、ある日、部屋の衣装戸棚で首を吊ったローラが発見される。党は自殺者としてローラをすぐに除名処分にするが、その死を通じて「私」はエトガル、クルト、ゲオルクと知り合う。

物語の後半部では、ローラの自殺を不審に思う四人が反体制的な詩を作り、国外に写真や情報を流すことで、当局に抵抗する姿が描かれる。もっとも、彼らもいつしか執拗に当局の尋問や検閲を受け、ときには陰湿な精神的圧迫に、ときには謂れのない暴力に曝されていく。物語の終盤において、四人のうち「私」とエトガルとゲオルクはドイツに出国し、クルトはルーマニア国内に留まるが、秘密警察の魔の手からは依然として逃れ難い。結局、ゲオルクはフランクフルトで窓から飛び降り自殺をし、クルトは自宅で首を吊ってしまう。電報でクルトの死亡通知が届いた三週間後、クルトが出していた分厚い手紙が届く。中には国外逃亡を企てて死んだ者のリストやゲオルクの書いた詩、それに複数の写真が入っていた。ある写真には、そこにはピジェレ大尉が子どもと一緒に広場を歩く姿が写っている。四人を追い詰めた男の姿だ。この写真を前にして「私」とエトガルは押し黙る。物語の終わりは、「僕らは黙ると腹が立つし、しゃべれば笑いものさ」という物語冒頭と同じエトガルの言葉で幕を下ろす。しかし、物語の冒頭とは違い、「私」とエトガルの前にゲオルクとクルトの姿はもはやない。

以上のような内容は、多かれ少なかれ、ヘルタ・ミュラー自身の体験に基づく。しかし、それは物語の基軸をなす筋とは言い難く、また単なる歴史的な証言でもない。上述の「筋」は一見なんの脈絡のない断片的エピソードとして紡がれており、そこにさまざまな副次的なエピソードが複雑に絡まる。物語は、四人の体験を通じて、一九八〇年代のルーマニアを「現在」として描き出すだけではない。例えば、「私」の家族をめぐる描写は、バナート地方に住み着いたドイツ人の「過去」をそれとなく示す。チェスを愛好する祖父は第一次世界大戦時にイタリア戦線で戦った元兵士であり、酔うと総統賛歌を歌い出す父は第二次世界大戦時に非戦闘のナチス親衛隊に属していた。祖母が歌い出すのは、ほかの女から男を奪ってまでして手に入れた土地を、国が共産主義政権に移行した時に没収されてからのことだ。しかも、歌う祖母が忘却と狂気に陥った晩年の六年間は、チャウシェスク独裁政権下の「現在」にほかならない。

このように一家の歩みをまるで歴史的に証言するかのように、「歌うこと」が繰り返される。事実、先立って死んだ息子（つまり「私」の父）の「心獣」は歌う祖母に乗り移っているし、祖母の歌を聞かされて育った「私」が尋問の際に歌を強要されたとき、祖母のメロディーを思い出してしまう。もっともこの「歴史的な証言」は必ずしも一家のそれにとどまらない。むしろ、ルーマニアの辺境に住み着いたドイツ系「バナート・シュヴァーベン人」の証言と言えよう。彼らは、十八世紀にオーストリア帝国による政策の一環でドイツ・シュヴァーベン地方からバナートに入植し、帝国没落後もそこに住み続け、シュヴァーベン方言をしゃべり続け、ドイツ人としての民族的矜持を持ち続けただけに、いずれの世界大戦時にも「母国」のために戦い、第二次世界大戦末期には多くの者がソ連の強制収容所に連行され、戦後の共産主義政権下では不当な扱いを受け続ける。辺境のマイノリティーは、歴史から取り残されているにもかかわらず、いや、取り残されているからこそ、最も歴史の渦に巻き込まれやすい。こうして『心獣』では、作者自身の体験に基づく「現在」が表層に浮かび、ドイツ系少数民族の歩みに基づく「過去」が深層に沈む。そして、入り組んだ時間の層を緩やかに結びつけるべく、桑の木、ナッツ、ミルクアザミ、それに爪切りばさみ、チェス、モズなどをめぐる挿話が繰り返し語られるのである。

繰り返し語られるものの中でも、題名にもなっている「心獣」Herztier はことさら重要であろう。この言葉は、ルーマニア語の inima（心）と animal（獣）からなる inimal（心獣）の翻訳借用語であるだけに、当然のことながら標準ドイツ語ではなく、少なくとも作品内では「バナート・シュヴァーベン人」のみが理解する辺境の方言である。それは決して「心」Herz でもなければ、「魂」Seele でもなく、ましてや「精神」Geist でもない。そもそもヘルタ・ミュラーの場合、自ら作り出した造語を作品内に巧みに組み込み、言葉の原義にこだわった描写をすることが少なくない。ローラが死んだ後、「私」は冷蔵庫の前でまるで透明人間でも見るかのように「心獣」を見ていたし、誰もが内に心獣を宿すことを知っていた歌う祖母の場合、「あんたの心獣はネズミよ」と言って男を手玉にしたこともあった。「心獣」は人間の内奥にとどまることもあれば、人間から抜け出して空中に浮かぶこともあり、さらには他の人間に乗り移ることもある。もしかすると、このことは深層心理学的な説明が可能なのかもしれない。しかし、例えば「無意識」という言葉はこの物語にとってあまり意味をなさない。なぜならば Herztier がルーアニア語の inimal から借用されたドイツ語であることが、別言すれば、「バナート・シュヴァーベン人」にとって血肉となった合成語であることが、何よりも重要だからであり、この言葉にこそ辺境のマイノリティーのみが有する「深い憂い」が時を経て刻み込まれているからである。しかし、「ロゴス」の埒外にある Herztier を我々の「表現・認識」が及ぶ標準ドイツ語に敢えて翻訳しようとすると、本来ならば対象を名指すことができないだけに、非人称の代名詞 es（それ）にまさる適切な訳語は他に無いだろう。ただし、無理強いの訳出は、まるで独裁政権のように、この物語に沈黙を強いるのである。

それにしても『心獣』という小説は、深刻な内容でありながらどこか牧歌を装い、断片化されたメルヘンのようでありながら、個々のエピソードは緻密に結びつく。それだけに予想以上に難解で複雑な「織物」ではないか。個々のエピソードは比較的読みやすい。しかし、次第に複雑になる絡まりを前にして、多くの読者が戸惑うはずだ。だが、そこにこそ、この小説が単なる「歴史的な証言」ではない所以がある。たとえ本国のドイツ人といえども、いや本国のドイツ人だからこそ、バナート・シュヴァーベン人の「深い憂い」をそう容易くは理解できない。そもそも、辺境のマイノリティーが陥った苦境は、ドイツ語原文においてであれ、他言語に訳された翻訳においてであれ、我々の安易な理解を拒むはずだ。古今東西を問わず、文学は、少なくとも優れた文学は、言語化し難い何かを言語的に捉えようとする挑戦であり続けた。「ロゴス」の埒外にある未知なるものを「ロゴス」によって既知なるものに変換することで、文学は立ち上がってくる。逆に言えば、文学は、優れたものであればあるほど、抱え込む矛盾は大きい。文学的な「挑戦」は、見方によっては、言語化し難い何かをめぐる言語的な「堂々めぐり」の観をなす。しかし、内実は螺旋状、もしくはそれ以上に複雑な展開をとげながら、新しい何かを生み出そうとする。『心獣』が深刻な牧歌であり、緻密なメルヘンである所以もそこにあろう。

『心獣』は、一方で自らが抱え込む「矛盾」ゆえに読者を戸惑わせながらも、他方で新たな「挑戦」として読者に想起を促す。もし『心獣』が何らかの「歴史的な証言」であるとするならば、読者は「理解」の前に「想起」しなければならない。つまり、自らの記憶力を駆使して、物語そのものを文学的に追体験しなければならない。例えば、「ミルクアザミ」という言葉が出てきたとき、それが、いつ、どこで、どのように作中で使われたのかを思い出さなければならない。桑の木にしても、ナッツにしてもそうだ。そうした言葉は初出の際に一見たわいなく思えるし、物語自体が一見脈絡もなく断片化されているだけに、想起は決して容易ではない。それは林のなかから葉っぱ一枚見つけ出す作業に等しい。しかし、微視的な眼差しで記憶の網を丹念に紡いだ者にしか、「織物」全体を捉える巨視的な眼差しはもたらされない。このような想起によってしか、読者は「織物」が饒舌に語る「歴史的な証言」を理解できないのである。微視的な眼差しから突如として巨視的な眼差しを得ること自体、これもひとつの矛盾であろう。『心獣』は、作者自身の苦難とバナート・シュヴァーベン人の受難を牧歌的に混淆させ、「深い憂い」を断片的な個々の事物に刻み込みながら、独自の「歴史的な証言」を読者に追体験させるのである。それだけに、作品が犯す大いなる矛盾を、読者も敢えて犯さなければならない。辺境のマイノリティーをめぐる『心獣』は、我々にこのような文学的営為の核心を教えてくれるのである。

あとがき

本書は、ヘルタ・ミュラーの第二長編（Herta Müller: Herztier. Reinbek: Rowohlt 1994）の翻訳である。訳出の際には、後にフィッシャー社から出た版（Herta Müller: Herztier. Frankfurt am Main: Fischer 2009）を用いた。先に記したように、ヘルタ・ミュラーの主要作品である『澱み』『狙われたキツネ』『息のブランコ』については、山本浩司氏による優れた訳業がすでに三修社から出ている。山本氏が現代ドイツ文学の専門家であるのに対して、当方はトーマス・マン（一八七五―一九五五年）やドイツ・ロマン派を主たる考察対象とする。それだけに、訳出対象がドイツ文学であるとはいえ、今回の訳業はいささか「素人芸」であったかもしれない。とはいえ、ミュラー文学と関わる契機は、今から二十二年前、私自身の大学院生時代まで遡る。

一九九二年の春のことであった。同年秋から交換留学生としてミュンヘン大学で学ぶ準備をしていた私が、指導教員の池田紘一先生（九州大学名誉教授）からいただいた助言がある。「ドイツで刊行された話題の現代文学を、一冊でもよいから留学中に読んでおくのがよい」という趣旨の助言だったと思う。とはいえ、私が渡独後にドイツ語で読んだのは、マンの長編小説『ファウストゥス博士』であったし、また、ミュンヘン大学でラテン語の授業も履修したので、最新の小説を読む余裕など当初はまったくなかった。もっとも留学二年目には、未知への挑戦の思いで、ハルトムート・ラインハルト先生が開講された現代文学ゼミへの参加を決意する。授業では前年に刊行された長編小説十冊を毎週一冊ずつ扱うので、私にとっては文字どおり「乱読」の日々、辞書を引いている暇さえなかった。

とにかく最新の小説十冊を読んだものの、覚えていることと言えば、あまり内容を理解せず読み進めたことだけだ。とはいえ、ヘルタ・ミュラーの『狙われたキツネ』とロベルト・シュナイダーの『眠りの兄弟』（鈴木将史訳、三修社、二〇〇一年）はとりわけ印象深かった。事実、授業の最終回にみなで投票を行った結果、この両作品が一九九二年度のベスト小説として選ばれたのである。私なりによく勘が働いたと思う。考えてみれば、マン研究者として大きな「寄り道」をしたのかもしれない。とはいえ、かつてのマン研究者にとって、マンは存命中であり、マン文学はまさに「現代文学」であったはずだ。帰国後に先の二作品を訳そうと思ったが、四年間の留学を終えて帰国したときには、マンに関する博士論文の執筆に追われ、「素人芸」を興じる暇などなく、私自身、自分の専門に専念するようになった。

だが、転機は思わぬところから訪れる。二〇〇九年の秋だった。西日本新聞社から電話を受ける。相手は文化部の女性で、学生時代に私の講義を聴いたことがあると言う。「ノーベル文学賞受賞が決まったヘルタ・ミュラーに関する記事を書いてほしい、できれば数日で」という依頼だったが、「ドイツ現代文学の専門家ではありませんので」と言ってお断りした。数時間後、また新聞社から電話がある。「専門家を紹介してほしい」とのことだ。そこで東京や名古屋で活躍されている専門家の名前を複数挙げたが、九州在住の方に記事を書いてもらいたいという新聞社の意向は強い。結局、当方が仕方なく引き受ける。ただし、数日ではなく、一週間の執筆期間をいただいてのこと。無謀といえば無謀な行いだったが、「先生の講義は実に素晴らしかった」という相手の褒め言葉につい心が動かされた。

そこで「乱読」を再び犯し、何とか原稿を新聞社に出す。それが、二〇〇九年十月二十三日付けで西日本新聞（朝刊）に掲載された記事「周辺から生まれた饒舌な〈沈黙〉ヘルタ・ミュラーの文学をめぐって」である。これ以降、本務校の独文学演習にて、マンやゲーテやロマン派のみならず、ヘルタ・ミュラーもしばしば読む。当方、同年四月より講座運営を一人で行ういわば「おひとりさま」。それだけにいろいろな時代の作品を授業で扱いたいと思ったのだ。ヘルタ・ミュラーのノーベル文学賞受賞は私にとってもよい機会だったのかもしれない。今回の訳業には以上のような経緯があった。折に触れて私は恩師の言葉を真似しながら「ゲーテやシラーを研究する者は現代文学を、現代文学を研究する者はゲーテやシラーを読まなければならない」と学生たちに言う。これで単なる「真似」の域を脱せるのかもしれない。

訳文の最終点検では、現在、九州大学文学部と佐賀大学にて非常勤講師としてドイツ語の授業を担当している村上浩明氏が、労を惜しまず協力してくれた。また、三修社の永尾真理氏から版権の取得から刊行に至るまで多大なご助力をいただいたことも、忘れてはならない。私の「寄り道」につき合ってくれたお二人に、この場を借りて心より感謝を表したい。もっとも、訳文に問題箇所があるとすれば、訳者本人の責任であることは言うまでもない。もはや「素人芸」などという言い逃れはできないはず。読者諸賢の失笑を買わないように努力したつもりだが、何かお気づきの点があれば宜しくご指摘いただきたい。それにしても、文学作品の翻訳は実に楽しかった。作家気分を味わいながら、日々の苦労を忘れることができたからだろうか。今回の訳業は、私事だが、「歌う祖母」と同じように記憶を失いつつある母に捧げたい。

小黒康正

平成二十六年　桜が咲き始めた福岡にて

著者紹介

ヘルタ・ミュラー（Herta Müller）

1953年、ルーマニア・ニッキードルフ生まれのドイツ語作家。代表作として、処女作の短編集『澱み』（1984年、邦訳2010年）のほかに、四つの長編小説『狙われたキツネ』（1992年、邦訳1997年）、『心獣』（1994年、邦訳2014年）、『今日は自分に会いたくなかった』（1997年）、『息のブランコ』（2009年、邦訳2011年）がある。邦訳はいずれも三修社で刊行された。2009年にノーベル文学賞を受賞するほか、『心獣』によってドイツ国内で1994年にクライスト賞、ドイツ国外で1998年にIMPAC国際ダブリン文学賞を受賞するなど、多数の文学賞を受賞し続けている。

ミュラーが生まれ育ったバナート地方は、18世紀にドイツ・シュヴァーベン地方の人々が入植した土地。ミュラーは「周辺」の地でチャウシェスクの独裁政治がもたらす恐怖に曝されながらドイツ系少数民族のさまざまな苦難を描き、1987年にベルリンに移住後も、言語に絶する「深い憂い」を饒舌に語り続けている。

訳者紹介

小黒康正（おぐろ　やすまさ）

1964年生まれ。北海道小樽市出身。博士（文学）。ドイツ・ミュンヘン大学日本センター講師を経て、現在、九州大学大学院人文科学研究院教授（ドイツ文学）。著書に『黙示録を夢みるとき　トーマス・マンとアレゴリー』（2001年、鳥影社）、『水の女　トポスへの船路』（九州大学出版会、2012年）。

心獣《しんじゅう》

二〇一四年七月十五日　第一刷発行

著　者　ヘルタ・ミュラー
訳　者　小黒康正
発行者　前田俊秀
発行所　株式会社　三修社
〒150-0001　東京都渋谷区神宮前二-二-二二
電　話　〇三-三四〇五-四五一一
ＦＡＸ　〇三-三四〇五-四五二二
http://www.sanshusha.co.jp/
振替　〇〇一九〇-九-七二七五八
編集担当　永尾真理

印刷所　萩原印刷株式会社
製本所　牧製本印刷株式会社
装丁　やぶはなあきお

ISBN978-4-384-05233-6 C0097